S. Serpente

BLITZLICHTLABYRINTH

S. Serpente

BLITZLICHTLABYRINTH

Roman

www.sserpente.com

Impressum

Bibliografische Information der Deutschen
Nationalbibliothek:
Die Deutsche Nationalbibliothek verzeichnet diese
Publikation in der Deutschen Nationalbibliografie;
detaillierte bibliografische Daten sind im Internet über
http://dnb.dnb.de abrufbar.

© 2024 S. Serpente

Lektorat: Kristina Licht
Korrektorat: Franziska Sprenger
Verwendete Coverfotos und Buchgrafiken: pixabay.com
Covergestaltung: S. Serpente

Verlag: BoD • Books on Demand GmbH, In de Tarpen 42,
22848 Norderstedt
Druck: Libri Plureos GmbH, Friedensallee 273, 22763 Hamburg

ISBN: 978-3-7597-8469-8

Für Dominik
(Hab' dich lieb, bro!)

KAPITEL 1

Keira

»So viel Schnee hatten wir in London schon seit Jahren nicht mehr.« Thomas lehnte sich gähnend an Keira und vergrub das Gesicht in ihrem Nacken.

Es würde schwierig werden, sich endlich ins Bad zu schleifen, solange der maskuline Duft, den er verströmte, sie so betörte.

»Sieh es positiv. Wenn wir in einen Schneesturm geraten, bleibst du mir noch eine Weile länger erhalten«, gab sie schelmisch zurück. Provokant drückte sie ihren nackten Hintern gegen seinen Schritt und stieß ein entspanntes Seufzen aus.

Die Aussicht von Thomas' Wohnzimmer aus war atemberaubend. Ein verschneites, totenstilles London bekam man Anfang Februar nicht häufig zu Gesicht, schon gar nicht von einem luxuriösen Penthaus aus.

»Es sind doch nur drei Tage, mein Engel. Ich werde wieder da sein, noch bevor du dein erstes Architekturprojekt abgeben musst.«

Nur leider fühlten sich diese drei Tage eher an wie Jahre, wenn Thomas allein verreiste, um Interviews zu geben und für Fotoshootings zu posieren. Seit Neujahr blieben die Vorsprechen für neue Rollen weitgehend aus, wodurch ihm – sehr zu Keiras Gefallen – mehr Zeit für ihre Beziehung blieb. Schon seit Weihnachten verbrachten sie jede freie Minute miteinander und Keira konnte sich kaum entsinnen, wann sie sich das letzte Mal die Mühe gemacht hatte, Unterwäsche zu tragen. Und das, obwohl Thomas ihr am Weihnachtsmorgen unverschämt anzügliche Dessous geschenkt hatte.

Sie grinste verschlagen, als sie seine Erektion spürte, die um Aufmerksamkeit bettelnd gegen ihre Pobacken drückte. Im Grunde brauchte sie gar keine Reizwäsche, um dem Schauspieler den Kopf zu verdrehen – dazu reichte allein ihre Anwesenheit.

Thomas schlang einen Arm um ihre Taille und zog sie mit sanfter Gewalt Richtung Küchentisch. Keira protestierte nicht. Die beigefarbene Ledercouch war für ihren Geschmack gerade viel zu weit weg. Sie wollte ihn *jetzt* in sich spüren.

Brummend zupfte er am einzigen, lästigen Stück Stoff, das sie am Körper trug. »Das Hemd stört, mein Engel.«

Keira grinste gegen seine Lippen. Lässig ließ sie den provisorischen Morgenmantel von ihren Schultern rutschen und erlaubte Thomas mit gespreizten Beinen, dass er sie hochhob und sachte auf das kalte Glas des Küchentisches setzte.

Sein Mund fand eine ihrer Brustwarzen, die sich vor Erregung bereits aufgerichtet hatten, und umspielte sie neckend mit der Zunge, sodass sie verzückt aufstöhnte. Keira vergrub ihre Finger in Thomas' dunkelblondem Haar, presste sein Gesicht noch enger an ihren Körper.

Hätte die elektronische Türklingel direkt neben dem Aufzug auch nur eine einzige Sekunde später ihre schrillen Alarmtöne von sich gegeben, hätte der Schauspieler sein hartes Glied wohl längst in ihrem warmen und feuchten Fleisch vergraben.

Thomas stöhnte auf, löste sich offensichtlich nur widerwillig von ihr und stapfte splitternackt auf seine Sprechanlage zu.

»Ja?«

»Ich bin's. Lässt du mich nach oben?« Jonathan Pecks Stimme drang stumpf durch den Hörer, der an der Wand befestigt war.

Thomas seufzte leise. Keira stimmte mit ein. Es war ein stummer Abschied an die romantische Stimmung, die bis eben noch zwischen ihnen geherrscht hatte.

»Gib uns ein paar Minuten, ja?«

»Klar. Zieht euch etwas an«, stichelte Jonathan schmunzelnd – zumindest war sein schelmischer Gesichtsausdruck regelrecht hörbar. Ihre feuchte Mitte pochte gierig, doch leider würde sie sich jetzt wohl noch etwas gedulden müssen.

Um ehrlich zu sein, war Keira sichtlich überrascht, dass der sonst so strenge Manager ihres berühmten Freundes ihre Beziehung am Ende doch noch so gelassen akzeptiert hatte. Nach dem Drama mit Thomas' Exfreundin Audrey und wenig später den vielen Schlagzeilen in den Zeitschriften und Klatschblättern war Jonathan nicht unbedingt gut auf sie zu sprechen gewesen. Er hätte sie ohne Zweifel entlassen, wenn Thomas ihm nicht bereits zuvorgekommen wäre.

Schnell sprang sie vom Küchentisch und eilte mit Thomas ins Schlafzimmer, um sich etwas Anständiges anzuziehen. Er schlüpfte unterdessen in ein Paar Boxershorts, das nur augenscheinlich verschleierte, wobei Jonathan sie soeben unterbrochen hatte. Er wartete einen Moment geduldig, bis Keira sich ebenfalls angezogen hatte, ehe er zur Sprechanlage zurückkehrte und einen weiteren Knopf drückte, um Jonathan zu signalisieren, dass die Luft rein war.

Der Manager fluchte leise vor sich hin, als sich die metallenen Aufzugstüren öffneten. Mit seinen nassen Schuhen rutschte er beim Aussteigen fast aus. Zwar besaß er selbst einen Schlüssel für Thomas' Apartment, kündigte sich, seit Keira eingezogen war, jedoch jedes Mal ausnahmslos an, bevor er die Wohnung betrat.

Thomas runzelte die Stirn. »Jonathan. Guten Morgen. Wie bist du überhaupt hergekommen?«

»Gefahren. Paulson wartet im Auto; ich bleibe nicht lange. Guten Morgen, Keira.«

Sie nickte ihm zur Begrüßung zu.

»Du bist gefahren? Bei *dem* Wetter?«

Jonathan zuckte mit den Schultern und klopfte sich den Schnee vom Hut. Bei Schnee war London das reinste Katastrophengebiet.

»Zeit ist Geld. Ich habe gute Neuigkeiten.« Murmelnd kramte er aus seiner braunen Aktentasche, die ebenfalls über und über mit langsam schmelzenden Schneeflocken bedeckt war, einen dicken Papierstoß heraus, den man sorgfältig zusammengeheftet hatte.

»Das hier kam heute Morgen von deinem Agenten rein, mit einem freundlichen Gruß von Robert de Limo. Er meinte, du würdest perfekt in seinen neuen Film passen.«

Thomas' Augen leuchteten auf wie Wunderkerzen. »Robert de Limo?«

»Wer ist das denn?«, warf Keira neugierig ein.

»Das ist ... er ist ein walisischer Regisseur.«

»Denk darüber nach«, sagte Jonathan. »Ich denke, der Film könnte ein Sprungbrett für-«

»Ich muss nicht darüber nachdenken. Robert de Limos Arbeit bewundere ich schon seit Jahren. Er sagt, er will mich in der Hauptrolle?«

Jonathan nickte. »Du bist seine erste Wahl.«

»Aber das ist doch großartig!« Aufgeregt warf Keira sich in Thomas' Arme. Sein seliges Lächeln wärmte ihr das Herz.

»Ich lese mir das Skript auf dem Weg nach Arizona durch.«

»Besser früher als später. Du wirst viel zu tun haben in Amerika«, sagte Jonathan.

»Er hat Recht. Oh, und vergiss nicht, dass diese Schneiderin von der Vogue dich morgen direkt im Hotel empfängt, um deine Maße zu nehmen«, fügte Keira hinzu.

Jonathan hob die Augenbrauen, als Thomas ihre Umarmung erwiderte und ihr einen herzhaften Kuss gab.

»Wofür war das?«

Er zuckte frech mit den Schultern. »Ich liebe dich.«

»Ich dich auch«, säuselte Keira verspielt.

Thomas' Manager räusperte sich. »Wo wir gerade dabei sind, es hat sich jemand auf unsere Anzeige gemeldet und wird sich bei uns vorstellen, sobald du wieder da bist. Ich sage dir Bescheid, falls es zu einem Gespräch mit dir kommt.«

Thomas nickte verständnisvoll. Noch schien es wie gestern, dass Keira selbst sich als Assistentin des Schauspielers um seine Termine, Pflichten und sein Wohlbefinden an Filmsets gekümmert hatte. Dass nun eine Fremde ihren Platz einnehmen würde, ließ ihr sauer aufstoßen – andererseits rissen sich auch nur die wenigsten Assistentinnen ihre berühmten Arbeitgeber unter den Nagel und verliebten sich dabei unsterblich in sie.

»Weißt du, ich bin richtig froh, dass mir so ein Bewerbungsgespräch erspart geblieben ist. Du hast mich damals völlig überrumpelt, wenn ich so darüber nachdenke.«

Thomas stieß ein heiteres Lachen aus. »Nun, irgendetwas scheine ich wohl richtig gemacht zu haben, denn du bist noch immer hier.«

Jonathan schüttelte lächelnd den Kopf. »Wie auch immer, ihr zwei Turteltauben. Wir sehen uns übermorgen in Arizona. Paulson hat bestimmt schon Angst, im Auto eingeschneit zu werden. Mach's gut, Keira.«

»Wer verschickt denn heutzutage noch komplette Drehbücher per Post?«, begann sie, sobald Jonathan wieder im Aufzug verschwunden war. »Eine E-Mail wäre bei dem Schneechaos da draußen weitaus sinnvoller gewesen.«

Der Schauspieler zuckte unbekümmert mit den Schultern und ließ den dicken Stapel auf das kleine Beistelltischchen neben dem Aquarium fallen. »Robert de Limo ist altmodisch. Ich kann es kaum erwarten, mich durch dieses Manuskript zu lesen. Aber vorher …«

Keira kreischte auf, als Thomas sich bückte und ihr den Boden unter den Füßen wegzog. Wie eine Braut trug er sie über die Schwelle des Badezimmers, während sie sich lachend an ihn klammerte und ihre nackten Zehen in der Luft wackeln ließ.

Am Rand seiner schneeweißen Badewanne setzte er sie wieder ab und schälte sie aus ihrem Bademantel.

» … nehmen wir beide ein Bad.«

Carol Valough, Thomas' verschmitzte Großmutter mit einer Vorliebe für bunte Ansteckhüte, hatte Keira an Weihnachten einen Korb voller Badezubehör geschenkt. Teure Öle, Duftkerzen und herrlich bunte Badekugeln warteten seither darauf, von den beiden benutzt zu werden.

Keira beobachtete mit einer schier unerträglichen Hitze zwischen den Beinen, wie Thomas den Wasserhahn aufdrehte und die Temperatur kontrollierte. Das laute Zischen des Wasserdrucks erfüllte den Raum, noch während er eine violette Badebombe aus dem Korb fischte und genüsslich daran roch.

»Wusstest du, dass Rosmarin für treue Liebe steht?«

Keira schüttelte mit großen Augen den Kopf. Sobald er die bunte Kugel ins Wasser geworfen hatte, sprang sie energisch auf und schlang ihre Arme um ihn. Ihr leidenschaftlicher Kuss raubte ihr selbst den Atem. Er rang um Gleichgewicht, strich dabei mit den Händen über ihren nackten Hintern und kniff herausfordernd hinein.

Die Wanne konnte sich gar nicht schnell genug füllen.

Keira stöhnte, als Thomas sich von ihren Lippen löste und seinen Mund stattdessen über ihren Hals wandern ließ. Feuchte Küsse kitzelten ihre sensible Haut, ließen jeglichen Gedanken an die verschneite Welt da draußen schwinden.

»Ist das Wasser warm genug?«

Behutsam drückte Thomas sie gegen den Rand der Badewanne und tauchte ihr Handgelenk vorsichtig ins Wasser.

Keira nickte. Ihr Atem ging nur noch stoßweise. Thomas schälte sich flink aus seinen Boxershorts und ließ sie achtlos zu Boden fallen. Schon den Bruchteil einer Sekunde später fanden seine Lippen wieder die ihren. Hungrig zog er sie an sich und schob seinen Arm unter ihre Schenkel, um sie in die Wanne zu heben, noch während das Wasser einlief.

Keira stöhnte, als die Wärme ihre nackte Haut umhüllte und ihre kalten Zehen wärmte. Sie rutschte vorwärts, als die violette Badebombe sich mit einem leisen Prickeln aufzulösen begann und das Wasser lila färbte.

Thomas setzte sich hinter sie und zog sie dann in seine Arme, damit ihr Rücken auf seiner Brust ruhte. Seinen schnellen Herzschlag konnte sie praktisch spüren. Als hätten sie sich einander angepasst, klopften ihre Herzen im selben Rhythmus.

Keira fuhr herum, sodass ihr Bauch sein aufgerichtetes Glied streifte, und sie spürte, wie er sich anspannte. Sie nahm sich einen Augenblick, um seine Erektion zu bewundern, wie sie gierig unter ihrem Blick zuckte, als sie sich die Lippen leckte und kurzerhand den Kopf senkte, um ihren Mund um seine Eichel zu schließen, solange das Wasser noch langsam stieg und sie nicht die Luft anhalten musste.

Keira sah kurz auf, als Thomas wohlig aufstöhnte. Der lüsterne Blick aus seinen blauen Augen wanderte über ihre Brüste, deren empfindliche Brustwarzen sich vor Lust aufgerichtet hatten, und er beobachtete mit leicht geöffneten Lippen, wie sie seinen harten Penis wieder und wieder in ihrer Mundhöhle verschwinden ließ und zärtlich an ihm saugte. Ein hungriges Schmatzen hallte durch das Badezimmer, die feuchte Luft zwischen ihnen brannte wie griechisches Feuer.

Keira wurde immer ekstatischer. Sie lechzte danach, ihm heiße Befriedigung zu verschaffen. Stöhnend umspielte sie mit der Zunge seine Eichel, sah mit großen Augen zu ihm auf und studierte seine Reaktion. Thomas schien nahezu wahnsinnig vor unstillbarer Begierde. Sie bemerkte rasch, wie sich sein Atem beschleunigte, je näher er seinem Höhepunkt kam.

»Ah … Keira, hör auf!« Er umfasste ihren Kopf und zog sie langsam nach hinten.

Keira grinste dem Schauspieler frech ins Gesicht. Genau so sehr wie Thomas inzwischen wusste, welche Art von sexueller Zuneigung sie auf Wolke sieben hinaufkatapultierte, hatte auch Keira den Körper ihrer zweiten Hälfte in und auswendig gelernt. Im Bett lasen sie einander mittlerweile wie ein offenes Buch – ein Privileg, das immerhin selbst bei unsterblich verliebten Paaren nicht immer ganz selbstverständlich war.

»Setz dich auf mich«, verlangte Thomas heiser. Nun war er es, der sich die Lippen leckte. Wie ein Gemälde betrachtete er sie so intensiv, dass Keira eine Gänsehaut überlief, während sie seiner Aufforderung nachkam und seine Oberschenkel vorsichtig zwischen ihre Beine schob, bis sie auf ihm zum Sitzen kam. Thomas' Glied rieb bei jeder ihrer Bewegungen gegen ihre feuchte Scham, neckte ihre nach Aufmerksamkeit schreiende Klitoris.

Keira drückte ihre Handflächen gegen Thomas' Brust und hob ihr Becken. Quälend langsam nahm sie ihn in sich auf, schloss dabei voll Wonne die Augen. Dann senkten sie beide sich wieder ins warme Wasser und Keira begann, sich genussvoll auf ihm zu bewegen, sodass ihre Lustperle wieder und wieder sein Schambein streifte.

Thomas nutzte den Augenblick und umfasste mit seinen nassen Händen ihre Brüste, um sie zu verwöhnen. Sanft kneteten seine Finger die durch ihre Bewegungen wippenden Hügel, bis sie verzückt den Kopf in den Nacken warf und jedes Mal nach Luft schnappte, wenn er mit den Daumen ihre harten Nippel massierte.

Lust pulsierte durch Keiras Körper wie geladene Blitze, ihr Verstand setzte vollkommen aus. Sie schaffte es gerade noch, das Wasser endlich abzudrehen, damit die Wanne nicht überlief. Wie im Rausch ritt sie ihn, bis sie vor Erregung und Anstrengung leise wimmerte und der Schauspieler sie an den Hüften packte und wild in sie zu stoßen begann. Mit jedem Mal, dass er sich in ihrer nassen Höhle versenkte, loderte sein eigenes, lüsternes Feuer wie ein alles verschlingender Waldbrand in seinen blauen Augen auf.

Immer wieder schwappte Wasser aus der Wanne, während sie sich liebten, doch weder Keira noch Thomas kümmerte, dass sie das Badezimmer in ihrer Ekstase in ein Schwimmbad verwandelten. Wollüstig fixierten sie einander, ihrem Höhepunkt zum Greifen nah.

Keira fiel als Erste. Sie schrie erleichtert auf, als ihr Orgasmus wie Stromschläge durch sie hindurchjagte und ihren vor Erregung zitternden Körper mit Glückshormonen belohnte. Wie von Sinnen krallte sie ihre Fingernägel in Thomas' Schultern, während sie sich wieder und wieder um ihn zusammenzog.

Erst, nachdem sie sich etwas beruhigt hatte und der angenehm betäubende Nebel in ihrem Kopf sich verflüchtigt hatte, fing Thomas wieder an, sich weiter in sie zu stoßen – und es brauchte keine drei Sekunden, bis er ihr in den Abgrund folgte und sich knurrend in ihr ergoss. Thomas keuchte. Sein harter Schaft pulsierte in ihr, während er seinen warmen Samen in sie spritzte, bis er erschöpft zurück in die Badewanne sank, Keira widerstandslos mit ihm.

Schweratmend ließ sie ihn aus sich herausgleiten und drehte sich, um ihren Hinterkopf an seine Brust zu betten. Thomas schlang sofort seine Arme um sie. Beide stießen sie ein zufriedenes Seufzen aus und schlossen die Augen, genossen das warme Wasser in der Wanne und badeten selig in der Anwesenheit des anderen.

Eine Weile lang waren keine Worte notwendig. Nicht, als Thomas den Wasserhahn nach gefühlt einer Stunde wieder aufdrehte, damit ihnen nicht zu kalt wurde, nicht, als Keira begann, mit seinen langen Fingern zu spielen und auch nicht, als sie zweifelnd auf die Uhr über der Badezimmertür schielten, die sie warnte, dass sie schon bald wieder in die Realität zurückkehren mussten.

»Sobald du wieder mit den Dreharbeiten anfängst, werden wir länger getrennt sein als nur drei Tage«, gab Keira schließlich seufzend von sich.

Thomas brummte zustimmend. Seine Finger strichen ihr sanft durch das schwarze, nasse Haar. »Ich weiß und ich möchte, dass du mich besuchen kommst, selbst wenn es nur für ein Wochenende ist, ja?«

»Natürlich«, erwiderte sie im Flüsterton. »Darüber machen wir uns Gedanken, wenn es soweit ist.«

Wieder brummte der Schauspieler. »Weißt du, ich habe nicht sonderlich viel Lust, dich hier allein zurückzulassen. Um ehrlich zu sein, habe ich auch keine Lust, ohne dich nach Arizona zu fliegen«, gab er mürrisch zu. Dabei, wusste sie, ging es nicht darum, dass er die Nase voll davon hatte, Interviews zu geben, sich in teure Anzüge stecken zu lassen und Fans für Autogramme und Fotos zu treffen. Ganz im Gegenteil, sie bewunderte nach wie vor, wie innig Thomas seinen Job liebte. Aber auch Keira hatte noch nicht den Elan gefunden, nach ihrer erholsamen Weihnachtszeit zu zweit wieder in den Alltag zurückzufinden.

»Wir können nicht vierundzwanzig Stunden am Tag aneinanderkleben, so gern ich das auch möchte. Mir wird es gut gehen. Ich werde, sobald du weg bist, lediglich ein Dutzend Hauspartys schmeißen, drei Hunde adoptieren und dein Badezimmer in ein teures Spa mit eigener Sauna verwandeln.«

Thomas lachte leise in sich hinein. »Du meinst *unser* Badezimmer, mein Engel.«

Ja. Daran hatte sich Keira noch längst nicht gewöhnt. Dieses luxuriöse Penthaus ihr Zuhause nennen zu dürfen, klang in etwa so real wie eine Reise zum Neptun. Thomas verbat es ihr, seinen Rechnungen auch nur zu nahe zu kommen, und wenn sie etwas brauchte, hielt er sie dazu an, ihm Bescheid zu geben. Er hatte genügend Vertrauen in sie, ihr seine Kreditkarte in die Hand zu drücken, wenn sie den Wocheneinkauf übernahm oder, wie letzte Woche, sich ein neues Paar Winterschuhe besorgen musste, weil ihre alten Treter schon halb auseinanderfielen. Genaugenommen würde der Schauspieler sie sogar schelten, wenn sie bei derartigen Shoppingmissionen sparte.

Thomas hatte ihr die Welt zu Füßen gelegt und las ihr jeglichen Wunsch von den Augen ab und Keira hatte schon vor Wochen aufgegeben, sich dagegen zu sträuben und ihm stattdessen versprochen, ihr gemeinsames Leben in vollsten Zügen zu genießen und nicht mehr an das Geld zu denken, das sie dabei ausgab. Sie bezweifelte, dass sich ein solcher Umstand je normal anfühlen würde. Sie wusste aus erster Hand, wie beschämend und erdrückend es sein konnte, in einem Schuldenberg zu ertrinken, und vermutlich war eben diese frustrierende Zeit in ihrer nicht allzu fernen Vergangenheit der Anlass für Thomas' Großzügigkeit, bis sie nach Abschluss ihrer Ausbildung wieder auf eigenen Beinen stehen konnte – das, und dass er sie auf Händen trug.

Keira verbrauchte monatlich dennoch nie mehr als ein paar hundert Pfund, die sie für den öffentlichen Nahverkehr, Lebensmittel, Bücher für ihre Kurse und den ein oder anderen Tee mit Kuchen im *Beaning's* benötigte – und selbst dieser für Thomas lächerliche Betrag schockierte sie zutiefst. Zumindest mit Trinkgeld würde sie in Zukunft nie wieder geizen müssen.

Es war noch gar nicht so lange her, da hatte sie selbst hinter dem Tresen gestanden und fleißig Kaffee gekocht. Schon ein paar wenige Münzen hatten es täglich geschafft, ihr nach einem langen Arbeitstag noch ein Lächeln ins Gesicht zu zaubern, denn für eine billige Flasche Rotwein, den sie so gerne trank, reichte es an einem ruhigen Wochenende allemal. Inzwischen stellte Thomas sicher, ab und an importierten Wein aus Italien, Frankreich und Spanien für ihre romantischen Dinner zu zweit zu bestellen.

»Begleitest du mich, wenn ich wieder da bin, zur Premiere?«, unterbrach Thomas schließlich die angenehme Stille zwischen den beiden.

Aghast – Im Auge der Rache, der Film zu dessen Dreharbeiten Keira ihn letztes Jahr quer durch Schottland und Thailand begleitet hatte, erschien in ein paar Tagen endlich in den Kinos, was mitunter der Hauptgrund für Thomas' Publicityauftritte in Arizona war. Dank ihres gescheiterten Versuchs, sich zu der Zeit nicht in Thomas zu verlieben, hatte sie von der Handlung des Films nicht unbedingt viel mitbekommen – und der Schauspieler hatte sich mit einem gespielten Grinsen auf den Lippen geweigert, ihr im Nachhinein noch davon zu erzählen. Sie freute sich schon darauf, ihn bald ganz in seinem Element auf der Leinwand bewundern zu dürfen.

»Aber sicher doch. Allerdings nur, wenn du mir versprichst, dir den Film auch tatsächlich mit mir anzusehen und nicht mit den anderen heimlich auf die Afterparty zu verschwinden.«

Der Schauspieler lachte erneut. Seine Brust vibrierte dabei an ihrem Hinterkopf, sodass sie genießerisch die Augen schloss. »Um ehrlich zu sein …«, begann er vorsichtig. » … hatte ich nicht nur an den Film selbst gedacht. Ich möchte, dass du mich auf den roten Teppich begleitest.«

Keira fuhr ruckartig herum, ignorierte vehement, dass dabei schon wieder Wasser aus der Wanne schwappte und den schwarzweißen Fliesenboden tränkte.

»Du meinst … du willst … dass wir … unsere Beziehung ganz offiziell öffentlich m-machen?«, stammelte sie.

Thomas runzelte die Stirn. »Geht dir das zu schnell? Ich weiß, es ist noch kein Jahr her, dass Audrey versucht hat … wir müssen das noch nicht tun. Aber ich würde vor der Welt liebend gerne mit der wunderschönen jungen Frau an meiner Seite angeben«, neckte er sie mit tiefer Stimme und küsste sanft ihre Nasenspitze.

Keira schmunzelte. »Ich … bin nicht sicher.« Der Schauspieler nickte verständnisvoll. »Ich meine, ist das denn eine gute Idee? Was ist mit Jonathan und deinem Agenten? Wären die beiden nicht strikt dagegen, nach allem, was die Medien dank Audrey über dich geschrieben haben?«

»Früher oder später hätte ich mich ohnehin wieder verliebt. Nur, dass es in diesem Fall früher passiert ist. Niemand kann mir vorschreiben, mit wem ich meine Zeit verbringen soll, Keira. Mach dir keine Sorgen darüber, ob man dich akzeptieren wird.«

Keira schwieg einen Moment. Mut und Zuversicht durchströmten sie, als sie wieder zu ihm aufblickte. »Gut. Dann lass es uns tun.«

KAPITEL 2

Keira

Gähnend stieg Keira in die U-Bahn, die soeben eingefahren war. Sie überließ einer alten Dame den letzten freien Sitzplatz und lehnte sich müde an eine der Plexiglaswände, ehe sie ihren Schal etwas lockerte und sich ihre Kopfhörer in die Ohren steckte.

Der Weg in die Bibliothek war früh am Morgen beschwerlich, doch sie wusste genau, dass sie sich nicht aufs Lernen würde konzentrieren können, wenn sie ihren Besuch auf den Nachmittag verschob. Außerdem hatte ganz in der Nähe ein neues, griechisches Restaurant aufgemacht. Thomas war kein Fan von griechischen Gerichten, also hatte sie beschlossen, jetzt, da der Schauspieler in Arizona war, sich nach ein paar Stunden in der Bibliothek zu belohnen und dort zu Mittag zu essen.

Ihre ersten Arbeiten waren schon in ein paar Wochen fällig und obwohl sie ihrem Studium pflichtbewusst nachging, hatte sie ihre Aufgaben, seit sie in ihrem Wohnzimmer einen imposanten Weihnachtsbaum aufgestellt hatten, etwas vernachlässigt. Thomas hatte sie mit tadelnden Blicken bedacht, doch mit den frisch gebackenen Weihnachtsplätzchen, die sie daraufhin aus dem Ofen geholt und auf einen hübsch verzierten Teller gekippt hatte, war ihr eine scherzhafte Standpauke erspart geblieben.

Thomas wusste mit Sicherheit, wie hart Keira an ihrer Ausbildung arbeitete, zumal sie unglaublich schätzte, dass sein Vermögen ihr diese überhaupt erst möglich machte. Das Mindeste, das sie also tun konnte, war, seine Abwesenheit zu nutzen und zu pauken, bis ihr der Kopf rauchte. Denn wenn der Schauspieler bis zu Drehbeginn seines neuen Films noch keine neue Assistentin gefunden hatte, würde Keira alle Hände voll zu tun haben, um ihm ein wenig unter die Arme zu greifen.

»The next station is Tottenham Court Road.«

Abwesend griff sie nach dem Studentenausweis in ihrer Tasche und kämpfte sich durch die Menschenmengen über eine lange Rolltreppe zurück auf die Straße. Die *AA School of Architecture* war nur knappe vier Gehminuten von ihrer Station entfernt, was ihr das Schleppen von schweren Büchern auf Dauer unheimlich erleichterte.

Wenig später atmete sie wohlig auf, als ihr die beheizte Luft im Inneren des Gebäudes entgegenschlug und ihre kalten Finger wärmte. Noch immer hatte sie sich nicht daran gewöhnt, dass sie hier als Teil dieser teuren Institution studieren durfte. Der Gedanke berauschte sie mit jedem Mal, das sie durch die vielen verschachtelten Gänge schritt und frohen Mutes die Hörsäle oder Bibliothek ansteuerte, um es sich mit ihrer Lektüre in einer ruhigen Ecke gemütlich zu machen.

Wenn sie sich erst einmal eingearbeitet hatte, verging die Zeit wie im Flug. Genau so war es auch dieses Mal.

»Hallo?«

Keira kaute gerade auf ihrem Bleistift herum, als sie angesprochen wurde. Überrascht blickte sie auf und sah direkt in das vertrauliche Gesicht einer hübschen jungen Frau mit geflochtenem Haar. Sie tippte mit ihren langen roten Fingernägeln fragend auf den Buchrücken eines der Wälzer, den Keira für eines ihrer baldigen Projekte hatte durchforsten müssen.

»Tut mir leid, wenn ich störe, aber dürfte ich mir das Buch hier kurz ausborgen? Ich müsste noch zwei Quellenangaben nachschlagen.«

Keira lächelte. »Sicher doch.«

»Danke. Hey, bist du nicht in meinem Jahrgang? Ich bin Mayu, ich belege auch den *Foundation Course*.«

»Oh ja. Ich glaube, wir kennen uns. Freut mich sehr. Ich heiße Keira.«

»Wie kommst du mit deinen Seminararbeiten voran? Ich persönlich bin nämlich restlos überfordert ... aber ich glaube, ich bin vor allem hier, um meinem Vater zu beweisen, dass man eine Karriere als Architektin auch dann hinlegen kann, wenn man kein Mathematikass ist. Das macht einige Kurse hier allerdings ziemlich knifflig, wenn du mich fragst.« Mayu senkte die Stimme, um die anderen Studenten im Raum nicht zu stören.

»Ich bin auch ein wenig eingerostet, um ehrlich zu sein. Aber noch kann ich mich nicht beklagen.« Beiläufig warf sie einen kurzen Blick auf ihre Armbanduhr. Es war bereits nach eins.

»Du kannst das Buch gleich behalten, ich bin für heute fertig.«

»Okay. Lass mich wissen, wenn du es noch einmal brauchst. Sehen wir uns morgen in der Vorlesung?«

Keira nickte freundlich und schenkte Mayu ein Lächeln, ehe sie ihre Sachen packte und mit knurrendem Magen die Bibliothek verließ. Sie war kaum über die Schwelle getreten und hatte ihr Handy dabei wieder eingeschaltet, da trudelten bereits erste Nachrichten in ihren Posteingang.

Natalie hatte ihr ein Foto von der neuen Kaffeemaschine geschickt, die sie fürs *Beaning's* gekauft hatte, Carol bat sie, sie zurückzurufen, sobald sie die Zeit dazu fand. Darum würde sie sich jetzt gleich beim Mittagessen kümmern.

Die letzte Nachricht war von Thomas. Keira grinste verliebt in sich hinein.

Ich vermisse dich schon jetzt, mein Engel. Ich liebe dich.

***

»Carol? Ist alles in Ordnung?«

»Keira, meine Liebe, aber natürlich. Ich wollte nur fragen, wie es euch beiden geht.« Carols Stimme drang warm durch den Hörer und entlockte Keira ein sanftes Lächeln. Hungrig schaufelte sie einen Bissen ihrer Hähnchenpfanne mit Metaxa-Sauce in sich hinein und schluckte ihn rasch hinunter.

»Uns geht es bestens, Carol, vielen Dank. Was ist mit dir?«

»Ich darf mich nicht beschweren. Nur mein Bein macht mir in letzter Zeit ein wenig Kummer. Ich musste vergangene Woche viermal auf meinen Spaziergang verzichten!«

Keira runzelte besorgt die Stirn. »Warst du schon beim Arzt?«

»Nein, was wird das bringen? Es ist das Alter, meine Liebe. Ich musste Thomas schon versprechen, mir Schmerztabletten zu besorgen, wenn es unerträglich wird.« Sie lachte kurz. »Kommt ihr auf eine Tasse Tee und Kuchen vorbei?«

»Thomas ist gestern in die USA geflogen, Carol. Er kommt erst am Mittwoch wieder zurück«, erwiderte Keira mit bedauerndem Gesichtsausdruck.

»Ach? Was ein Jammer … davon hat er mir gar nichts erzählt. Bestimmt wegen seines neuen Films. Aber warum kommst du nicht trotzdem, Keira? Leiste mir ein wenig Gesellschaft. Ich habe ein neues Kuchenrezept ausprobiert, mit Walderdbeeren und Johannisbeeren.«

Keira schmunzelte in sich hinein. »Ich komme gerne, Carol.«

»Sehr schön. Wie wäre es mit morgen, sagen wir gegen vier Uhr?«

»Warum nicht gleich heute? Ich bin bald wieder zuhause, ich könnte in zwei Stunden bei dir sein.« Wobei *zuhause* in diesem Fall Thomas' Penthaus bedeutete. In ihrer Magengrube kribbelte es.

Carol keuchte zustimmend auf. »Das ist ja noch besser! So machen wir es! Der Kuchen ist sogar noch warm. Bis später, meine Liebe.«

Keira verabschiedete sich, legte auf und sah liebevoll

auf das Display, bevor sie ihr Handy in ihrer Tasche verschwinden ließ, um sich wieder ihrem Essen zu widmen.

Die alte Mrs. Valough war Keira inzwischen so sehr ans Herz gewachsen, dass sie sie liebte wie ihre eigene Großmutter. Seit Thomas und sie ein Paar waren, bot sie Keira zu jeder Zeit eine Schulter zum Ausweinen an. Wenn es Probleme gab, war sie bei Carol gut aufgehoben. Nicht nur einmal hatte Keira deshalb bereits Tränen der Rührung in den Augen gehabt. Mit ihrer eigenen Familie hatte sie schließlich keinen Kontakt mehr – der Einzige, der sich noch um sie sorgte, war ihr Bruder Keith und der würde dank seines eigenen Jobs, der ihn an Irland kettete, wohl erst im Sommer wieder Zeit finden, sie und Thomas über einen längeren Zeitraum in London zu besuchen.

Keira brauchte wie versprochen nicht mehr als zwei Stunden, bis sie Carols bunt dekoriertes Haus betrat und an den vielen Urlaubsfotos vorbei in ihre Küche schritt.

Die alte Dame liebte Besuch fast so sehr wie die bunten Ansteckhüte, die sie so voller Überzeugung trug, wenn sie ihren täglichen Spaziergängen nachging. Nun erwartete sie Keira bereits geduldig.

»Keira, meine Liebe, lass dich ansehen. Frisch siehst du aus. Das neue Jahr muss gut angefangen haben.« Carol zog sie in eine innige Umarmung, ehe sie ihr prüfend die rauen Hände an die Wangen legte, um sie zu begutachten.

»Das hat es. Ich glaube, das bezeichnet man als ›die Ruhe vor dem Sturm‹ …«, erwiderte sie ein wenig missmutig. Denn mit der behaglichen Zeit war es sicher bald vorbei. Erste Abgabetermine würden auf Keira einprasseln wie Hagelkörner, während Thomas sich für seinen neuen Film vorbereitete und sie schließlich mehrere Monate gezwungenermaßen lang allein lassen und ihre Beziehung auf die Probe stellen würde.

»Wir wollen doch aber hoffen, dass es bei einem leichten Nieseln bleibt. Na komm, setz dich und erzähl mir, was es Neues gibt. Ich habe dir schon ein Stück Kuchen hingestellt. Möchtest du eine Tasse Tee?«

»Ja, sehr gerne.«

Carol nahm Keira die warme Winterjacke ab, damit sie sich setzen konnte. »Wie geht es eigentlich Natalie?«, rief sie ihr vom Flur aus neugierig zu.

»Ganz gut, denke ich. Wir schreiben regelmäßig miteinander. Mit dem ganzen Weihnachts- und Neujahrsstress hatten wir kaum Zeit, uns zu treffen.«

»Ich sehe sie in letzter Zeit nur selten im Café. Greta übernimmt offenbar recht viele ihrer Schichten.«

Keira nickte nachdenklich, als Carol sich wieder zu ihr gesellte und darauf wartete, dass das Wasser zu kochen begann. Greta war Keiras Nachfolgerin im *Beaning's* – eine nette junge Frau.

»Ich werde mit ihr sprechen. Vielleicht will sie expandieren. Davon hat sie mir letztes Jahr im November noch erzählt. Wenn es stimmt, wird sie alle Hände voll zu tun haben, schon allein, wenn sie dann nach neuen Mitarbeitern sucht.«

»Ich verstehe ... und wie sieht es an der Assistenzfront aus? Habt ihr schon jemanden gefunden?«

»Jonathan meinte, er hätte eine Interessentin«, erklärte Keira bitter. Und je länger sie darüber nachdachte, dass eine fremde Frau bald sehr viel Zeit mit Thomas verbringen würde, desto mehr verstand sie, warum Audrey sich in ihrer Anwesenheit stets unausstehlich verhalten hatte. Eifersucht war ein wahrhaft ekelhaftes Gefühl, das nun auch Keira nicht so ganz abzuschütteln vermochte. Aber sie vertraute Thomas – abgesehen davon wünschte sie ihm Unterstützung, wenn er sich bald wieder kopfüber in die Schauspielerei stürzte.

»Sobald Thomas mit seinem neuen Film anfängt, wird es viel zu tun geben. Er behauptet zwar, dass er klarkommt, aber er scheint einverstanden zu sein.«

Carol lachte amüsiert auf. »Darauf hat er schon damals beharrt, als ich ihm zum ersten Mal vorgeschlagen habe, sich eine Assistentin zu suchen. Er hat Jonathan jedes Mal abgewürgt, wenn er davon angefangen hat. Aber was sagst du da, ein neuer Film? Wurde ihm denn eine Rolle angeboten?«

»Ja. Jonathan war ganz verrückt danach. Er hat uns das Skript im größten Schneechaos vorbeigebracht.«

»Und wird Thomas sie annehmen?«

»Ich denke schon.« Dankend nahm Keira der alten Dame den kochend heißen Teekessel aus der Hand und goss ihnen beiden vorsichtig ein. »Er war ganz begeistert.«

»Welcher Regisseur?«

»Er sagte etwas von Robert de Limo.«

»Doch nicht im Ernst? Seine Filme verschlingt Thomas schon, seit er ein Teenager war. Er muss unglaublich stolz sein.«

Keira griff schmunzelnd nach der kleinen Milchkanne, die Carol auf die bunte Tischdecke mit dem fröhlichen Blütenmuster gestellt hatte. »Das ist er. Ich freue mich für ihn.«

»Wann beginnen die Dreharbeiten?«

»Das weiß ich noch nicht. Ich hoffe bloß, dass wir seinen Geburtstag noch zusammen feiern können, bevor er abreist.«

Carol lächelte traurig. »Keira, sei bitte nicht allzu enttäuscht, wenn das nicht klappt.«

»Natürlich nicht. Ich weiß, wie wichtig ihm seine Karriere ist. Wenn er an seinem eigenen Geburtstag wirklich vor der Kamera stehen muss, akzeptiere ich das. Es wäre einfach nur schön, wenn …«

»Wenn ihr zusammen wärt? Sicher wäre es das. Du bist doch so nachsichtig, Keira. Ich bin mir sicher, dein Verständnis wird belohnt werden. Du weißt, wie Thomas ist.«

»Da mache ich mir auch keine Sorgen. Ich wache noch immer jeden Morgen neben ihm auf und frage mich, womit ich ihn verdient habe.«

Carol schielte Keira wissend an und ließ einen weißen Zuckerwürfel in ihren Tee fallen.

»Ihr beide seid wie Yin und Yang, ihr ergänzt einander perfekt. Ich glaube auch nicht, dass Thomas noch ohne *dich* leben könnte.«

»Ich könnte auch nicht mehr ohne ihn leben«, gab sie verträumt zurück. Selig nippte sie an ihrer Tasse und spießte mit der kleinen silbernen Gabel ein Stück Kuchen auf, das sie sogleich genüsslich in ihrem Mund verschwinden ließ. Er schmeckte wirklich köstlich. Keira seufzte und schluckte den Bissen nachdenklich hinunter.

»Wir ... haben vor, in die Öffentlichkeit zu gehen. Als Paar, meine ich«, ließ sie die Bombe platzen.

Carols Augen weiteten sich überrascht. »Ja?«

»Bei der Premiere. Thomas hat mich gefragt, ob ich ihn auf den roten Teppich begleite.«

»Und das wirst du tun?«, fragte sie begeistert.

Keira nickte überzeugt. »Ich glaube, wir sind bereit dafür.«

»Sicher wird das ein großer Schritt für dich sein.«

»Einen kleinen Vorgeschmack habe ich ja schon bekommen«, erwiderte sie mit hochgezogenen Augenbrauen. Carol lachte auf.

»Das ist wohl wahr. Ich denke auch, dass es eine gute Idee ist. Wenn ihr der Meinung seid, dass ihr genug Zeit für euch hattet, bevor ihr mit der Tür ins Haus fallt, dann wird es das Richtige für euch sein.«

»Danke. Das bedeutet mir viel.«

Keira verschlang noch einen Bissen. Der Kuchen war *wirklich* himmlisch. Merkwürdigerweise gab ihr der süße und fruchtige Geschmack irgendwie ein Gefühl von Heimeligkeit und Geborgenheit, so, als wäre sie endlich da angekommen, wo sie hingehörte. Da, wo sie, ohne es zu wissen, schon immer hingewollt hatte.

Thomas musste diesen Kuchen unbedingt auch probieren.

»Carol, der schmeckt unglaublich. Du musst mir das Rezept geben.«

Freudig klatschte Carol in die Hände. »Ich dachte schon, du würdest mich nie fragen!«

***

Keira packte am nächsten Morgen die Motivation, als ihr Wecker klingelte und sie sich für die bevorstehende Vorlesung aus dem Bett hievte. Thomas' Seite war kalt und unberührt. Sie freute sich also umso mehr, dass der Schauspieler in weniger als vierundzwanzig Stunden schon wieder bei ihr sein würde.

Außerdem machte es in diesem geräumigen Apartment ohne ihn eben keinen Spaß, egal, wie oft sie sich mit den vielen bunten Fischen unterhielt, die in dem großen Aquarium im Foyer vor sich hin schwammen. Eines Abends war sie etwas angetrunken von einer Weinverkostung, zu der Thomas sie ausgeführt hatte, nachhause gekommen, da hatte sie jedem einzelnen einen lustigen Namen gegeben. Sie war selbst darüber erstaunt, dass sie sich noch immer daran erinnern konnte.

In ihrer Hektik erschrak sie, als sie nach einem schnellen Frühstück von Amira, Thomas' Haushälterin, überrascht wurde, die wie üblich wöchentlich vorbeikam, um die Penthaus-Wohnung zu putzen. Keiras Kopf fühlte sich an wie Watte, vollgestopft mit Informationen und To-Do-Listen, die sie in Windeseile abgearbeitet haben musste. Wieso noch gleich hatte sie aufgehört, einen Terminkalender zu führen? Sie würde sich noch heute einen neuen kaufen und dem Chaos in ihren Gedanken mutig den Kampf ansagen. Noch dazu kam, dass ihr Gespräch mit Carol gestern sie daran erinnert hatte, Thomas' Lieblingsrestaurant anzurufen und einen Tisch für sie beide zu reservieren. Seinen Geburtstag feierten sie zwar erst am zehnten März, doch bei einem exklusiven Fünfsternerestaurant mit Starköchen, das Tom sich trotz seines Vermögens nur wenige Male im Jahr gönnte, fing eben nur der frühe Vogel den Wurm.

Sie würde sich nach der Vorlesung darum kümmern.

Trotz ihrer Müdigkeit schaffte sie es als eine der Ersten in den Hörsaal. Erst nach und nach füllte sich der große Raum mit jungen Studenten, die denselben Beruf zum Ziel hatten wie sie. Sie winkte, als sie Mayu in der Menge entdeckte, wie sie sich mit drei weiteren Studentinnen durch die schmale Tür zu quetschen versuchte – gleichzeitig. Ihre Laptoptasche an die Brust gepresst kämpfte sie sich dann weiter in den Hörsaal und ließ sich schließlich mit einem Schnaufen auf dem freien Platz neben Keira nieder.

»Guten Morgen. Gut geschlafen?«, fragte sie ihre neue Bekanntschaft mit einem freundlichen Lächeln.

»Überraschend gut. Ich war die halbe Nacht wach und habe mir die neuen Folgen von *Doctor Who* angesehen. Nach nur sechs Stunden Schlaf bin ich also ausgesprochen fit. Oder es liegt an dem Jumbo-Kaffee, den ich mir heute Morgen wie Benzin reingekippt habe, wer weiß. Falls du übrigens mal Hilfe beim Lernen brauchst, stehe ich gerne zur Verfügung. Es ist immer schön zu wissen, seine Frustration mit jemandem teilen zu können. Gestern hat mein Cousin aus Bristol mit mir gelernt. Er ist so etwas wie ein Mathe-Genie und ein Computerfreak, der hackt sich in jedes Netzwerk. Nach dreieinhalb Stunden hat mir so der Kopf geraucht, ergo meine Belohnung, bis spät nachts Serien nachzuholen … tut mir leid, ich quatsche schon wieder zu viel, nicht wahr?«

Keira schielte auf ihr Handy, das soeben kurz vibriert hatte. Eine neue Nachricht von Thomas leuchtete am Display auf und es juckte ihr in den Fingern, sie sofort zu lesen. Sie wusste, dass wenn der Schauspieler auf Reisen war, schon die Zeit für eine kurze SMS den reinsten Luxus für ihn darstellte. Zwischen all den Interviews und Fotoshootings blieb ihm dabei selten ein Moment, in Ruhe auf seine Nachrichten zu antworten.

»Oh nein … mach dir keinen Kopf, ich bin auch nur müde«, erwiderte sie mit einem entschuldigenden Nicken und schob das kleine Gerät widerwillig von sich. »Aber auf dein Angebot komme ich gerne zurück. Ich bin es nicht mehr so gewöhnt, lange vor mich hin zu pauken.«

»Ach so. Hast du dein Studium denn unterbrochen?«

Keira schüttelte den Kopf. »Ich habe erst damit angefangen, genau wie du. Ist eine lange Geschichte …« Eine, die sie Mayu auf keinen Fall an der Universität auftischen wollte, schon gar nicht so kurz vor einer Vorlesung, die sämtliche Konzentration, die sie für heute mitgebracht hatte, für sich beanspruchen würde. Bewaffnet mit ihrem Notizblock und einem glitzernden Kugelschreiber, der das gelbe Licht der Leuchtstoffröhren über ihnen reflektierte, rutschte sie auf ihrem Platz herum, bis sie etwas aufrechter zum Sitzen kam.

»Ich verstehe. Wie alt bist du denn?«, bohrte Mayu neugierig nach.

»Ich bin dreiundzwanzig.«

»Tatsache? Ich werde im September einundzwanzig.«

Wieder vibrierte ihr Handy, doch dieses Mal griff sie zielstrebig danach. Flink hob sie die Sperre auf und tippte mit klopfendem Herzen auf das Nachrichtensymbol.

Keira, mein Engel, würdest du mir bitte eine E-Mail weiterleiten? Nick hat mich eben angerufen, offenbar hat Robert de Limo mir ein paar Infos zum Skript zukommen lassen, aber er hat sie an meine alte E-Mailadresse geschickt.

Keira?

Sie schmunzelte. Sie hatte Thomas im Dezember noch gewarnt, dass er seinen alten E-Mail-Account noch nicht aus seiner App löschen sollte. Welch ein Glück, dass sie als seine ehemalige Assistentin genügend Übung darin hatte, sich um genau solche Fälle zu kümmern.

»Er scheint ja ziemlich hartnäckig zu sein«, gab Mayu verschmitzt von sich, nachdem sie mit einem vielversprechenden ›Natürlich. *Gib mir eine Minute*‹ geantwortet hatte und ihre Aufmerksamkeit wieder auf ihre Studienkollegin richtete.

»Was, wie bitte?«

»Oh, sorry … aber ich bin mir ziemlich sicher, dass die Nachrichten von einem Typen sind.«

In dem Moment betrat der Professor den Hörsaal und begrüßte seine Studenten flüchtig, ehe er sich hinter das Pult flüchtete und seine Unterlagen vor sich ausbreitete. Ein leises Brummen drang durch den Raum, als er den Overhead-Projektor anschaltete und an seinen Laptop anschloss.

»Entschuldige … ich wollte nicht so offensichtlich wirken.«

»Keine Sorge, ich beobachte das ständig. Meine Schwester ist da genauso. Wenn ihr ihr Freund schreibt, wird alles andere unwichtig. Seid ihr denn schon lange zusammen?«

Keira dachte nach. Die Frage war gut. Wie lange waren

sie nun ein Paar? Seit sie vor lauter Frust, aufgestauter sexueller Energie und ihrer blinden Zuneigung füreinander wie die Tiger übereinander hergefallen waren? Von Thomas' Exfreundin im Bett erwischt worden zu sein, war nicht unbedingt die Geschichte, die sie eines Tages ihren Enkelkindern erzählen wollte, auch wenn sie sicherlich ihren Reiz hatte und sich von den üblichen Märchen aus Büchern und Filmen abhob.

»Seit ungefähr einem halben Jahr«, antwortete sie schließlich und beschloss, es dabei zu belassen. Das war auch gar nicht gelogen. Vor ungefähr einem halben Jahr hatten sie sich zum ersten Mal geküsst, auch wenn ihnen damals noch nicht klar gewesen war, auf welch wilde und leidenschaftliche Reise sie sich damit begeben würden.

»Du klingst, als wäre das irgendwie kompliziert.«

Keira zuckte mit den Schultern, während Mayu ein wissendes Grinsen aufsetzte.

»Wenn du wüsstest, wie kompliziert.«

»Ist er es denn wert?«

»Das ist er. Jede einzelne Sekunde, die wir zusammen sind.« Darüber musste sie gar nicht erst nachdenken.

»Wow ... ich beneide dich. Ich brauche dringend mal wieder Sex. Wahrscheinlich bin ich zu wenig ausgelastet und tu mich deshalb so schwer, mich aufs Lernen zu konzentrieren.«

Augenblicklich weiteten sich Keiras Augen. Mayu war nun wirklich ein Kapitel für sich. Eine bildhübsche junge Frau mit einer großen Klappe und absolut keiner Scheu, der Welt ihre Gedanken mitzuteilen. Keira konnte sich nicht ganz erklären warum, aber sie mochte ihre neue Studienkollegin schon jetzt.

»Oh ... tut mir echt leid. Meine Schwester sagt mir immer wieder, dass ich viel zu aufgeschlossen und direkt bin. Liegt wohl in den Genen, unsere Mutter ist genauso. Ich wollte dich nicht in Panik versetzen. Aber mein Leben ist ein offenes Buch. Ich habe nichts zu verbergen und es gibt ohnehin viel zu wenige Frauen, mit denen man offen über Sex sprechen kann.«

»Oh. Ja. Stimmt«, war alles, was Keira hervorbrachte.

Mayu grinste. »Tja. So ist das Leben.« Ein perfektes Schlusswort, wie sich herausstellte, da der Professor just in dem Moment mit seiner Vorlesung begann.

Keira beeilte sich, bei Thomas' altem Account einzusteigen und ihm die E-Mail weiterzuleiten. Mit seinem ›*Du bist ein Engel, danke. Ich liebe dich. Bis morgen*‹, das sie daraufhin noch erhielt, versetzte er sie den ganzen restlichen Tag über in gute Stimmung, die sich wohl hoffentlich auch auf den Kuchen auswirken würde, den sie noch am selben Abend für Thomas in Angriff nehmen würde, um ihn morgen bei seiner Rückkehr zu überraschen.

KAPITEL 3

Keira

Schlaftrunken schlug Keira nach der Hand, die sie an der Nasenspitze kitzelte, und drehte sich mit noch geschlossenen Augen auf die andere Seite. Es fühlte sich viel zu früh an, um aufzustehen und sich mit den warmen Sonnenstrahlen auseinanderzusetzen, die sich verstohlen durch Thomas' dichte Vorhänge zu schleichen versuchten. An dem überraschend schönen Wetter heute Morgen konnte sie sich schließlich auch später noch erfreuen.

Wieder spürte sie ein leichtes Kitzeln an der Nase, gefolgt von weichen Fingerspitzen, die ihr hauchzart über die Wange strichen. Keiras Lider flatterten. Kaum hatte sie ihre müden Augen geöffnet, blickte sie geradewegs auf Thomas, der sie, leicht über sie gebeugt, mit einem amüsierten Schmunzeln fixierte.

»Guten Morgen, mein Engel.«

Sie begann zu lächeln. Vier süße Worte hatte es gebraucht, um sie aus der Reserve zu locken und sich die Energie, die sie über Nacht getankt hatte, zunutze zu machen. Seufzend richtete sie sich auf und ließ zu, dass der Schauspieler sie an sich zog, um sie leidenschaftlich zu küssen. Thomas legte ihr gierig nach mehr die Hand in den Nacken, ließ ihr kaum Zeit, nach Luft zu schnappen, ehe sie sich wieder von ihm lösen und ihre Finger mit seinen verschränken konnte.

»Du bist ja schon früher zurück«, säuselte sie verträumt. »Ich bin doch wirklich wach, oder?«

Thomas lachte leise in sich hinein. »Jetzt ja. Na komm. Ich habe dir Frühstück vom Flughafen mitgebracht. Buttercroissants mit Nougatfüllung.«

»Ich träume definitiv noch.«

Grinsend ließ sie sich von Thomas aus dem Bett ziehen und quiekte vergnügt auf, als er sie sich über die Schulter warf und kurzerhand in die Küche trug.

»Hmm … mit deinem hübschen Hinterteil so nahe an meinem Gesicht ist der Gedanke an Frühstück zwar nur das Zweitbeste, was mir einfällt, doch das wird warten müssen, bis du dich gestärkt hast.«

Keira grinste. In der Küche angekommen, setzte er ihre nackten Füße wieder auf den Boden.

Thomas hatte den gläsernen Küchentisch mit einem Strauß frischer Blumen verziert. Neben zwei dampfenden Tassen Kaffee und den versprochenen Croissants allerdings thronte auch noch ein dunkelbrauner Teddybär mit tiefblauen Knopfaugen und einem niedlichen T-Shirt, auf welchem ein tiefrotes Herz abgebildet war. In seinen kleinen Ärmchen hielt er eine Tafel Schokolade, dessen Verpackung mit einem Cowboy auf einem buckelnden Pferd und dem Schriftzug *Arizona* bedruckt war.

»Oh, Thomas, der ist aber süß!« Verzückt stürmte Keira auf den Tisch zu und drückte den kleinen Teddybär an ihre Brust. »Danke!«

»Nur eine kleine Aufmerksamkeit. Auch wenn dieses Geschenk ein absolutes Klischee ist. Aber jetzt setz dich. Ich habe Hunger … und damit meine ich nicht die Croissants«, entgegnete er und zwinkerte verspielt.

Er entlockte ihr damit ein weiteres Kichern, ehe sie sich an den Tisch setzte und sich genüsslich über ihr Gebäck hermachte. Den Teddy behielt sie unterdessen auf ihrem Schoß.

»Ich habe dir einen Kuchen gebacken«, nuschelte sie mit vollem Mund. »Carol hat mir vorgestern ein neues Rezept gegeben. Du wirst ihn lieben.«

»Ach, ist das der geheimnisvolle Teller mit Kuchenglocke im Kühlschrank?« Thomas lächelte, woraufhin sie energisch nickte.

»Ich hoffe nur, dass er mir genauso gut gelungen ist.« Hungrig schluckte sie den Bissen hinunter. »Wie war es in Arizona?«

»Es hat Spaß gemacht. So viele Fans sind aus aller Welt angereist, um mich zu treffen. Ich will gar nicht wissen, wie viele Autogramme ich in den letzten Tagen schreiben musste. Übrigens war es unglaublich warm dort. Im Sommer nehme ich dich mal mit nach Los Angeles. Du wirst das Wetter und die Westküste lieben.«

»Das ist schön«, gab Keira interessiert zurück. »Was ist mit dem neuen Film? Gefällt dir das Skript?«

Es war fast schon erstaunlich, wie viel die beiden einander zu berichten hatten, obwohl sie nur drei Tage lang getrennt gewesen waren. Keira fühlte sich wie in einem kitschigen Liebesfilm, wenn sie daran dachte, dass sie Thomas inzwischen wie die Luft zum Atmen brauchte. Aber es war so. Er könnte sich mit ihr über Steine unterhalten und sie würde ihm noch immer gespannt zuhören. Umso besser also, dass sie sich für seine Arbeit ebenso leidenschaftlich begeisterte wie er selbst.

»Gefallen ist noch untertrieben. Robert de Limo verfilmt den Roman einer jungen Autorin aus Dänemark, Charlotte Vesten. Ich glaube, das wird eine der komplexesten Rollen, die ich je gespielt habe.« Thomas sah kurz nachdenklich aus dem Fenster, während Keira sich den Magen mit dem Croissant vollschlug und ihn mit großen Augen ansah.

»Was stand in der E-Mail, die de Limo dir geschickt hat? Ich hatte keine Zeit, sie selbst zu lesen, ich war gerade in einer Vorlesung.«

Der Schauspieler grinste frech. »Ich soll mir für die Rolle einen Bart wachsen lassen und regelmäßig trainieren, um etwas an Muskelmasse zuzulegen.« Keira hob mahnend eine Augenbraue. Mit einem Bart konnte sie leben – ganz im Gegenteil, sie glaubte, dass er damit zweifelsohne *heiß* aussehen würde – bei einem anstehenden Workout jedoch schrillten ihre Alarmglocken.

»Du wirst doch aber nicht wieder auf dumme Ideen kommen und dich auf gefährliche Stunts einlassen? Du erinnerst dich bestimmt, was das letzte Mal passiert ist. Ich bin nicht scharf darauf, dich wieder von einem Krankenhaus abholen zu müssen«, gab sie angstvoll zu bedenken.

»Keine Stunts, versprochen. Nur ein Bart.«

Keira nickte mit zusammengekniffenen Augen. Ihre Gedanken wanderten in eine gefährlich zweideutige Richtung. »Das dürfte dann ja interessant werden.«

Thomas zwinkerte ihr zu. »Da stimme ich dir gerne zu. Zumindest, bis mein Charakter stirbt.«

»Was, wirklich? Wie denn?«

Tadelnd zog er eine Augenbraue nach oben und trank seelenruhig einen Schluck Kaffee. »Das wäre jetzt doch ein Spoiler, mein Engel.«

Keira schluckte und schüttelte belustigt den Kopf. »Und darauf kommst du, *nachdem* du mir erzählt hast, dass du in dem Film sterben sollst?«

Er lachte. »Da hast du wohl Recht. Ich werde erschossen und falle von einer Klippe.«

»Wie im Wilden Westen, ja?«

»Vielmehr am Rand eines düsteren Waldes. Der Film ist eine Art Action-Thriller mit einem Hauch von Romantik. Der Protagonist opfert sich für seine große Liebe, die er den gesamten Film über als Auftragsmörder zu töten plant. Im Buch ist die Kulisse eigentlich eine Art Felsvorsprung. Robert schien es wohl besser zu finden, die Atmosphäre ins Szenenbild miteinfließen zu lassen. Ich habe mir das Buch in Arizona gekauft, du solltest es auch lesen, es ist beeindruckend gut geschrieben.«

Keiras verliebte Blicke, die sich wie Amors Pfeile in ihn hineinbohrten, während er ohne Punkt und Komma erzählte, entgingen ihm mit Sicherheit nicht. Er wartete, bis sie auch noch den letzten Bissen ihres Croissants verputzt und ihren Kaffee ausgetrunken hatte, um über den Tisch hinweg nach ihrer Hand zu greifen. Mit dem Daumen malte er unsichtbare Kreise auf ihren Handrücken.

»Die Dreharbeiten beginnen schon am sechsten März«, sagte er plötzlich schuldbewusst.

»Oh …« Keiras Lippen teilten sich leicht. Sie hatte ja irgendwie befürchtet, dass es so kommen würde und täte gut daran, Carols Rat zu befolgen und deshalb nicht allzu enttäuscht zu sein. Der schmerzhafte Stich, der direkt in ihr Herz hineinfuhr, ließ sie innerlich trotzdem zusammenzucken. Es war nur so, dass Thomas an *ihrem* Geburtstag, letztes Jahr am 27. Dezember, weder Kosten noch Mühen gescheut hatte, ihr einen der schönsten Tage ihres Lebens zu schenken. Der englische Schauspieler gab dem Begriff *jemanden auf Händen* tragen eine ganz neue Bedeutung. Sie hatte sich bereits auf das Privileg gefreut, nun im Gegenzug seinen Ehrentag mit ihm zu verbringen und dafür zu sorgen, dass er ihm für immer in Erinnerung blieb.

»Also … wirst du deinen Geburtstag wohl in …?«

» … Frankreich verbringen. Wir drehen in Nordfrankreich. Es tut mir wirklich leid, Keira. Wir feiern hinterher noch einmal. Nur wir beide.«

Sei es drum. Keira würde ihm nicht im Wege stehen. Sie war schließlich nicht Audrey.

»Mach dir keinen Kopf, Thomas … ich liebe dich und ich freue mich für dich. Das weißt du?«

»Natürlich weiß ich das. Ich liebe dich auch.« Zärtlich hob er ihre Hand und drückte ihr einen sanften Kuss auf die Fingerknöchel. »Aber ich habe auch ein paar gute Neuigkeiten. Zum einen findet der Dreh auch während deiner Osterferien statt und du kannst mich in Frankreich besuchen kommen, wenn du möchtest.«

»Als ob ich darüber nachdenken müsste«, unterbrach sie ihn verspielt.

»Zum anderen habe ich am Flughafen mit Jonathan telefoniert. Die Kandidatin, die sich als Assistenz bewerben wollte, hat ihre Bewerbung zurückgezogen. Jonathan meinte, sie wäre mit den unvorhersehbaren Arbeitszeiten und den langen Auslandsaufenthalten nicht einverstanden gewesen und hätte lieber von einem Büro aus für mich gearbeitet.«

Keira kniff fragend die Augenbrauen zusammen. Sein unheilvolles Lächeln weckte ihren Argwohn und krabbelte wie Tausende von Ameisen ihre Brust hinauf. »Inwieweit ist das eine gute Nachricht?«

»Ich weiß zwar, dass du dir wünschst, ich hätte wieder ein wenig Unterstützung, aber du musst zugeben, dass ich aus dir inzwischen lesen kann wie aus einem Buch. Und als Jonathan die Bewerberin erwähnt hat, stand auf deiner Stirn ›Eifersucht‹ geschrieben, als hätte man dir das Wort mit einem dicken schwarzen Edding auf die Haut gemalt.«

»Was? Das ist doch gar nicht wahr!«, protestierte sie laut.

»Und wie wahr das ist, mein Engel.« Thomas grinste inzwischen so schelmisch wie die Katze aus *Alice im Wunderland*.

Keira schüttelte amüsiert den Kopf. Der Schauspieler mochte vieles sein, aber er war auch ein Mann. Jeder Mann freute sich insgeheim darüber, wenn die Freundin wie ein kleines Kätzchen ihre Krallen ausfuhr und ihren Besitz verteidigte – zumindest, so verstand sich, in Maßen.

Noch viel wichtiger war ihr aber, dass Thomas ihren Unmut nachvollziehen konnte. Eine gesunde Portion Eifersucht *gehörte* in jede Beziehung. Audrey war da anders gewesen – sie hatte sich in der Nähe anderer Frauen, und vor allem vor Keira, in eine feuerspeiende Hyäne verwandelt, was den Schauspieler am Ende, wie Keira beobachtet hatte, nur noch mehr von ihr fortgetrieben hatte. Dass *ihr* bei dem Gedanken, ersetzt zu werden, nun also unwohl war, konnte man hoffentlich gut verstehen, immerhin war ihm bestimmt auch klar, dass er es ihr nicht ausreden würde können, ihm selbst zu assistieren, bis Jonathan einen Ersatz gefunden hatte.

»Na schön, vielleicht ein bisschen«, gab sie dann endlich zu. Mit Thomas' Fans ging es ihr ja gleich. Viele von ihnen waren mitunter ebenso talentiert und passioniert wie Thomas selbst. Sie liebte den Enthusiasmus und die Begeisterung, mit der sie ihm gegenübertraten, knirschte gleichzeitig aber jedes Mal unfreiwillig mit den Zähnen, wenn sie beobachtete, wie ein weiblicher Fan für ein Foto seine Arme um ihn schlang oder sogar die Dreistigkeit besaß, ihn auf die Wange zu küssen.

Thomas lachte triumphierend auf. »Ich habe Jonathan darum gebeten, ab sofort vorwiegend nach männlichen Bewerbern zu suchen. Würde dich das beruhigen?«

Ihnen beiden war klar, dass sich das, was zwischen Thomas und Keira im letzten Jahr passiert war, nicht wiederholen würde. Darum ging es dem Schauspieler mit Sicherheit auch gar nicht. »Um ehrlich zu sein, würde ich mich auch irgendwie wohler fühlen, wenn ich während der Dreharbeiten fürs Erste außer mit den Kostüm- und Maskenbildnerinnen und der ein oder anderen Schauspielkollegin nicht viel Zweisamkeit mit Frauen in Kauf nehmen muss – ich habe nur noch Augen für dich, Keira. Von all dem Stress und dem Drama, das Audrey uns eingebracht hat, ganz zu schweigen.«

»Du hast Recht«, erwiderte Keira sichtlich erleichtert. »Das ist wirklich eine gute Nachricht. Danke.«

Thomas nickte einfühlsam. »Und jetzt … habe ich Lust auf etwas Süßes.«

»Der Kuchen ist eiskalt. Ich nehme ihn aus dem Kühlschrank und stelle ihn ein wenig auf die Theke, dann …« Keira hielt skeptisch inne, als sie bemerkte, dass Thomas wieder zu grinsen begonnen hatte. Wenn sie ihn nicht besser gekannt hätte, wäre ihr seine verdammt gute Laune spätestens jetzt ein wenig unheimlich geworden.

Anzüglich wackelte er mit den dunklen Augenbrauen. »Ich habe nicht von dem Kuchen gesprochen, mein Engel.«

KAPITEL 4

Keira

»Du bist wunderschön«, gab Thomas verträumt von sich. Lässig lehnte er sich gegen den Türrahmen und beäugte Keira mit leuchtenden Kinderaugen, als ob er soeben zum ersten Mal einen strahlenden Weihnachtsbaum mit Dutzenden von Geschenken darunter zu Gesicht bekommen hatte.

»Ich sehe auch nicht übertrieben aus?«

Thomas' Stylisten – Clara, Pamela und Edmund, die Keira schon vor knapp einem Jahr kennengelernt hatte, hatten ihr ein lavendelfarbenes Kleid herausgesucht. Es war schlicht, lang und schleifte, wenn sie auf die dazu passenden, silbernen High Heels verzichten würde, über den Boden. Der Stoff war so federleicht und weich, dass sie sich damit am liebsten in ihr Bett gekuschelt hätte. Damit stattdessen bald über den roten Teppich zu stolzieren, brachte ihren Puls auf Hochtouren.

»Nicht reden!«, ermahnte Edmund sie streng und formte mit hochgezogenen Augenbrauen einen Kussmund, den sie nachahmte, damit er noch etwas mehr Farbe auf ihre Lippen auftragen konnte. »Du siehst nicht übertrieben aus«, fuhr er dann fort, ohne Thomas eine Chance zu geben, selbst zu antworten. »Ich weiß, du bist nicht gewöhnt daran, so aufgebrezelt herumzulaufen, aber du wirst überrascht sein, wie dezent dein Make-up am Ende aussehen wird, Schätzchen. Kameras fangen jedes noch so kleine Detail ein. So ist die Welt des Glamours und der Stars und Sternchen nun einmal und ich werde dich auch nicht in Ruhe lassen, bis du perfekt aussiehst. Du hast ja keine Ahnung, was für ein schönes Gesicht du hast, Keira. Tom kann sich glücklich schätzen.«

Kichernd gab Keira klein bei und griff blind nach Thomas' Hand. Seine Finger verschränkten sich mit ihren, noch bevor Pamela darüber jammern konnte, dass ihr Nagellack erst richtig trocknen musste.

»Ich sitze seit zweieinhalb Stunden auf diesem Stuhl, langsam schläft mir der Hintern ein«, beschwerte sie sich halbherzig und grinste verschlagen. Zugegeben, Keira fühlte sich wie eine verwöhnte Prinzessin, die von vorne bis hinten bedient wurde. Clara hatte sogar angeboten, ihr die Beine zu epilieren, doch diesen Vorschlag hatte sie dankend abgelehnt. In dieser Zone war außer Thomas nun wirklich niemand erlaubt.

Das letzte Mal, dass Keira ihn auf eine öffentliche Veranstaltung begleitet hatte, hatten sie die Wohltätigkeitsgala im Royal Opera House besucht. Damals hatte sie sich um ihr Make-Up und ihre Haare größtenteils selbst gekümmert, zumal Audrey sämtliche Aufmerksamkeit der Stylisten für sich beansprucht hatte. Es war schön, sich ausnahmsweise nicht selbst mit dem schwarzen Durcheinander auf ihrem Kopf herumärgern zu müssen, andererseits kam sie sich bei dem Gedanken daran, keinen einzigen Handgriff selbst tun zu brauchen, auch irgendwie dämlich vor. Dieses Mal hatte sie noch nicht einmal ihr Kleid selbst anziehen dürfen, weil Edmund Angst hatte, der empfindliche Stoff würde knittern. Eine Welt des Glamours war dieser Tag alle Mal.

»Die Limousine kommt in einer halben Stunde«, flüsterte sie, als der Schauspieler ihr einen zarten Kuss auf die Fingerknöchel presste.

Er zuckte unbeeindruckt mit den Schultern. »Mir bleibt also eine halbe Stunde Zeit, um diese verflixte Krawatte zu binden.«

Keira hätte es niemals für möglich gehalten, dass Edmund noch weitere zwanzig Minuten brauchen würde, ihr Gesicht zuzukleistern. Um sich ein wenig zu beschäftigen, hatte sie begonnen, ihn über die verschiedenen – und zum Teil sündhaft teuren – Produkte, die er benutzte, auszufragen. Als Clara ihr dann endlich ihre kleine Clutch reichte und ihr lächelnd befahl, noch einmal tief Luft zu holen – und zwar nicht nur, weil sie kurz davor war, sich in die gierigen Hände unzähliger Fotografen und Fans zu begeben, sondern auch, weil ihr Erscheinungsbild heute Abend schlappe zehntausend Pfund gekostet hatte – setzte ihr Herz vor Aufregung fast aus.

Draußen, im Licht der Straßenlaternen, sah Keira schluckend an sich herunter. Thomas stieg frohen Mutes in die schwarzglänzende Limousine ein, während Keira sich von Pamela und Edward noch einmal erklären ließ, wie sie es ihm elegant gleichtat, ohne dabei ihr Kleid zu zerknittern oder die Welt unfreiwillig an der Farbe ihrer Unterwäsche teilhaben zu lassen. Davor hatte sogar Audrey sie bereits einmal gewarnt.

Sie nahm noch einen tiefen Atemzug und setzte sich zu Thomas ins Innere des geräumigen Wagens.

Jonathan hob sofort entsetzt die Augenbrauen. »Moment … was soll das werden?«

»Keira ist meine Begleitung.«

»Und warum weiß ich davon nichts?«, keifte er panisch.

»Wir haben das kurzfristig entschieden«, gab Thomas mit seelenruhiger Stimme zurück. »Ganz ruhig, Jonathan. Niemand muss erfahren, wer Keira ist … oder war.«

Keira biss sich angespannt auf die Unterlippe.

»Dir ist aber schon bewusst, dass Audrey stolz herausposaunt hat, dass du sie für eine andere Frau verlassen hast? Willst du wirklich, dass die Leute sich nur darauf konzentrieren, anstatt heute deinen neuen Film zu feiern?« Frustriert fuhr sich der Manager durchs braune Haar und stieß ein lautes Seufzen aus. »Denk an dein Image, Tom.«

Thomas' Miene verfinsterte sich. »Was willst du mir damit sagen?«, erwiderte er langsam, gab ihm damit die Gelegenheit, seine nächsten Worte gut zu überdenken. Keira schnappte nach Luft. Seine warme Hand fand wie von allein ihren Oberschenkel und drückte ihn sacht, um sie zu beschwichtigen.

»Das weißt du. Zu … PR-Zwecken ist deine Beziehung mit Keira nicht unbedingt vorteilhaft. Das sage ich von einem professionellen Standpunkt aus gesehen. Aber damit hat die Liebe nichts zu tun, versteh mich bitte nicht falsch, Keira«, fügte er hastig an sie gerichtet hinzu. »Nur … hätten wir dieses Problem jetzt nicht, wenn …«

»Wenn ich Thomas nie getroffen hätte?«, beendete sie seinen Satz barsch.

»Wir konnten es schon nicht verkraften, dass Audrey ihn als trügerischen Mistkerl dargestellt hat.«

»Wir wissen beide ganz genau, dass Audrey die Geschichte so gedreht hat, wie sie ihr gerade in den Kram gepasst hat.«

»Mag sein. Aber das ändert nichts an der Tatsache, dass Thomas' Image und Ruf darunter gelitten haben. Sein Agent hat getobt, als er davon erfahren hat.« Jonathan atmete tief durch. »Keira. Ich habe dich wirklich sehr gerne und ich gönne euch euer Glück von ganzem Herzen. Du passt sehr viel besser zu ihm als Audrey es jemals hätte können. Aber du musst dich jetzt zurückhalten. Das Schlimmste, das uns passieren kann, ist, dass die Welt erfährt, dass er sich in seine *Assistentin* verliebt hat. Außerdem würdest du Audrey so direkt in die Karten spielen.«

»Aber irgendwann würden die Leute doch ohnehin davon erfahren, Jonathan. Thomas und ich können uns nicht ewig verstecken. Außerdem hat man uns sowieso schon auf Fotos von Paparazzi und Fans gesehen, als ich noch seine Assistentin war.«

»Keira hat Recht. Abgesehen davon ist es jetzt zu spät, um umzukehren. Sie wird mich begleiten und damit basta.«

Jonathan gab sich seufzend geschlagen. Keira versuchte erfolglos, ihr berührtes Lächeln zu verstecken und lehnte sich dankbar an Thomas' Schulter.

Den Rest der Fahrt über saß er ihnen schweigend gegenüber und starrte missmutig aus den getönten Fenstern.

***

Schon kurz nachdem Keira Thomas kennengelernt hatte, hatte der Schauspieler ihr Unterbewusstsein erobert. Sie hatte den Traum, der sie seither nächtelang wach gehalten hatte, bis heute nicht vergessen. Ihre eigene Filmpremiere als gefeierte Schauspielerin, mit brüllenden Fans, gierigen Fotografen und Thomas an ihrer Seite.

Das Adrenalin, das ihr Körper durch ihre Adern gepumpt hatte, war berauschend gewesen, all die Aufmerksamkeit, die ihr zuteil geworden war, schwindelerregend.

Die Realität hingegen … war schlichtergreifend beängstigend.

Als die schwarze Limousine endlich hielt, war das Gekreische der vielen Fans hinter den Absperrungen nahezu ohrenbetäubend. Nur noch wenige Meter trennten die beiden von dem berühmt-berüchtigten roten Teppich, den man vor ihnen bis hinunter ins Odeon-Kino ausgerollt hatte.

Der halbe Leicester Square war abgesperrt worden, und wohin Keira auch sah, erspähte sie Security und Polizisten. Schluckend zwang sie sich, ihren wilden Herzschlag zu beruhigen. Ihre Finger verschränkten sich nach Halt suchend mit Thomas', der ihre Hand sogleich beruhigend drückte und ihr einen sanften und ermutigenden Blick zuwarf.

Aus den Augenwinkeln bemerkte sie, wie Jonathan kaum merklich den Kopf schüttelte und schließlich den Fahrer dazu anwies, ihnen die Tür zu öffnen. Augenblicklich ertränkte sie ein Meer aus Blitzlichtern und grellen Schweinwerfern. Sie scheute sich fast, den Kopf zu heben und sich von Thomas abzuwenden, in die Gesichter von unzähligen Fremden zu blicken, für die sie urplötzlich so interessant war wie der Schauspieler selbst.

Das Gefühl war schier überwältigend. Schnellatmend zupfte sie an ihrem lavendelfarbenen Kleid und schenkte Thomas ein kurzes Nicken. Sie war bereit.

»Ich habe noch nie auf dieser Seite des roten Teppichs gestanden«, murmelte sie eingeschüchtert.

Thomas drückte ihr einen liebevollen Kuss auf den Scheitel, während einer der Organisatoren ihn ankündigte und für Fotos in die Mitte des roten Teppichs bat – direkt vor eine Horde lauter Fans, die mit Markern und ausgedruckten Fotos des Schauspielers in seine Richtung wedelten.

»Man gewöhnt sich daran. Irgendwann.«

Keira spürte bereits, wie sich die ersten neugierigen Blicke in sie hineinbohrten. Journalisten leckten sich fast die Lippen über das gefundene Fressen, als das sie sich präsentiert hatte. Fans zerbrachen sich den Kopf darüber, mit welcher geheimnisvollen Frau der berühmte Tom Atberry zur Premiere seines neuesten Films erschienen war. Der Schauspieler hatte ihr geraten, fürs Erste keine Fragen zu beantworten und ihm das Reden zu überlassen. Doch selbst wenn Keira es gewollt hätte, wäre sie dank ihrer Nervosität vermutlich ohnehin kaum dazu in der Lage gewesen, vollständige Sätze von sich zu geben.

»Du schaffst das, mein Engel. Konzentrier dich nur auf mich«, raunte Thomas ihr beruhigend ins Ohr. »Du siehst wunderschön aus in diesem Kleid. Ich bin mir sicher, alle Welt beneidet dich – und mich auch.«

Wie mechanisch bewegte Keira sich mit Thomas direkt vor die Linsen der teuren Kameras, die ununterbrochen Fotos schossen. Ihr schüchternes Lächeln war ehrlich. Er hatte Recht. Solange sie sich auf Thomas' traumhaft blaue Augen konzentrierte und die Welt um sich herum ausblendete, solange würde auch ihr Herz mit sich reden lassen.

»Tom! Gut siehst du aus.« Es war Padraigh Healy, der über die Menge hinweg seinen Namen brüllte und ihn kurzerhand begrüßte. Lachend fielen sich die beiden Schauspieler in die Arme und klopften einander auf den Rücken. Ein gemeinsamer Dreh schweißte eben zusammen.

»Sieh an, sieh an. Ich wusste gar nicht, dass Schauspieler neuerdings *Hand in Hand* mit ihren Assistentinnen auf Premieren erscheinen.« Yvi grinste bis über beide Ohren.

Die quirlige Rothaarige war Padraighs Assistentin und hatte sich während der Dreharbeiten zu *Aghast* mit Keira angefreundet. Yvi war, zusammen mit Thomas' irischen Schauspielkollegen, eine der wenigen gewesen, die noch vor ihr selbst erkannt hatten, was die heimlich schmachtenden Blicke zwischen ihnen zu bedeuten hatten.

»Es freut mich, euch zusammen zu sehen. Das habt ihr euch verdient«, fügte sie aufrichtig hinzu.

»Danke. Ich bin nur etwas überwältigt von … na ja, all dem hier.« Keira machte eine wegwerfende Handbewegung. Nickend winkte ihr Gegenüber ab.

»Verständlich. Ich weiß, es klingt vollkommen bescheuert, aber versuch, es einfach zu genießen. Du kannst dir ja gar nicht vorstellen, wie viele Frauen in diesem Augenblick *du* sein wollen.« Yvi zwinkerte verschmitzt. Damit hatte sie nicht ganz Unrecht. Keira hatte noch vor nicht allzu langer Zeit Thomas' Fans dafür beneidet, offen für ihn schwärmen und mit ihm flirten zu dürfen. Ihr selbst war diese Freiheit als seine Assistentin vertraglich verwehrt geblieben. Vielleicht sollte sie tatsächlich versuchen, die schier imponierende Aufmerksamkeit nicht nur zu ertragen, sondern auch ein wenig zu genießen. Nur solange, bis sie sich ins Kino flüchten und sich in angenehmer Dunkelheit und Stille Thomas' neuen Film ansehen konnte.

»Bleib einfach bei mir, ja?«, flüsterte er mit weicher Stimme.

Keira nickte. Unsicher hakte sie sich bei ihm unter und ließ ihre Augen erneut über die zahllosen Fans schweifen, die fieberhaft seinen Namen schrien. Einige der feindseligen Blicke, die sie dabei trafen, entgingen ihr leider nicht.

»Mr. Atberry, Sie geben drei Interviews, eines davon auf der Bühne. Wenn Sie Autogramme geben wollen, haben Sie zehn Minuten dazu Zeit. Dann stellen Sie sich bitte für ein paar Fotos für unser Presseteam zur Verfügung.« Die schwarzhaarige Mitarbeiterin mit dem Klemmbrett unter dem Arm erinnerte Keira an sie selbst, als sie noch für Thomas gearbeitet hatte. Sie trug ein kleines Headset, das sie mit ihren Kollegen in Verbindung setzte, in ihrem Gesicht zeichneten sich sowohl Stress als auch Aufregung ab. Energisch winkte sie einen Reporter mit BBC-Mikrofon zu sich und trat respektvoll einen Schritt zurück, damit Thomas seine Arbeit tun konnte.

»Tom! Einen guten Abend. Wer ist denn die schöne junge Frau, die du heute mitgebracht hast?«

Der Schauspieler lächelte charmant und drückte Keira einen herzhaften Kuss auf die geschminkte Wange, während ihr beinahe das Herz stehenblieb. An die Direktheit der Journalisten würde sie sich wohl nur schwer gewöhnen können. Aber im Gegensatz zu ihr hatte Thomas, genau wie Jonathan es prophezeit hatte, ja bereits erwartet, dass Fragen zu seinem neuen Film zunächst größtenteils ausbleiben würden, wenn er mit Keira auf dem roten Teppich auftauchte. Stumm verlagerte sie ihr Gewicht von einem Bein aufs andere.

»Keira ist meine feste Freundin. Es bedeutet mir unglaublich viel, dass sie mich heute an diesem wichtigen Abend begleitet«, antwortete er galant.

»Wie lange seid ihr schon ein Paar?«

»Bald ein halbes Jahr.«

Nicht lange dauerte es, da gesellte sich ein weiterer Reporter zu ihnen und hielt Thomas ein zweites Mikrofon vor die Nase. Gekonnt ignorierte er Keiras Anwesenheit und bombardierte ihn mit Fragen zur Handlung von *Aghast*, die er allesamt geschickt und vorsichtig beantworten musste, um Spoiler zu vermeiden.

» … Ganz abgesehen davon war es mir ein unheimliches Privileg, mit so vielen talentierten Schauspielerinnen und Schauspielern zu drehen, noch dazu in einem so schönen Land wie Thailand.«

Augenblicklich blitzten vor Keiras innerem Auge Bilder der atemberaubenden Szenerie auf, die sie von dem kleinen Taxiboot aus gehabt hatten, auf dem Weg zurück zum Resort. Thomas' Kuss war so leidenschaftlich gewesen, dass sich bei der bloßen Erinnerung daran ein warmes Gefühl in ihrer Brust ausbreitete und sie von innen nach außen vor der Kälte schützte.

Schließlich aber wurden die beiden doch kurz voneinander getrennt. Yvi blieb schützend an ihrer Seite, um ihr ein wenig die Angst zu nehmen, während Thomas seine Unterschrift auf die vielen Fotos setzte, die ihm vor die Nase gehalten wurden.

»Dir ist doch klar, dass du mir alles haarklein erzählen musst?«, begann Yvi. Grinsend fixierte sie Thomas, der ihnen eben den Rücken zugedreht hatte, um für ein Selfie zu posieren.

»Nun ja ... einiges davon wirst du sicherlich schon mitbekommen haben.«

Die Rothaarige nickte herablassend. »Was Audrey Stinson sagt, hat mit der Wahrheit aber meist ziemlich wenig zu tun. Thomas ist ihr doch nicht wirklich *fremdgegangen*? Ich meine, Padraigh spricht immer in den höchsten Tönen von deiner Flamme.«

Keira zog scharf die Luft ein. »Nicht direkt. Es ist ... kompliziert. Ich schätze, wir haben beide erfolglos versucht, unsere Gefühle füreinander zu ignorieren, aber ... du warst in Thailand ja dabei.«

Yvi nickte erneut. »Die Luft zwischen euch beiden hat gebrannt.«

»Thomas hat mir versprochen, sich erst von Audrey zu trennen, also wollten wir nach unserem Kuss am Strand nicht weitergehen.«

»Aber daran konntet ihr euch nicht halten?«, bohrte sie nach.

Keira war heilfroh, dass die Menge um sie herum so ohrenbetäubend laut war. Andernfalls hätte sie sich Sorgen machen müssen, dass sie jemand heimlich belauschte.

»Es ist kompliziert. Audrey wusste längst, dass wir uns ineinander verliebt hatten und sie wusste auch, dass Thomas sie niemals verletzen wollte, und das hat sie sich zunutze gemacht, damit es gar nicht erst bis zu einem Trennungsgespräch kam. Thomas und ich haben uns deswegen tierisch gestritten, er hat mich gefeuert und dann ... na ja, dann kam eins zum anderen.«

»Oh ...« Yvi schürzte verständnisvoll die Lippen. »Ich

habe in letzter Zeit nichts von ihr gehört. Keine neuen Musikvideos, keine TV-Auftritte, keine Posts auf Social Media, gar nichts. Für gewöhnlich bedeutet so etwas, dass sie ihre Karriere entweder an den Nagel gehängt hat, was ich bei ihrem übermenschlich großen Ego eher für unwahrscheinlich halte, oder aber sie hat vor, bald eine riesige Bombe platzen zu lassen. Am besten seht ihr euch vor, vor allem nach der Premiere heute. Ein Foto kann man schnell falsch interpretieren.«

»Danke. Das werden wir.«

»Keira!« Thomas streckte einladend die Hand nach ihr aus und winkte sie mit einem seligen Lächeln auf den Lippen zu sich hinüber. Er stand inzwischen vor einer großen Leinwand, die mit den Sponsoren der Premiere und dem Titel des Films bedruckt war.

»Zeit, deine Pflicht zu erfüllen«, lachte Yvi und schubste sie sanft in seine Richtung.

***

Jonathan gab dem Begriff des Sturmklingelns am nächsten Morgen eine ganz neue Bedeutung. Draußen begann es gerade erst zu dämmern, als er Thomas und Keira aus dem Schlaf riss. Über Nacht hatte es wieder angefangen zu schneien, weshalb seine Laune wohl noch trüber und angespannter war als gestern.

Müde warf Keira sich ihren Morgenmantel über und stapfte in die Küche, um ihnen frischen Kaffee zu kochen, während Thomas seinem Manager mit griesgrämiger Miene öffnete. Gestern waren sie erst um zwei Uhr morgens wieder nachhause gekommen, hatten sich die halbe Nacht um die Ohren geschlagen. Nach dem Film hatte Bryce, der Regisseur von *Aghast*, die komplette Crew zum Abendessen eingeladen. Dann ging es weiter zu einer exklusiven Afterparty, die Keira den Atem geraubt hatte. Wenn sie Natalie erst das Selfie schickte, das sie bei Cocktails und Appetizern mit Hugh Lurie gemacht hatte, würde sich ihre beste Freundin vor Neid in die Zunge beißen.

Nichtsdestotrotz hätte Keira noch anderthalb Stunden schlafen können, ehe sie sich auf den Weg zur Uni machen musste. Dementsprechend fühlte sie sich auch, nun, nachdem der Manager sie so unsanft aufgeweckt hatte.

Jonathan wedelte wütend mit einer Klatschzeitung vor Thomas' Gesicht herum und rauschte kochend an dem Schauspieler vorbei ins Wohnzimmer. Keira spähte neugierig um die Ecke.

»Hab ich's dir nicht gesagt? Sag mir, dass ich es dir gesagt habe. Verdammt nochmal.« Zornig klatschte er die Zeitung auf den Kaffeetisch und ließ Thomas den Artikel lesen.

›*Von der Assistentin zur Freundin*‹, stand da direkt über zwei Fotos von Keira und Thomas. Darunter war ein kurzer Artikel zu Thomas' letzter Beziehung und nun der schönen Fremden an seiner Seite. Wer auch immer den Text verfasst hatte, hatte die Flinte schnell gerochen und eins und eins zusammengezählt. Keira musste die Frau sein, für die Thomas Audrey letztes Jahr verlassen hatte.

Keira erinnerte sich sogar noch an das Foto. Natalie hatte es ihr gezeigt, als sie ihr damals Richard im Pub vorgestellt hatte. Und nun thronte das verschwommene, mit dem Handy aufgenommene Bild direkt neben dem Pressefoto, für das sie mit Thomas gestern auf der Premiere posiert hatte.

»Scheiße.«

»Scheiße ist noch gar kein Ausdruck, Keira«, keifte Jonathan.

»Jetzt beruhige dich erst einmal. Wir haben doch alle drei gewusst, dass das passieren würde. Es gibt keinen Grund, Keira anzubrüllen.«

»Ich habe dir gesagt, dass das keine gute Idee ist. Jetzt sieh, was ihr angerichtet habt! Deine Presseagenten werden sich jedes Haar einzeln ausreißen, Tom!«

Thomas schüttelte langsam den Kopf. »Ich habe wiederholt betont, dass es mich nicht interessiert. Hier steht noch nirgendwo Keiras vollständiger Name, das ist alles, was mir im Moment wichtig ist.«

»Zum Teufel nochmal …« Jonathan fluchte grummelnd vor sich hin. »Du verstehst es immer noch nicht, oder? Ist dir denn nicht klar, dass solche Informationen öffentlich zugänglich sind? Anfragen wurden bis vor nicht allzu langer Zeit direkt zu Keira umgeleitet. Es wird höchstens noch ein paar Stunden dauern, bis ihr Name in aller Munde ist.« Er war fuchsteufelswild, viel mehr noch, als plötzlich sein Handy in der Tasche vibrierte.

Weitaus beunruhigender war jedoch die Tatsache, dass Jonathan wohl Recht behalten würde. Keira durfte nicht allzu schockiert darüber sein, wie schnell die Sache aus dem Ruder gelaufen war, und doch starrte sie Thomas nun mit panischem Blick an. Dass es *so* schnell gehen würde, hätte sie trotz aller Warnungen nicht erwartet.

»Hallo, Nick. Ja, das habe ich. Ja, er weiß es. Ja, ja, er ist hier. Ja, ich gebe ihn dir.«

Thomas seufzte. Sichtlich widerwillig nahm er den Hörer entgegen. Keira hatte Nick Fohlen noch nicht persönlich kennengelernt, sondern während ihrer Zeit als Thomas' Assistentin lediglich ab und an über E-Mails mit ihm kommuniziert. Thomas' geheimnisvoller Agent hielt sich meist verdeckt und erschien nur äußerst selten zu den Events seiner Schützlinge. So war es auch diesmal. Sie konnte lediglich eine wütende Stimme ausmachen, die den Schauspieler auf der anderen Leitung anbrüllte.

»Ja, das ist mir klar, Nick. Genau deshalb habe ich dich auch nicht um deine Erlaubnis gefragt. Ob Keira und ich uns an die Öffentlichkeit wagen, ist einzig und allein unsere Sache und hat mit meiner Karriere rein gar nichts zu tun.«

Sehnsüchtig ergriff Keira seine Hand und drückte sie leicht. Thomas ließ augenblicklich entspannt die Schultern hängen. »Hör mir zu, ich verstehe dich ja. Aber die Mehrheit meiner Fans schenkt Audrey ohnehin keinen Glauben, du machst dir viel zu viele Sorgen. Sogar die Zeitschriften, die ihre Aussagen abgedruckt haben, stellen sie in Frage. Du hast den Artikel doch schon gelesen. Nein, Nick. Das habe ich Keira versprochen. Wir reden später noch einmal, wenn du dich beruhigt hast.«

So wie das aber klang, würde es bestimmt noch eine ganze Weile dauern, bis es dazu kam.

KAPITEL 5

Keira

Die Zeit bis zum Drehbeginn verging wie im Flug. Keira feierte erste Erfolge an der Uni, Thomas hingegen arbeitete tagtäglich hart an seinem Körper. Glücklicherweise hatte Keira ihm ausreden können, es mit Proteinshakes zu versuchen und versprach ihm stattdessen, so oft wie möglich gesund für ihn zu kochen. Die Mühe, nebenher noch Bücher zu wälzen, lohnte sich allein deshalb, weil sie den Schauspieler dafür jeden Morgen dabei beobachten konnte, wie er sich auf einer blauen Fitnessmatte bis aufs Äußerste verausgabte.

Mit den Ergebnissen ließ sich prahlen. Thomas war in den letzten Wochen um einiges muskulöser geworden und trat mit dem dunkelblonden Bart, den er sich hatte wachsen lassen, so verführerisch auf wie eh und je.

Schon in wenigen Tagen würde er nach Frankreich abreisen, weshalb er die ganze letzte Woche wie ein Vogel über sein Nest über dem Manuskript gebrütet hatte. An der Assistenzfront allerdings gab es keine besonders rosigen Neuigkeiten, denn bisher hatte sich noch niemand Passendes gemeldet. Als Übergangslösung hatte Keira selbst dafür gesorgt, dass Thomas pünktlich und bequem im Norden Frankreichs ankommen würde und für sämtliche Wahrscheinlichkeiten gewappnet war.

Keira keuchte, als sie ihr Ziel erreichte und um die Ecke bog, um sich vor der Kälte in das Café zu flüchten, das Natalie für sie ausgesucht hatte. Ihre beste Freundin erwartete sie bereits vor dem unscheinbaren Eingang ihres Treffpunkts.

»Na? Was gibt es Neues in der Welt der Stars?«

Lächelnd erwiderte Keira Natalies Umarmung und folgte ihr mit einem vielversprechenden Lächeln ins Café, ein kleiner Laden in der Nähe der berühmten Portobello Road in Notting Hill.

Natalie war mit ihrem festen Freund Richard vor ein paar Wochen in diese Gegend gezogen, weshalb sie darauf schwor, dass nirgends in der Stadt besseres Frühstück angeboten wurde als hier.

»Ein Full English Breakfast wird überbewertet«, hatte sie Keira am Telefon fachmännisch mitgeteilt. »Du wirst die kontinentale Kost dort lieben!«

Natalie war als Keiras ehemalige Chefin eine der Ersten gewesen, die ihre heimliche Schwärmerei für Thomas mit nahezu wahnwitzigem Enthusiasmus verfolgt hatte, und auch eine der Einzigen, die trotz der Verschwiegenheitserklärung, die Keira hatte unterschreiben müssen, von Thomas und ihr gewusst hatte.

Neugierig blickte sich Keira in dem kleinen Café um, als ihr der behagliche Duft von frisch gemahlenen Kaffeebohnen in die Nase stieg, beäugte sowohl die Wandmalerei, die zu beiden Seiten die pechschwarze Skyline bekannter Städte darstellte, als auch die vielen witzigen Details, die eine ausgefallene und quirlige Atmosphäre schafften. Bunte und unförmige Vasen, Servietten mit Marienkäferaufdruck sowie Kaffeetassen mit frechen Sprüchen stachen ihr ins Auge, als sie sich ihrer Jacke entledigte und tief Luft holte.

»Du hast mir gefehlt«, stellte Natalie just in dem Moment fest.

Keira lächelte. »Du mir auch.«

»Aber scheinbar hattest du ganz schön viel Spaß ohne mich. Ich habe die Bilder gesehen. Thomas und du, ihr seid *überall* im Internet. Die ganze Welt spricht von seiner neuen Flamme.«

»Verschone mich!«

»Du bereust es doch nicht etwa?«

»Nein. Aber Jonathan hat uns deshalb schon eine Standpauke gehalten. Er ist nicht besonders glücklich darüber. Thomas ist das egal, solange er sich um meine Sicherheit keine Sorgen machen muss, aber ich selbst … ich bin ein wenig überfordert mit all der Aufmerksamkeit.«

»Verständlich. Es hat ja auch nicht lange gedauert, bis die Journalisten deinen Namen herausgefunden haben. Ein paar waren sogar bei mir im Café und haben versucht, mich auszufragen. So viel Hausverbot habe ich noch nie erteilen müssen.«

»Das tut mir leid …« Daran, dass sie anderen mit ihrem öffentlichen Liebesglück schaden könnte, hatte Keira egoistischerweise bisher noch gar nicht gedacht.

»Ich werfe dir nichts vor.« Sie winkte beschwichtigend ab und wandte sich an die Kellnerin, die soeben an ihrem Tisch erschienen war. »Hallo!«

»Wann habt ihr entschieden, an die Öffentlichkeit zu gehen?« Natalie wartete, bis sie wieder verschwand, ehe sie weitersprach.

»Kurz vor Arizona. Es wurde … mühselig, uns zu verstecken. Thomas und ich konnten ja kaum zusammen einkaufen gehen, ohne dass uns ein Fan zusammen gesehen hätte. An Silvester war es noch einfacher, mit so vielen Menschen um uns herum, aber ab dann … hat es irgendwie angefangen, an unseren Nerven zu zerren.«

Das war ungelogen. Sie hatten einander lange genug kennengelernt und sich miteinander vertraut gemacht, ehe sie diesen Schritt gewagt hatten, dessen waren sie sich bei ihrer Entscheidung durchaus bewusst gewesen – ganz unabhängig davon, ob diese nun am Küchentisch oder nackt in der Badewanne gefällt worden war. Jetzt offiziell verkündet zu haben, dass sie ein Paar waren, machte ihre Beziehung irgendwie … vollständiger. Keira unterdrückte ein Lächeln. Sie war so unfassbar glücklich – trotz der stetigen Bedrohung, die die Aufmerksamkeit mit sich bringen würde. *Ja ...* es war die richtige Entscheidung gewesen, endlich reinen Tisch zu machen. Zumindest bis zu einem gewissen Grad.

Thomas selbst war es dann auch gewesen, der ihr noch geraten hatte, das Internet in nächster Zeit zu meiden. Lediglich die Pressefotos, die Jonathan ihr geschickt hatte, hatte sie sich mit ihm angesehen.

»Wie fühlt es sich an? Im Rampenlicht zu stehen?«

Keira schüttelte verlegen den Kopf. »Es hat sich nichts verändert. Rein gar nichts. Es ... hier geht es nur um uns, nicht die Presse oder die Fans. Thomas versucht, mich so gut wie möglich von all dem fernzuhalten und dafür bin ich ihm unendlich dankbar.«

Natalie brummte zustimmend. »Hattest du denn keine Zweifel?«

»Dutzende. Wir sind jetzt seit so vielen Monaten zusammen und es kommt mir manchmal trotzdem noch so ... so plötzlich vor. Außerdem hat Jonathan getobt, als ich mit Thomas aus der Limousine ausgestiegen bin, das kann ich dir sagen. Na ja, und ich bin mir ziemlich sicher, dass Nick, Thomas' Agent, mich aus tiefster Seele hasst.« Keira schnaubte.

»Hast du ihn überhaupt schon mal getroffen?«, fragte Natalie, nachdem die Kellnerin ihnen ihr Frühstück serviert hatte.

Wieder schüttelte sie den Kopf. Nach allem, was Jonathan von ihm erzählt hatte, wollte sie ihn ehrlich gesagt auch gar nicht mehr näher kennenlernen. Solange er Thomas dabei half, seine langersehnten Schauspielträume zu verwirklichen, hatte ein Treffen also keinerlei Eile. Der bevorstehende Dreh, für den Thomas monatelang von ihr getrennt sein würde, sowie der immer näher rückende, gefürchtete Semesterabschluss, machte sie ohnehin schon nervös genug.

Sie seufzte. Von den vielen Anrufen und Buchungen, die sie für den Schauspieler noch zu tätigen hatte, ganz zu schweigen, denn Jonathans Assistentin, die nun *eigentlich* für

Thomas zuständig war, bis der Schauspieler jemand Neues gefunden hatte, kam mit der vielen Arbeit gar nicht mehr hinterher.

Natalies Augen weiteten sich erstaunt. »Bist du schwanger oder einfach nur überarbeitet?«

Keira schreckte auf. »Was? Wovon sprichst du bitte?«

»Du tunkst deine Gurke gerade ins Marmeladenglas.«

»Oh. Hoppla.« Angewidert legte Keira die mit Erdbeermus beschmierte Gurke auf ihre Serviette und schüttelte den Kopf. »Nein … nein, ich bin nur … frustriert. Thomas hat bei all dem Stress noch immer keinen neuen Assistenten gefunden und ich fühle mich verpflichtet, ihm am Set unter die Arme zu greifen. Er will doch, dass alles glatt läuft, aber mit all der Arbeit, die ich mir damit mache, fehlt mir die Zeit für den Stoff, den ich vor den Osterferien schon durchhaben muss.«

»Thomas wird das sicher verstehen«, gab Natalie beschwichtigend zurück.

»Das tut er ja auch. Ich bin das Problem, nicht er.«

»Ach, Keira. Um welchen Film geht es denn eigentlich?«

»Es ist eine Romanverfilmung, mit Robert de Limo in der Regie. Aber mehr darf ich dazu gar nicht sagen.« Keira seufzte erneut. »Weißt du was? Lass uns nicht länger von mir reden. Wie geht es dir? Und Richard?«

Wie auf Knopfdruck begann Natalie zu grinsen. Ihre Wangen färbten sich purpurrot, während sie mit einer Gabel in ihrem Rührei herumstocherte und schließlich in ihre Tasche griff, um einen mintgrünen Umschlag daraus hervorzuzaubern.

»Was ist das?«

»Eine Einladung.«

»Moment … wofür?« Doch ihre Frage beantwortete sich wie von selbst, als ihr Blick auf den funkelnden Diamantring an Natalies linkem Ringfinger fiel, den sie ihr soeben präsentierte.

»Ich bin verlobt, Keira! Richard hat mich letztes Wochenende gefragt!«

»Oh mein Gott! Herzlichen Glückwunsch!« Aufgeregt

nahm Keira den Umschlag entgegen und öffnete ihn. »Wie war es? Erzähl mir alles.«

Natalie grinste verstohlen. »Richard ist zwar ein Charmeur, aber er ist kein Romantiker. Wir haben gerade zusammen den Abwasch gemacht, als er plötzlich auf ein Knie gefallen ist und den Ring aus seiner Hosentasche gezaubert hat. Ich dachte erst, ich hätte aus Versehen Spülmittel getrunken, aber dann ... Keira, ich bin so überglücklich.«

Keira lächelte. »Das glaube ich dir. Ich freue mich unheimlich für dich.«

»Ich hoffe, du und Thomas könnt kommen. Wir wollten unbedingt einen Monat ohne R im Namen für die Hochzeit. Richard sagt, das bringt Unglück.«

Nickend sah sie auf die Einladung. Sechzehnter Mai. Das war mitten in den Dreharbeiten von Thomas' neuem Film.

»Das hoffe ich auch. Ich komme auf jeden Fall.«

»Das ist schön. Denn ich hatte gehofft, du würdest eine meiner Brautjungfern werden.«

»Ja, wirklich?« Grinsend beugte Keira sich vor und fiel ihrer besten Freundin in die Arme, stieß dabei fast ihre Teetasse vom Tisch. Tatsächlich hatte sie sofort eine Idee für ein außergewöhnliches Hochzeitsgeschenk. Blieb nur noch, Thomas davon zu erzählen und ihn darum zu bitten, ausnahmsweise einen seiner vielen Kontakte spielen zu lassen.

KAPITEL 6

Keira

»Du warst ziemlich lange weg«, stellte Thomas müde fest, als Keira von hinten die Arme um ihn schlang und ihn flüchtig in den Nacken küsste, ehe sie sein Gesicht zu sich drehte, um seinen Lippen die gleiche Behandlung zukommen zu lassen. Er grinste, als sie die Nase kräuselte, weil sein Bart sie dabei kitzelte. Sie brauchte nicht laut auszusprechen, wie verflucht gut er sich auf ihrer Haut anfühlte, wenn sie sich küssten, viel mehr noch, wenn er das Gesicht zwischen ihren Beinen vergraben hatte …

»So viel Frühstück kann ein Mensch ja gar nicht verdauen.«

Keira schmunzelte gegen seinen Mund. »Natalie hat mich noch zu sich nachhause eingeladen und mir ihre neue Wohnung gezeigt. Dann haben wir Tee getrunken und die Zeit vergessen. Ich dachte, du wärst noch mit dem Skript beschäftigt. Warum hast du mich nicht angerufen?«

»Ich *war* mit dem Skript beschäftigt und ich bin froh, dass du Spaß hattest. Wie geht es Natalie?«

»Es freut mich, dass du sie so sehr ins Herz geschlossen hast wie ich.«

»Ha, oh ja, ich habe deine quirlige Chefin noch sehr gut in Erinnerung.«

Jedes Mal, wenn sie aufeinandertrafen, nannte sie ihn beim Namen seiner neuesten Rolle. Cupcakes aus dem *Beaning's* mitzubringen war mitunter außerdem zu einer ihrer Lieblingsbeschäftigungen geworden. Am unterhaltsamsten aber war noch immer Richard, der bei seinem ersten Zusammentreffen mit Thomas so *starstruck* gewesen war, dass er kaum ein Wort herausgebracht hatte.

»Sie ist verlobt«, brachte Keira mit einem Strahlen hervor. Thomas fuhr herum.

»Tatsächlich? Das ist schön. Hat sie uns zur Hochzeit eingeladen?«

Sie nickte. »Das, und ich soll Brautjungfer werden.« Kurzerhand machte sie einen großen Bogen um die beigefarbene Ledercouch und setzte sich auf Thomas' Schoß, ehe sie den hübschen Umschlag aus ihrer Tasche zog und ihm überreichte.

Der Schauspieler grinste. »Was anderes hätte ich auch gar nicht erwartet, mein Engel. Weiß Natalie, dass ich drehe?«

»Sie wird dir nicht böse sein, wenn du es nicht schaffst. Aber wo wir gerade vom Drehen sprechen … hätte ich da so eine Idee.«

Thomas hob abwartend eine Augenbraue. »Na, was ist? Jedes Mal, wenn du mich so ansiehst wie der kleine niedliche Chihuahua meiner Cousine, weiß ich, dass du mich um einen Gefallen bitten willst und zu schüchtern bist, um zu fragen.«

Keira schoss die Hitze in die Wangen. »Meinst du, Natalie und Richard könnten uns in den Ferien am Set besuchen kommen? Als … Hochzeitsgeschenk? Ich meine … ihr dreht in *Frankreich*.«

Thomas' Grinsen wurde noch breiter. »Ich denke, das lässt sich irgendwie einrichten.« Seufzend lehnte er sich zurück und präsentierte Keira seinen langen Hals. »Massierst du mir den Rücken, mein Engel? Sagen wir, als Gegenleistung?«

Keira lächelte. Thomas war, seit er mit seinen Workouts angefangen hatte, ständig verspannt. Dazu kam noch, dass er den Großteil seines Texts in unmöglichen Sitzpositionen gelernt hatte. So ehrgeizig und determiniert hatte sie ihn noch nie erlebt. Robert de Limo spielte für ihn eben in einer anderen Liga.

»Ist gut. Aber nicht hier. Leg dich ins Bett. Ich hole etwas von dem Öl, das Carol uns geschenkt hat.«

Brummend kämpfte er sich von der Couch hoch und schob sie dabei sachte von sich herunter, damit sie ins Bad eilen konnte. Wenig später fand sie ihn mit nacktem Oberkörper auf dem Bauch liegend im Bett.

»Spätestens jetzt wäre ich in Versuchung geraten, mich rittlings auf dich zu setzen.«

»Ist das so, ja?« Er hob kurz den Kopf und schmunzelte sie über die Schulter hinweg an.

»Oh, ja. Dabei verhältst du dich manchmal so unschuldig wie ein Reh, weißt du?«

»Das ist eine Fähigkeit, auf die ich sehr stolz bin.«

Verliebt betrachtete sie ihn einige Sekunden lang, ehe sie zu ihm ins Bett kroch und ihm einen flüchtigen Kuss auf das Schulterblatt gab. Dann träufelte Keira das Öl auf seinen Rücken. Nicht selten führte ihre süße Behandlung früher oder später zu irgendeiner Form von Sex. Aber nicht heute.

Thomas hatte gerade begonnen, sich voll und ganz zu entspannen, da wurden sie jäh von dem schrillen Klingelton seines Handys unterbrochen. Stöhnend vergrub er den Kopf in seinem Kissen.

»Bleib liegen. Ich hole es dir«, flüsterte Keira. Flink kletterte sie aus dem Bett und huschte zurück ins Wohnzimmer. Thomas hatte sich in der Zwischenzeit aufgesetzt, als sie zu ihm zurückkehrte und es ihm reichte.

»Es ist Nick«, informierte sie ihn knapp. Thomas streckte seufzend die Hand nach dem störrischen Gerät aus.

»So viel zum Thema Entspannung«, beschwerte er sich murmelnd. Dann nahm er ab. »Nick. Wie geht es dir? … Um ehrlich zu sein, könnte es nicht besser laufen.«

Keira konnte sich die Antwort des Agenten zwischen Thomas' Pausen nur vorstellen. Als sich sein Gesichtsausdruck jedoch plötzlich verfinsterte, ahnte sie Schlimmes.

»Deine Neuigkeiten gefallen mir in letzter Zeit kaum … Wie bitte? … Das kann doch nicht sein Ernst sein … Ich verstehe … Das werde ich … Wie genau soll das gehen? … Ich meine damit, dass sie keine Schauspielerin ist, Nick. Gut … nein … Natürlich verstehe ich das, aber diese Gelegenheit … ja. Das dachte ich mir … ganz genau. Bis dann.«

Thomas legte mit abschätziger Miene auf und starrte auf das Display, als säße eine dicke schwarze Spinne darauf. Dann schloss er betroffen die Augen.

»Was ist passiert?« Fragend blickte Keira ihn an und legte ihm beruhigend die Arme um die Schultern. Mit noch mehr schlechten Nachrichten stand ihnen bestimmt ein wunderbar turbulentes Jahr bevor. Sie seufzte über ihren eigenen Sarkasmus.

»Nick hat mir eben mitgeteilt, wer die weibliche Hauptrolle übernehmen wird.«

»Und? Wer spielt sie?«

Keira zog die Augenbrauen zusammen, während Thomas einmal tief durchatmete. »Audrey. Audrey Stinson.«

KAPITEL 7

Keira

»Aber ...« Verstört schnappte Keira nach Luft. »Audrey ist *Tänzerin*, keine Schauspielerin.«

»Das habe ich Nick auch eben gesagt. Robert de Limo und den Drehbuchautor scheint sie jedenfalls überzeugt zu haben.«

Yvi hatte sie auf dem roten Teppich noch gewarnt, dass Audrey ein Ass im Ärmel versteckt halten könnte. Sie hatte Recht behalten. Keira wollte gar nicht erst darüber nachdenken, wie sehr sie mit den Wimpern geklimpert und auf de Limo eingeredet haben musste, um ihn davon zu überzeugen, ihr die Rolle zu überlassen – wenn er auf den Gedanken nicht selbst gekommen war, um die perfekte Basis an Gesprächsstoff für seinen neuen Film wie einen roten Teppich vor sich auszurollen.

Der dicke Kloß, der sich in ihrem Hals gebildet hatte, ließ sich nicht hinunterschlucken. Schon wieder verspürte Keira dieses dumme, eifersüchtige und gleichzeitig beunruhigende Gefühl in der Magengrube, das sie am liebsten aus sich herausgeboxt hätte.

»Aber ... du wirst trotzdem spielen?«, fragte sie vorsichtig. Die Wahrscheinlichkeit, dass Thomas die Rolle wegen seiner Exfreundin ablehnen würde, war lächerlich gering und das würde sie ihm auch nicht übelnehmen. Es war die

Besorgnis, die aus ihr sprach. Alle Frauen auf dieser Welt hätte sie akzeptiert. Alle bis auf Audrey.

»Keira …«

Sie schüttelte sich. »Nein. Nein, vergiss die Frage. Natürlich wirst du das. Das … es ist in Ordnung. Ich hoffe nur … nein. Es ist immerhin ein Action-Thriller, kein schnulziges Liebesdrama, wie du gesagt hast.«

War sie denn sehr egoistisch, wenn sie trotzdem darauf hoffte, dass Thomas sie verstehen und den Dreh abblasen würde? Natürlich war sie das. Doch das konnte und durfte sie nicht von ihm verlangen. Sie vertraute ihm – ihre Vorsicht galt einzig und allein Audrey. Keiras Bauchgefühl hatte sie bisher nur selten getäuscht. Sie war schließlich eine Frau.

***

»Versprich mir, dich zu melden, sobald du gelandet bist.«

Thomas zog Keira an sich und bettete sein Kinn auf ihren Scheitel. Sehnsüchtig atmete sie seinen Duft ein, schmiegte ihre Wange an sein weinrotes Shirt. *Bloß keine Tränen.* Schon seit Paulson sie abgeholt hatte und sie sich mit Thomas' Gepäck im Kofferraum auf den Weg zum Flughafen gemacht hatten, wiederholte sie diese drei Worte wie ein Mantra in ihrem Kopf. Drei ganze Monate waren für den Dreh eingeplant, und sie würde ihn, noch bevor die Hälfte der Zeit verstrichen war, wiedersehen – doch das änderte nichts daran, dass sie ihn gar nicht erst ins Flugzeug steigen lassen wollte.

Natalie hatte ihr angepriesen, dass ihnen die kleine, unfreiwillige Auszeit nicht schaden würde. Seit sie diesen verhängnisvollen Vertrag letztes Jahr unterschrieben hatte, klebten sie praktisch aneinander; und zwar schon bevor ihre Lippen sich das erste Mal berührt hatten. Jemanden zu vermissen, konnte ein schreckliches Gefühl sein … aber eben auch ein sehr betörendes.

Zwei Mädchen hinter ihnen kicherten. Unauffällig versuchten sie, ihren intimen Moment mit ihren Handykameras aufzunehmen. Keira war bewusst, dass das Video binnen weniger Minuten überall im Internet zu finden sein würde, doch das war ihr im Augenblick egal. Sie wollte ihre letzten Sekunden miteinander vollends genießen.

Paulson agierte unterdessen, seit sie am Flughafen angekommen waren, als ihr persönlicher Bodyguard. Ein paar weitere Fans hatten es sich auf den freien Plätzen der Wartehalle gemütlich gemacht und beobachteten, glücklich über die ergatterten Autogramme, die Thomas schnell für sie geschrieben hatte, still und heimlich, wie er sich von seiner Freundin verabschiedete. Sie erahnte, dass er es nicht wagte zu fragen, ob Keira die vielen Zuschauerinnen auffielen, doch solange Paulson sie ihr vom Leibe hielt, würde sie sich gar nicht darum sorgen.

»Versprochen«, brummte er in ihr schwarzgefärbtes Haar. Sie unterdrückte ein Schnurren, als sein dunkler Bart sanft über ihre Stirn kratzte.

Der Flug nach Deauville, eine etwas kleinere Gemeinde, die etwa zwei Stunden nordwestlich von Paris lag, würde nur circa siebzig Minuten dauern, von dort aus reiste der Schauspieler weiter in den Norden bis zur Côte d'Albâtre. Eine wunderschöne Gegend, die sich perfekt für die Handlung des Films eignen würde – da hatte Robert de Limo bei der Wahl der Location ganze Arbeit geleistet. Keira konnte es kaum erwarten, Thomas hinterher zu reisen und sich das Land selbst anzusehen. Vielleicht würde sie sich mit Natalie und Richard, die der Schauspieler inzwischen per Videonachricht herzlich zum Set eingeladen hatte, sogar Paris ansehen können. Die zweieinhalb Stunden Autofahrt würden sie dafür locker verkraften. Noch viel schöner aber wäre es, wenn Thomas sie begleiten könnte.

»Sobald ich im Trailer etwas zur Ruhe gekommen bin, rufe ich dich über Skype an. Lass also den Laptop angeschaltet, mein Engel.«

»Ist gut. Pass auf dich auf. Ich liebe dich.«

»Ich liebe dich auch.« Seine Augen schlossen sich, bevor er seine Lippen auf ihre legte und sie ein letztes Mal leidenschaftlich küsste. Keira registrierte lediglich aus dem

Augenwinkel, dass Paulson sich schützend vor sie stellte, um sie zumindest ein wenig von den Kameras abzuschirmen. Dann, schweren Herzens, ließ sie von Thomas ab und drückte ein letztes Mal seine Hand, ehe er sein Handgepäck schulterte und zur Sicherheitskontrolle marschierte.

Stumm und abwesend sah sie ihm hinterher, bis er ihr winkte und schließlich außer Sichtweite verschwand.

»Können wir fahren, Miss Buckley?«, riss Paulson sie nach einer geschlagenen Minute Stille aus den Gedanken.

»Ja. Ja, natürlich. Entschuldige. Könnten Sie mich nach Green Park bringen? Ich habe Natalie und Robert zum Essen eingeladen.« Keira hatte heute Morgen schon eine ihrer Vorlesungen versäumt, um Thomas zum Flughafen zu begleiten. Sie würde nicht viel mehr verpassen, wenn sie das dazugehörige Seminar heute auch noch schmiss und sich stattdessen mit einer warmen Mahlzeit davon ablenkte, dass sie ab heute jeden Abend allein in das große Penthaus, das sie inzwischen ihr Zuhause nennen durfte, zurückkehren würde.

»Gerne. Na kommen Sie.« Mit einem letzten Blick hinter sich nahm Keira einen tiefen Atemzug, folgte Paulson nach draußen und setzte sich seufzend ins Auto. Es wurde still, als er die Tür hinter ihr zuschlug und sich vorne ans Steuer setzte.

»Danke, dass Sie auf uns aufgepasst haben«, sagte sie, nachdem er sich in den Verkehr eingefädelt hatte.

»Keine Ursache. Was Toms Fans angeht, musste ich in der Vergangenheit schon einiges mitmachen. Da lernt man, sich eine dicke Haut wachsen zu lassen.«

»Vermutlich sehen Sie deshalb immer so griesgrämig drein«, entgegnete Keira scherzhaft. Paulson grinste verschlagen in den Rückspiegel.

»Eine bewährte Masche. So hält man sich die Leute gut vom Leib. Natürlich sind nicht alle von ihnen aufdringlich oder respektlos. Sie fragen nach einem Autogramm, einem Foto oder einer Umarmung und verschwinden wieder. Nur gibt es eben auch Fans, denen man am liebsten in den Hintern treten würde.«

Keira nickte. Bisher hatte sie mit Thomas' Fans trotz der Filmpremiere kürzlich nur selten selbst etwas zu tun gehabt. Sie erinnerte sich an das erste Interview, für das sie sich mit Thomas letztes Jahr im Café Rouge mit einem Reporter getroffen hatte. Die Massen, die sich mit einem Mal wie die Motten ums Licht um den Schauspieler herum gebildet hatten, waren beängstigend gewesen. Abgesehen davon beherzigte sie seinen Rat noch immer und vermied es, sich auf Social-Media-Plattformen umzuschauen, und was Fans dort zu ihrer nun öffentlichen Beziehung zu sagen hatten. Die Aufgabe, dafür zu sorgen, dass die Kommentare im Internet nicht ausarteten, lag einzig und allein bei Thomas' Presseteam – und ihretwegen auch ab und an bei Natalie, die viel zu neugierig war, um derartigen Klatsch einfach an sich vorbeiziehen zu lassen. Keira wusste, das würde ihr auch heute nicht erspart bleiben, nachdem das halbe Dutzend Fans am Flughafen sie so klammheimlich beobachtet hatte.

Eine geschlagene Stunde verbrachte Keira damit, die vielen Einwohner und Touristen in London zu beobachten, wie sie verschwommen an ihr vorbeirauschten. Urlauber knipsten Fotos von berühmten Sehenswürdigkeiten wie den vielen Museen, dem Hyde Park und *Harrods*, ein paar gestresste Geschäftsleute hetzten durch die Massen zur nächstgelegenen U-Bahn-Station. *London in a nutshell.* Keira seufzte verdrossen.

Schließlich hielt Paulson in der Dover Street – eine Straße nur ein paar Gehminuten entfernt von *The Wolseley*. Thomas hatte Keira kurz vor Weihnachten das erste Mal in dieses hübsche Restaurant gebracht. Für vierzig Pfund konnte man hier auch einen *Champagne Afternoon Tea* genießen, doch ein warmes Mittagsgericht oder das ein oder andere herzhafte Sandwich würden es heute genauso tun.

Natalie wartete bereits am Eingang auf sie, an ihrer Seite Richard.

»Na, meine Süße? Hast du den Abschied verkraftet? Ich weiß, es ist *schrecklich*, das erste Mal länger voneinander getrennt zu sein.«

Bloß keine Tränen. Womöglich lag ihre nervtötende Empfindlichkeit in den letzten Tagen sogar auch daran, dass ihre Periode anstand. Keira gab ein leises Brummen von sich. Wenigstens hatten sie letzte Nacht im Bett kein überraschendes Blutbad erlebt.

»Mehr oder weniger.«

Mitfühlend legte die Blondine zur Begrüßung ihre Arme um Keiras Schultern. Richard nickte ihr unterdessen freundlich zu.

Im Inneren des Restaurants hatte man keine Kosten und Mühen gescheut. Jeder, der hier aß, bekam das Gefühl, direkt in eine Episode von *Downtown Abbey* geraten zu sein. Pechschwarze Säulen aus Marmor stützten den Zement, den man hier übereinander getürmt hatte, imposante Kronleuchter hingen von der cremeweißen Decke und spendeten den Gästen Licht, der Boden prahlte mit einem nahezu schwindelerregenden schwarz-weißen Muster und bildete ebenso wie die größtenteils schwarzen Möbel einen satten Kontrast zu den champagnerfarbenen Wänden. Thomas hatte ihr erzählt, dass man hier ab und an sogar Celebritys antraf, die sich auf der Flucht vor Fotografen gerne eine Auszeit mit einer Tasse Tee und leckeren Scones gönnten.

Das Klirren von Besteck und Gläsern sowie das ausgelassene Plaudern von Gästen drangen an ihre Ohren, sobald die schwere Eingangstür hinter ihnen ins Schloss gefallen war und den Londoner Straßenlärm abgewürgt hatte.

»Oha.« Natalies Lippen teilten sich erstaunt. »Bist du sicher, dass wir hier nicht aus Versehen in den privaten Speisesaal der Queen geraten sind?«

»Absolut.« Hungrig ließen sie sich von einer asiatischen Kellnerin zu einem freien Tisch bringen und machten es sich gemütlich. Richard war der Erste, der nach der Speisekarte griff.

»Vielen Dank für die Einladung, Keira. Also, nicht nur zum Essen.«

»Er ist aufgeregter als ich. Das will was heißen«, verriet Natalie ihr kichernd.

»Ich hatte bisher noch nie die Gelegenheit, das Vereinigte Königreich zu verlassen. Ein paar Ausflüge nach Schottland, Wales und Nordirland, ja, aber weiter östlich … nada.«

»Dann ist Frankreich ja das perfekte Reiseziel, um damit anzufangen. Habt ihr denn schon eine Idee, wohin es in die Flitterwochen gehen soll?«

»Richard will nach Ägypten. Ich stimme für Hawaii. Aber dafür haben wir ja noch ein bisschen Zeit. Im Augenblick diskutieren wir viel mehr über die Sitzordnung. Das ist etwa so, als würde man versuchen, durch Null zu dividieren. Es gibt einfach keine Lösung.« Gespielt frustriert schüttelte Natalie den Kopf und tippte dann mit dem Finger auf eines der Gerichte.

»Kaiserschmarrn. Ich weiß zwar nicht, wie man das richtig ausspricht, aber es schmeckt gut. Der ist sogar für zwei, was sagst du, Richard?«

»Klingt vielversprechend.«

»Was nimmst du denn?«, fragte Natalie an Keira gewandt.

»Ich hatte an Coq au Vin gedacht.« Das hatte sie auch gegessen, als sie mit Thomas das erste Mal hier gewesen war. Zum Nachtisch gab es dann ein Gläschen Wein und ein unwiderstehliches Raspberry Meringue.

»Du mästest uns. Erst die Einladung ans Set und jetzt dieses Restaurant.«

Keira schmunzelte.

»Ich weiß nicht so recht, was ich einpacken soll. Meinst du, es wird warm?«, warf Richard mit geschürzten Lippen ein.

Keira lächelte selig und zuckte mit den Schultern. »Ich bezweifle, dass sich die Sonne allzu oft blicken lassen wird. Außerdem …«, fuhr sie fort. »Von einem Hochzeitsgeschenk, das man hinstellt und das irgendwann in einer Ecke verstaubt, habt ihr doch nichts.«

»Wo wir gerade vom Verstauben sprechen … Wie wäre es mit einem Junggesellinnenabschied in Paris? Wir lassen die Männer ein paar Stunden allein, damit sie sich die Pariser Autos ansehen können und hauen so richtig auf den Putz.

Ich kann mir gut vorstellen, dass du so eine kleine Auszeit vom Set auch dringend nötig haben wirst …«

Keira nickte aufgeregt. Die Idee war gut. Außerdem hatte Natalie Recht. Sie wollte lieber gar nicht daran erinnert werden, dass Thomas fortab tagtäglich ausgerechnet mit Audrey vor der Kamera stehen würde. Am Telefon hatte sie sich bei Natalie in Rage geredet.

»Einverstanden.«

»Wie kommst du damit klar?«

Keira zuckte mit den Schultern. »Es geht …«

»In den Medien wird zurzeit über nichts anderes mehr geschrieben. Die Premiere war ein gefundenes Fressen, noch mehr, nachdem die weibliche Hauptdarstellerin angekündigt wurde.«

»Wahrscheinlich erwarten sie bereits sehnlich ein Drama«, sagte Keira resigniert.

»Was sie mit Toms neuem Film wohl auch bekommen werden.«

Erwartungsvoll blickten die drei auf, als die asiatische Kellnerin sich wieder zu ihnen gesellte, in Sekundenschnelle ihre Bestellungen aufnahm und versprach, ihnen rasch ihre Getränke zu bringen.

»Hm … ja. Wir werden sehen.« Keira konnte sich beim besten Willen nicht vorstellen, weshalb ein weltberühmter und erfolgreicher Filmregisseur jemanden wie Audrey Stinson für sein neues Projekt haben wollte, Eifersucht hin oder her.

»Du hast dir den falschen Beruf ausgesucht, Kleines«, fügte Richard an seine Verlobte gewandt hinzu. »Journalistin hätte viel besser zu dir gepasst als Geschäftsführerin, was deine Liebe zu Stars und Sternchen angeht.«

»Tja. Nennen wir es ein Hobby. Tom ist mittlerweile ein heißbegehrter Junggeselle. Wenn er so weitermacht, wird er sogar seinem Namensvetter Tom Hiddleston Konkurrenz machen.« Natalies Grinsen sprach Bände. Sie hatte wirklich eine Vorliebe für gutaussehende britische Schauspieler. Abgesehen davon war es viel zu unterhaltsam, ihren Verlobten mit ihrer Schwärmerei vor dem Fernseher ein wenig aufzuziehen.

»Wie es scheint, habe ich mir ebenfalls den falschen Beruf ausgesucht«, erwiderte er knapp und zwinkerte Natalie verführerisch zu.

Keira wurde warm ums Herz. Sie sehnte sich nach den verspielten Augenblicken, in denen sie mit Thomas solch neckende Worte austauschte.

KAPITEL 8

Thomas

Bestimmt bildete Thomas sich bloß ein, dass die französische Luft um ihn herum anders schmeckte als zuhause. Vielleicht lag es aber auch an dem Smog, mit dem London schon seit der Industrialisierung zu kämpfen hatte. Gedankenverloren spielte er mit dem Gepäckanhänger an seinem Koffer und lächelte. Er war violett, Keiras Lieblingsfarbe. Es war erstaunlich, wie sehr er seine Freundin vermisste, obwohl er erst vor wenigen Stunden abgereist war. Mit Audrey war es nie so gewesen – ganz im Gegenteil. Audrey hatte ihm die Luft abgeschnürt und er war trotz der wachsenden Sehnsucht, die im Nachhinein betrachtet wohl größtenteils auf sexueller Natur beruht hatte, jedes Mal erleichtert gewesen, wenn sie wieder abgereist war, umso mehr noch, als Keira in sein Leben getreten war. Damals hatte er all die Zeit, die sie getrennt voneinander verbracht hatten, gebraucht, um herauszufinden, ob seine Beziehung mit der nach Ruhm lechzenden Tänzerin überhaupt eine Zukunft haben konnte. Die Antwort auf diese Frage hatte er schon sehr bald darauf bekommen.

Laut des stetig piepsenden Navigationssystems seines Fahrers war sein Ziel nur noch eine Minute entfernt. Das Drehbuch zu Robert de Limos Film fühlte sich schwer an in seinem Handgepäck, als er es näher an sich zog und mit neugierigem Blick aus dem Fenster sah, um die fremde Umgebung, die nun für mehrere Wochen sein Zuhause sein würde, zu studieren.

Um ihn herum war alles grün. Zweifellos hatte die Vegetation hier in Frankreich mehr zu bieten als die endlosen Hügel der Highlands. Keira würde Nordfrankreich sicherlich gefallen.

Ein Grinsen breitete sich auf seinem Gesicht aus, sobald der Regisseur in sein Blickfeld trat und die Beifahrertür öffnete, noch bevor das Auto zum vollständigen Stillstand gekommen war.

»Tom, mein Freund! Willkommen in Frankreich!« Lässig reichten sie einander die Hände.

Thomas stieg aus dem Wagen. »Hallo, Robert. Es freut mich sehr.«

Robert de Limo sah mit seinem schwarzen Lockenkopf und dem dunklen Bart in natura sehr viel müder und angeschlagener aus als vor der Kamera. Er war klein – Thomas überragte ihn um mindestens zwanzig Zentimeter und der lange schwarze Stoffmantel, den er trug, war vollkommen verfusselt und übersät mit weißem Katzenhaar. Doch die Sympathie, die seine grauen Augen ausstrahlte, war echt. Seine Gelassenheit beruhigte Thomas und er hoffte, dass der Regisseur diese auch beim Dreh an den Tag legen würde. Von seinen vielen Schauspielkollegen, die bereits die Ehre gehabt hatten, mit ihm zu arbeiten, hatte er schließlich nur Gutes gehört.

»Der Bart steht dir. Schon mal darüber nachgedacht, ihn einfach dranzulassen?«

Thomas lachte auf. »Wir werden sehen.« Keira zumindest schien sein Bart zu gefallen. Vor allem, wenn er sie mit der Zunge verwöhnte …

»Lass dein Gepäck einfach hier, wir werden uns schon darum kümmern. Wo hast du denn deine hübsche Assistentin Schrägstrich Freundin gelassen?«

»Zuhause in London«, antwortete Thomas schnell. »Sie macht eine Ausbildung zur Architektin und darf ihre

Kurse nicht versäumen. Sie wird uns in den Osterferien für ein paar Tage besuchen.«

»Ich verstehe. Nun, ich hoffe, es wird zwischen Audrey und dir kein böses Blut geben. Anspannung könnte sich schnell in euren Charakteren widerspiegeln.«

»Ja …« Missmutig zog der Schauspieler das Wort in die Länge. Die Frage, weshalb Robert die Brünette überhaupt gecastet hatte, wenn er sich darüber Sorgen machte, lag ihm schwer auf der Zunge, während sie in das große Camping-Zelt marschierten, das ihnen am Set als provisorische Küche diente, doch Thomas hielt den Mund und presste fest die Lippen aufeinander, um sich die heiklen Worte zu verkneifen. Schließlich vertraute er dem Regisseur auch irgendwie. Nicht umsonst feierte Robert de Limo mit seinen Filmen seit Jahren weltweiten Erfolg. Er wusste, was er tat, und darauf würde Thomas sich stützen – vor allem, sobald die ersten Drehtage mit Audrey anstanden. Mit einem tiefen Atemzug setzte er sich auf einen der bereitgestellten Plastikhocker.

Die Vorrichtung hier war gewagt – bei Regenschauer würde man schnell reagieren müssen, um die derzeit aufgerollten Zeltwände aus ihrer Halterung zu lösen, damit die vielen elektrischen Geräte trocken blieben. Gemütlich war es aber trotzdem. An den Metallstangen an der Decke hatte man Heizkörper angebracht, die die Crew bei Schlechtwetter warm halten würde, und neben den unzähligen Klappstühlen, Holzbänken und provisorischen Holztischen sowie gleich mehreren Kühlschränken und Tiefkühltruhen gab es sogar eine kleine Lounge, die man mit alten Perserteppichen ausgelegt hatte. Eine zerschlissene Couch mit weißem Lammfell darauf lud nach einem langen Drehtag zum Entspannen ein.

Aber im Grunde sah doch jedes Set auch irgendwie gleich aus. Viele Kabel, viele Kameras, viele gestresste Setrunner und die vielen Trailer, in welchen Cast und Crew ihre Nächte verbrachten. Die fremde Szenerie um ihn herum war für gewöhnlich das Einzige, was ihn von Film zu Film noch immer vom Hocker hauen konnte.

»Tee?«

»Ja, gerne.«

Flink goss Robert frisches Wasser in den kleinen weißen Wasserkocher auf der Theke neben Thomas und steckte das Gerät in die Mehrfachsteckdose auf dem Boden.

»Und? Wie gefällt dir das Drehbuch?«, keuchte er, als er sich wieder aufrichtete und zwei Tassen vorbereitete.

»Es ist unglaublich spannend. Ich bin von der Dynamik zwischen Castian und Lizbeth ziemlich beeindruckt. Ich hatte zu Beginn Sorge, dass die Spannung zwischen den beiden in so kurzer Laufzeit im Vergleich zum Roman etwas kurz geraten würde.«

Robert presste die Lippen zu einer schmalen Linie zusammen. Nickend ließ er sich dann auf den gepolsterten Stuhl neben ihm fallen und streckte seine kurzen Beine aus, während das Wasser zu kochen begann.

»Du hast ja keine Ahnung, wie lange wir schon daran arbeiten. Jack Rayman – du weißt schon, dieser irische Regisseur, der mich im Übrigen schon mal um einen Blockbuster gebracht hat – wollte uns die Rechte abkaufen, weil wir fast zwei Jahre für den ersten Entwurf gebraucht haben.« Er zuckte mit den Schultern. »Aufgeben war für mich keine Option. Außerdem wollte ich dich in der Hauptrolle. Ich hatte gehofft, einmal mit dir arbeiten zu dürfen.«

»Ebenso, Robert. Ich bin ein großer Fan deiner Filme, ich freue mich auf die Zusammenarbeit.«

Der Regisseur grinste spitzbübisch. »Du wunderst dich wahrscheinlich, wo alle sind.«

Thomas legte verwundert den Kopf schief. Tatsächlich war ihm noch gar nicht aufgefallen, dass das Set seit seiner Ankunft wie leergefegt war. Hier und da sah man ein paar Techniker und Mitarbeiter mit Headset und Klemmbrettern ausgestattet hin und her huschen – ihm gleichgesinnte Schauspieler hatte er allerdings noch nicht entdeckt – zumal in diesem Film auch nur wenige Menschen tatsächlich *vor* der Kamera stehen würden. Vestens Roman zeichnete sich dadurch aus, mit nur einer Handvoll Charaktere eine Geschichte zu schaffen, die viele andere Autoren in den

Schatten stellte. Da waren Audrey, die die Rolle der begehrten Lizbeth verkörpern würde, seine eigene Figur Castian, sein bester Freund und Halbbruder Chad, gespielt von Roger Harris, sowie Davis, der psychopatische Übeltäter und Mörder in der Geschichte, gespielt von Chadwick Lucas, und Lizbeths Stiefmutter Maria, in dessen Rolle Maggie Zachary schlüpfen würde. Thomas hatte die Namen, die ihm genannt wurden, gekannt, hatte bis auf Audrey allerdings noch mit keinem der Schauspieler gearbeitet. Diesen Film zu drehen würde also auf vielen Ebenen ein Erlebnis werden. Eines, auf das er seit Jahren gehofft hatte.

»Nun, jetzt wo du es sagst?«

»Sie reisen morgen an. Harris ist noch auf Promotour für seinen letzten Film und Zachary und Lucas wurde der Flug gecancelt. Die Fluglinie scheint mal wieder zu streiken.«

»Ah. Und Audrey?«

»Die ist schon hier, sie ist vor zwei Tagen angereist. Du wirst sie wohl in ihrem Trailer finden, da verkriecht sie sich seit ihrer Ankunft mit frischen Smoothies und den Champagnerpralinen, die ich ihr als Willkommensgeschenk gegeben habe, und bereitet sich für ihre Rolle vor. In deinem Trailer liegen übrigens auch welche.«

Dankbar lächelte Thomas den Regisseur an.

»Wo wir gerade davon sprechen …«, fuhr er dann mit etwas ernsterer Miene fort. »Ich habe die letzten Tage noch einmal nachgedacht und ich bin zu dem Entschluss gekommen, eine der Szenen etwas … nun ja, anzupassen. Es wird sich nicht viel ändern, keine Panik. Aber ich glaube, wir brauchen einen Moment, der den Zuschauern die Socken auszieht. Vesten nimmt sich in ihrem Roman alle Zeit der Welt, um klarzustellen, wie stark ihre Figuren füreinander empfinden, ohne dass es dabei überhaupt zu irgendeiner Form von Körperkontakt kommt, aber diese Zeit haben wir mit einhundertzwanzig Filmminuten leider nicht.«

Thomas nickte verstehend. Nachdenklich zog er die Stirn kraus. »Woran hast du gedacht?«

Der Wasserkocher hinter ihnen brodelte. »Wir dachten da an eine Kussszene.«

»Eine Kussszene?«, wiederholte Thomas mit blanker Miene.

Robert nickte wild und stand wieder auf, um ihnen den Tee einzuschenken. »Charlotte hat die Szene bereits abgesegnet, wir haben gestern stundenlang über das Drehbuch diskutiert. Sie wird auch mit dir sprechen wollen, sobald sie hier ist. Versteh mich nicht falsch, sie ist eine nette Frau und sie liebt ihre Charaktere abgöttisch … nur ihr Auftreten erscheint mir ein bisschen … exzentrisch. Sie nimmt dich auseinander, wenn du Castians Handlungen im Roman falsch interpretierst.«

»Eine Kussszene«, gab Thomas nur erneut zurück. Dass Robert inzwischen längst wieder das Thema gewechselt hatte und über die Autorin des Buches sprach, registrierte er kaum. Stumm wartete er ab, bis Robert ihre Tassen mit Tee und einem Schuss Milch gefüllt hatte, bevor er von dem abgenutzten Beistelltischchen direkt vor ihm aufsah und seine dankend annahm.

Eine verdammte Kussszene. Als säße Keira zuhause nicht ohnehin bereits wie auf Nadeln, weil er mit seiner Exfreundin vor der Kamera das tragische Liebespaar mimte. Wie um alles in der Welt sollte er ihr das nun beibringen?

KAPITEL 9

Keira

Frisch geduscht und noch mit feuchtem Haar spazierte Keira am gleichen Abend zurück ins Wohnzimmer, ließ sich halbnackt auf die beigefarbene Couch fallen und kuschelte sich in eine weiche Decke. Sie hatte das Licht gedimmt und den Fernseher angeschaltet. Leise Stimmen schwärmten im Hintergrund von einem ihr unbekannten mediterranen Gericht.

Anstatt ihres üblichen Tops und den kurzen Baumwollhotpants, die sie normalerweise zum Schlafen trug, hatte sie sich heute in eines von Thomas' T-Shirts geschmiegt. Er hatte es im Wohnzimmer liegen lassen und es roch noch immer nach ihm.

Gähnend sah sie auf die Uhr. Inzwischen war es halb elf. Sie würde noch auf der Couch einschlafen, wenn Thomas nicht bald anrief. Anstrengend war der Tag allemal gewesen, auch wenn sie am Wochenende guten Gewissens ihren Wecker abschalten hatte dürfen.

Müde rutschte sie ein Stück weiter zurück und bettete den Kopf auf eines der beigefarbenen Kissen, sodass ihr das viel zu weite T-Shirt die Hüften hochrutschte, den schläfrigen Blick auf den Fernseher gerichtet. Auf dem Kaffeetisch vor ihr stand Thomas' aufgeklappter Laptop. Keira seufzte und griff nach der Fernbedienung, zappte sich durch die Programme, bis sie bei einer Liebeskomödie mit Mila Kunis hängenblieb. Schon jetzt vermisste sie den Schauspieler schrecklich. Wie sie es monatelang ohne ihn aushalten sollte, war ihr nach wie vor ein Rätsel. Tja, und wäre dem nicht schon schlimm genug, war da ja auch noch Audrey, der Keira am liebsten die Augen auskratzen würde. Unbehaglich erinnerte sie sich an Nicks Anruf zurück.

Im Gegensatz zu ihr hatte Thomas auf die unerfreuliche Nachricht überraschend gelassen reagiert. Keira schüttelte den Kopf. Na ja, das stimmte so nicht ganz. Er hatte mehr oder weniger gar nicht darauf reagiert und seine Gedanken größtenteils für sich behalten. Ob um sich selbst oder um Keira zu beruhigen, wusste sie nun auch nicht. Aber im Augenblick hoffte sie bloß, dass Audrey Thomas das Leben am Set nicht zur Hölle machen würde, wo er sich schon so über eine Zusammenarbeit mit Robert de Limo freute.

Worum auch immer es in der Liebeskomödie ging, Keira bekam nicht einmal die Hälfte davon mit. Ihre Augen weiteten sich regelrecht, als die beiden Hauptcharaktere in der Küche übereinander herfielen, erinnerte sich nur zu gut daran, wie sie am Neujahrsabend versucht hatte, in *seiner* Küche ein paar Kekse zu backen – und Thomas stattdessen *sie* vernascht hatte, direkt auf der Theke, mit ihrem nackten Hinterteil auf dem schneeweißen Mehl, das sie auf der Arbeitsfläche verstreut hatte.

Keira holte tief Luft und presste aufgeregt die Knie zusammen. Ein notdürftiger Versuch, der verräterischen Hitze zwischen ihren Beinen den Garaus zu machen. Ehe sie es sich versah, verschwand ihre linke Hand unter der kuscheligen Decke. Verschlagen berührte sie mit dem Zeigefinger ihre Klitoris und stöhnte wohlig auf, stellte sich vor, es wäre Thomas' Hand, die sie da unter der Bettdecke verwöhnte. Langsam begann sie ihre bereits erregte Lustperle zu massieren, bis sie vor Entzückung den Rücken durchdrückte und die Stelle fand, die sie in ungeahnte Welten katapultierte. Sie keuchte, beschleunigte ihre Bewegungen und schloss genießerisch die Augen. *Thomas über ihr auf der Couch, ihre Handgelenke über ihrem Kopf fest umschlossen, ihre einzige Verteidigung das stetige Heben ihrer Hüften, die sie an seinem Schritt rieb.* Seine Erektion würde wild vor Lust pochen, mit jedem Mal, dass ihr nackter Venushügel und ihre feuchten Schamlippen ihn provozierten.

Keira warf den Kopf in den Nacken. Himmel, sie vermisste ihn, mit Haut und Haar, stellte sich vor, wie ihre Hände über seine unbekleidete Brust und seinen dunkelblonden Bart strichen; wie sie mit dem Daumen seine Lippen nachzeichnete und verliebt zu ihm aufsah, während er sich quälend langsam in ihr versenkte und sie ihn wollüstig in sich aufnahm, bereit, ihm tiefenentspannende Lust zu schenken, die er mit offenen Armen empfangen und großzügig zurückgeben würde.

Höher, immer höher, schneller ... verbissen ignorierte sie den Schmerz, den die energischen Handbewegungen ihr bereiteten. Sie fühlten sich viel zu gut an, um aufzuhören. Stöhnend krallte sie ihre freie Hand in die Decke, genoss, wie sich ein alles verschlingender Knoten der Lust in ihrem Unterleib immer weiter zusammenzog, bis sie bereit war, loszulassen und zu fliegen, sich den reißenden Wellen ihres Orgasmus mit Thomas' Namen auf den Lippen hinzugeben ...

Keira zuckte zusammen, als der Laptop mit einem Mal die laute Skype-Melodie von sich gab. Thomas' Name erschien auf dem Bildschirm.

Hastig setzte sie sich auf und nahm seinen Anruf mit geröteten Wangen und völlig außer Atem entgegen. *Mist.*

»Hallo, mein Engel.« Thomas lächelte, sobald er sie zu Gesicht bekam. Seine Stimme jagte ihr augenblicklich beruhigende und wohlige Schauer über den Rücken. »Habe ich dich geweckt?«

Rasch fuhr sie sich durch das Haar, um es ein wenig zu bändigen. Geweckt hatte er sie nicht. Nur unterbrochen. Keira unterdrückte ein Kichern. Für Telefonsex war es für ihn heute bestimmt schon zu spät, also verschwieg sie ihm fürs Erste den Spaß, den sie bis eben gehabt hatte.

»Nein«, erwiderte sie. »Ich war noch wach. Wie geht es dir? Wie ist es am Set?«

»Robert scheint ein richtig netter Kerl zu sein, ich freue mich darauf, mit ihm zu arbeiten. Wir haben uns noch eine Weile unterhalten.«

»Bist du in deinem Trailer?«

Er nickte und antwortete gleich darauf mit einem herzhaften Gähnen. »Klein aber gemütlich, wie immer. Bislang sind Audrey und ich auch die einzigen Schauspieler, die bereits eingetroffen sind.«

»Oh.« Keira biss sich auf die Unterlippe, um nicht das Gesicht zu verziehen. »Hast du … hat sie etwas zu dir gesagt?«

»Wir haben noch nicht miteinander gesprochen«, erklärte er rasch. »Dafür wird morgen noch genügend Zeit sein. Wie war dein Tag?«

»Ganz okay. Paulson hat mich, nachdem du abgereist bist, ins *Wolseley* gebracht. Ich war den restlichen Nachmittag über mit Natalie und Richard zusammen, die beiden haben mich ein wenig abgelenkt. Ich vermisse dich.«

»Ich dich auch, mein Engel.«

Einen Augenblick lang blieb es still – ein wohliges Schweigen, das die beiden vielmehr zusammenschweißte als auseinandertrieb. Nur wirkte Thomas dieses Mal so, als läge ihm etwas auf der Zunge, das er Keira nicht anvertrauen wollte. Sie schürzte kaum merklich die Lippen.

»Jonathan hat am Flughafen in Frankreich angerufen. Er schickt mir morgen einen neuen Assistenten hinterher«, begann er schließlich fast schon ein wenig zu enthusiastisch. Keira hob zugleich amüsiert und verwirrt die Augenbrauen.

»Wie ging denn das?«

»Eine mehr oder weniger komplizierte Geschichte. Der Sohn seines Vetters hat einen Halbbruder, der auf Jobsuche war. Die beiden kennen sich, also hat er ihm eine Probezeit am Set angeboten und ich soll nach dem Dreh Bericht erstatten. Wenn alles glattläuft, kriegt er die Stelle auch.«

Keira runzelte die Stirn. »Das klingt nach ziemlich viel Aufwand, so während der Dreharbeiten.«

»Immerhin konnte er jemanden finden, den er nicht durch sämtliche Bewerbungsgespräche jagen musste, ehe er bis zu mir durchdringt.« Thomas lächelte gezwungen und schnappte nach Luft. »Das wird schon.«

»Du wirkst ein wenig angespannt. Ist alles in Ordnung?«

»Ich … da ist …« Unentschlossen klappte er den Mund wieder zu, ohne etwas Sinnvolles gesagt zu haben. »Alles bestens, Keira.«

Sie zögerte. »Ganz sicher?«

»Natürlich. Es ist schon spät, du solltest auch ins Bett gehen. Ist das da etwa mein T-Shirt?«

»Das *war* dein T-Shirt«, neckte sie ihn und rang sich zu einem frechen Lächeln durch. »Wer es findet, darf es behalten.«

»Ich denke, damit kann ich leben. Gute Nacht, Keira. Schlaf gut. Ich liebe dich.«

»Ich liebe dich auch, Thomas.«

Ihre Blicke trafen sich. Dann beendete der Schauspieler das Gespräch und Keira klappte den Laptop zu.

Bekümmert ließ sie sich zurück auf die Couch sinken und zog sich die weiche Decke über die nackten Beine. Was war denn nur los? Thomas hatte sie noch nie so abgewürgt und sie kannte ihn inzwischen gut genug, um zu wissen, dass ihn irgendetwas beschäftigte – und wenn es ihm dabei nicht gut ging, dann fühlte sie das ebenso.

Die Lust darauf, zu Ende zu bringen, was sie eben noch voller Sehnsucht angefangen hatte, war ihr mit einem Mal vergangen.

***

Die erste Woche verflog überraschend schnell. Die drei Tage in Arizona hatten sie zumindest ein wenig darauf vorbereitet, wie sich Thomas' Penthaus ohne seine Anwesenheit anfühlen würde, und je länger sie ihn vermisste, desto erträglicher wurde das dumpfe Pochen in ihrer

Brust, wenn sie sich nachts sein kaltes Kopfkissen an die Brust presste, seinen himmlischen Duft einatmete und in seine T-Shirts gehüllt einschlief.

An seinem Geburtstag war es dann aber doch schlimm gewesen. Thomas hatte den ganzen Tag über gedreht und erst spätabends zwei volle Stunden lang mit ihr gesprochen, ehe ihm vor Müdigkeit fast die Augen zugefallen waren. Über die Schokolade und die Blumen, die sie ihm ans Set geschickt hatte, hatte er sich aber trotzdem gefreut. Keira hatte ihm versprochen, dass noch zwei weitere Geschenke auf ihn warteten, die sie ihm in Frankreich persönlich überreichen wollte – und über die sie wochenlang gebrütet hatte, um ihm eine Freude zu machen.

Thomas war *reich*. Egal, wie sehr sie es drehte und wendete, es war die eiskalte Wahrheit. Es gab nur wenig, das der Schauspieler sich nicht leisten konnte, und Keira selbst fehlte das Budget, ihn mit einer kostspieligen Reise oder einem schönen Urlaub zu überraschen. Also war sie kreativ geworden und hatte ein wenig improvisiert – und es war zum Haareraufen gewesen. Je besser sie Thomas und seine Interessen kannte, desto schwieriger wurde es, etwas zu finden, das ihn begeistern konnte. Andererseits war sie auch sicher, dass ihm alles gefallen würde, wenn es nur von ihr käme.

Keira grinste. Gerade schraubte sie den Deckel auf das Einmachglas und fegte die vielen bunten Papierschnipsel in den Papierkorb neben Thomas' Schreibtisch. Ihre Finger zitterten von der Anstrengung, sich die letzten paar Stunden um eine lesbare Handschrift bemüht zu haben, aber nach fast zehn Tagen, einer ganzen Tube Klebstoff und einem Durcheinander an Wollresten war sie trotz des Chaos, das sie veranstaltet hatte und über welches Amira sich noch wundern würde, stolz auf sich.

An Thomas' Geschenken zu arbeiten, hatte sie die letzten Tage über beruhigt. Es war wie das Ausmalen eines Malbuchs und verdrängte ein wenig die Sorgen, die sie seit ihrem letzten Gespräch mit Thomas auf Skype heimsuchten. Seither hatte der Schauspieler mit Ausnahme seines Geburtstags alle Hände voll zu tun gehabt. Wenn Keira also nicht gerade fieberhaft an seinen Geschenken gebastelt hatte, stürzte sie sich in ihre Unterlagen und Recherchearbeiten für die Uni. Für heute Nachmittag hatte sie sich mit Mayu verabredet, die sie in ungefähr einer Stunde am Campus treffen würde, um ein gemeinsames Projekt zu besprechen, für welches Keira bereits fleißig geforscht hatte. Sie hatte gerade noch Zeit, Thomas' Geschenke sorgfältig zu verpacken, ehe sie sich auf den Weg zur U-Bahn machen musste und schließlich sogar noch fünf Minuten früher ankam als Mayu.

»Keira, hier drüben!« Aufgeweckt schob sie sich mit einem braunhaarigen Mädchen mit knallrot geschminkten Lippen und einer großen Brille auf der Nase an ein paar Passanten vorbei. Keira fuhr herum und winkte.

»Hi. Entschuldige die Verspätung, die U-Bahn …« Ihr Anhängsel errötete leicht.

»Das ist Rebekka, meine Freundin. Sie hat dieses Wochenende frei, geht es in Ordnung, wenn sie dabei ist? Ich wollte dir schreiben, aber wir haben spontan entschieden und dann waren wir schon in der U-Bahn.«

»Natürlich. Kein Problem, freut mich. Ich bin Keira.«

Rebekka grinste bis über beide Ohren. »Rebekka. Ja, ich weiß. Du bist Tom Atberrys Freundin.«

Keira blinzelte irritiert. »Woher weißt du das?«, gab sie vorsichtig zurück.

Die Braunhaarige zuckte nichtssagend mit den Schultern. »Weiß doch inzwischen jeder. Ich habe die Fotos auf Instagram gesehen und als Mayu meinte, dass sie mit einer Keira Buckley zusammenarbeitet, die zufällig genauso aussieht wie du, habe ich eins und eins zusammengezählt. Wie geht es Tom?«

»Ähm … ganz gut.«

»Ist er auch hier?«, bohrte sie weiter.

»Nein. Er ist derzeit nicht in London.«

Rebekkas Augen weiteten sich, was Mayu ein kindliches Lachen entlockte. »Achso, wo ist er denn?«

»Warum setzen wir uns nicht erst einmal in ein Café? Hast du deine Notizen dabei?«

Keira nickte. »Und ein paar Fotos, die uns vielleicht helfen könnten.«

Rebekka biss sich angestrengt auf die Unterlippe, fast so, als müsste sie platzen, wenn sie nicht wild wie ein Wasserfall drauf los plapperte. Keira beäugte sie argwöhnisch. Hautnah und am eigenen Leibe die Hysterie zu spüren zu bekommen, die der Schauspieler oft tagtäglich durchmachen musste, war ihr unheimlich. Das mulmige Gefühl in ihrer Magengrube schien sich jedenfalls nicht wieder verabschieden zu wollen, als sie zu dritt in die nächstgelegene *Starbucks*-Filiale spazierten und sich den Fensterplatz in der Ecke krallten.

»Einen Latte mit Sojamilch, wie immer?« Mayu zwinkerte anzüglich. Sie spürte Rebekkas Blick wie zwei kleine Dolche auf sich, die sie vor Neugierde regelrecht zu durchbohren schienen.

»Was möchtest du, Keira? Ich lade dich ein.«

»Das musst du nicht!«

»Ist schon in Ordnung. Also?«

»Ähm … na schön. Danke … ich trinke Earl Grey, mit Milch bitte.«

Rebekka kicherte ein wenig, während Mayu nach einem knappen Nicken Richtung Tresen marschierte, um zu bestellen.

»Also, wo ist Tom denn nun? Dreht er gerade irgendwo?«, begann sie, sobald ihre Freundin außer Reichweite war.

Keira zog die Augenbrauen zusammen. »Das … darf ich dir nicht verraten, tut mir leid.«

»Oh! Bestimmt geht es um seinen neuen Film. Mit Robert de Limo, richtig? Steht auf IMDb. Vermisst du ihn sehr? Du wirst ihn doch sicher besuchen. Darfst du eigentlich ans Set? Bestimmt, oder?«

»Natürlich vermisse ich ihn, er ist mein Freund, wir wohnen zusammen.« Bloß den Bruchteil einer Sekunde später erkannte sie ihren Fehler. Bisweilen war außer Thomas' Familie, Natalie und Keith sowie Thomas' Presseteam nämlich niemandem bekannt gewesen, dass sie bereits zusammengezogen waren. Schnell klappte Keira den Mund zu. Rebekka war vermutlich eine der Personen, die ihre Erlebnisse und Geschichten ihrer Lieblingsstars sofort mit aller Welt auf Instagram oder sogar Tumblr teilte.

»Ihr wohnt zusammen? Das ist ja süß! Wie lange denn schon?«

»Eine Weile.« Hilfesuchend schielte sie hinüber zur Theke, wo Mayu geduldig auf ihre Getränke wartete. *Bitte beeil dich.*

»Hast du schon bei ihm gewohnt, als er noch mit Audrey zusammen war?« Keira lief es eiskalt den Rücken hinunter – und zwar nicht nur, weil ihr Gegenüber ausgerechnet Audrey erwähnte. Seit bekannt war, dass Keira genau die Frau war, für die Thomas Audrey verlassen hatte, spekulierte jeder zweite Journalist noch viel erpichter über die genauen Beweggründe und schmutzigen Details. Ein Grund mehr für sie, die Kommentare und Artikel im Internet zu meiden – vor allem die, die von Audreys Fans verfasst wurden.

Keira presste fest die Lippen aufeinander und atmete erleichtert aus, als Mayu endlich mit drei heißen Bechern zu ihnen zurückkehrte und sie vorsichtig auf dem Tisch abstellte. Unterdessen kramte Keira ihre Unterlagen aus der Tasche. Ihre Hände zitterten leicht, doch ihre Studienkollegin schien von dem angespannten Gespräch zwischen ihrer Freundin und ihr nicht das Geringste mitbekommen zu haben.

»Also schön … ich dachte, wir konstruieren etwas Simples, was uns nicht gleich am Anfang überfordert. Im *Tate Modern* gibt es zurzeit eine Skulptur, die sie aus alten Tischen und Stuhlbeinen angefertigt haben. Vielleicht können wir die Idee ja aufgreifen und als Rechercheergebnis miteinbauen.«

Rasch nippte Keira an ihrem Tee, zuckte kurz zusammen, als die kochend heiße Flüssigkeit ihre Zunge benetzte. Der Schmerz lenkte sie einen Augenblick lang von Rebekka ab, die sich soeben lächelnd zurücklehnte und interessiert Keiras Notizbuch studierte, in welchem sie sich

Ideen zu ihrer Aufgabe aufgeschrieben hatte. Gemeinsam mit Mayu an diesem Projekt zu arbeiten, war ihr während der Vorlesungen noch logisch erschienen. Sie verstanden sich gut und arbeiteten beide flott – jetzt allerdings kamen ihr erste Zweifel, unabhängig davon, ob diese durch das zusätzliche Paar Augen ausgelöst wurden, das an ihr klebte wie eine blutsaugende Mücke.

»Die Idee gefällt mir«, gab sie höflich zurück. »Wir finden bestimmt ein paar Möbelstücke, mit denen sich eine Nachricht ausdrücken lässt. Das Modell fertigen wir dann einfach in einer Werkstatt an der Uni an. Hast du Fotos dabei?«

Nickend schob Mayu ihre Unterlagen über den Tisch und trank einen Schluck, anstatt ihr zu antworten und ließ sie Keira durchblättern. Den Augenblick der Stille nutzte Rebekka, um sich wieder in die Unterhaltung einzubauen.

»Warum kombiniert ihr dieses Projekt denn nicht mit dem Szenenbildkurs? Du könntest Mayu ans Set mitnehmen und ihr könntet dort etwas bauen. Die Architekten dort helfen euch sicher.«

Keira verkniff sich ein Schnauben. Ganz abgesehen davon, dass sie an ihrem ersten eigenen ›Filmprojekt‹, das sie bis zum Ende des ersten akademischen Jahres ebenfalls abgeschlossen haben musste, bereits mit Thomas arbeitete – der bis über beide Ohren gestrahlt hatte, als sie ihm davon erzählt und ihn um Hilfe gebeten hatte (aber das würde sie Rebekka und Mayu ganz bestimmt nicht auf die Nase binden) – würde ihr noch nicht einmal im Traum einfallen, eine Fremde ans Set einzuladen. Außerdem würde man ihr das auch gar nicht erlauben.

»Nein … das ist leider nicht möglich. Aber deine Idee mit den Stühlen finde ich super, Mayu. Wenn ich ehrlich bin, hätte ich auch an etwas in diese Richtung gedacht.«

»Oh, schade. Aber du hast doch sicher Kontakte? Ich meine, Audrey hatte doch vor Jahren auch mal was mit einem Filmarchitekten. Darf ich fragen, ob Tom noch mit ihr spricht? Es muss ziemlich krass gewesen sein, als seine Assistentin warst du ja ständig bei ihm. Wie ist das abgelaufen? Arbeitest du jetzt noch immer für ihn?«, fuhr sie wieder energisch dazwischen.

Mayu klappte die Kinnlade hinunter. »Rebekka!«

»Tut mir leid, aber das sind … ziemlich persönliche Fragen und gehen eigentlich nur Thomas und mich etwas an.«

»Ja klar, sorry, ich bin einfach so neugierig! Du nennst ihn also Thomas? Ich glaube, seine Großmutter nennt ihn auch Thomas. Die soll angeblich schon im Altersheim sein. Geht ihr sie denn öfter besuchen? Bei alten Menschen weiß man ja nie, wie lange man noch die Gelegenheit dazu hat.«

Ganz im Gegenteil. Carol Valough war die wohl agilste Rentnerin, die man hier in London antreffen konnte. Ein weiteres Mal aber würde Keira sich ganz bestimmt nicht verplappern – und eigentlich war sie sich in diesem Fall sogar ziemlich sicher, dass Elias oder Hamley – Thomas' PR-Agenten – dieses Gerücht in die Welt gesetzt hatten, damit Carol ihre Ruhe hatte. Es war lediglich Rebekkas Redensart, ihre Gestik und Mimik, die sie so nervös machten, dass sie sich kaum noch auf das Projekt konzentrieren konnte, das sie dem Dozenten schon zwei Wochen nach den Osterferien präsentieren sollte.

»Komm schon, bitte, ich will so viel wissen! Wie ist es so, mit Tom zusammenzuleben? Ist er ein Langschläfer? Schnarcht er? Wie trinkt er seinen Kaffee? Das sind doch keine Geheimnisse, oder?«

Keira kannte die Antworten darauf, jede einzelne. Thomas stand jeden Morgen mindestens eine halbe Stunde früher auf als sie, er schnarchte nur, wenn er erkältet war, und seinen Kaffee trank er zuhause ausnahmslos mit Milch und ohne Zucker. Vielleicht hatte Rebekka ja Recht und derartige Details waren nicht weiter wichtig – aber sie waren dennoch privat und sie hatte nicht jetzt und auch nicht in Zukunft vor, sie mit der Welt zu teilen.

Keira blinzelte heftig. »Mayu … weißt du was, könnten wir … wir treffen uns ein andermal. Okay?« Sie sparte sich die Mühe für eine Ausrede. Mayu durfte gerne wissen, weshalb sie jetzt auf schnellstem Wege zurück zur

U-Bahn-Station flüchten würde, ganz egal, ob sie über-reagierte.

»Nein, Keira! Bitte geh nicht, das hab' ich doch nicht so gemeint!« Entsetzt schnappte Rebekka nach Luft.

»Lass mich … lass es bitte gut sein, Rebekka. Es hat mich gefreut, dich kennenzulernen, aber ich werde dir nichts über Thomas oder unsere Beziehung erzählen.«

»Ich dachte doch nur …« Mayu gab ihr einen leichten Schubs und Keira nutzte den Augenblick, um nach ihrer Tasche zu greifen. Schnell stopfte sie ihren Notizblock und alles, was sie sonst noch ausgepackt hatte, zurück hinein, sprang auf und hechtete Richtung Ausgang. Ihren Tee ließ sie einfach stehen. Sollte doch Rebekka ihn austrinken.

Zwei Schritte, nachdem die Tür hinter ihr zugefallen war, hatte Mayu sie bereits eingeholt.

»Keira, warte! Bitte … es tut mir echt leid. Mann, Rebekka und ich sind noch nicht so lange zusammen … ich hatte keine Ahnung, dass sie *so* sehr auf diesen Tom Atberry abfährt. Wenn ich das gewusst hätte, hätte ich sie nicht mitgenommen, ehrlich – u-und das werde ich auch nicht mehr, versprochen!«

Oder etwa doch? Keira entging das Funkeln in Mayus Augen nicht. Wenn die beiden erst seit kurzem ein Paar waren, wäre es durchaus möglich, dass sie Rebekka hatte beeindrucken wollen, indem sie ihr Tom Atberrys Freundin vorstellte. Ob sie sie deshalb überhaupt erst in der Bibliothek angesprochen hatte? Moment, nein … das war gewesen, *bevor* sie mit Thomas zusammen bei der Premiere erschienen war. Ihr wachsendes Misstrauen bohrte sich wie scharfe Krallen in ihre Eingeweide. So musste Thomas sich fühlen, jedes einzelne Mal, wenn er neue Leute kennenlernte.

»Schreib mir eine Mail, Mayu. Ich werde über die Ferien ein paar Entwürfe zeichnen und sie dir schicken, dann entscheiden wir, welchen wir umsetzen.«

»Das mache ich auch. Aber Keira …«

»Tut mir leid, Mayu, ich muss jetzt gehen.«

Sie stieß beinahe mit einem Passanten zusammen, als sie sich wieder umdrehte und eine halbherzige Entschuldigung murmelte. Dann, schnellen Schrittes, steuerte sie die Tottenham Court Road Station an und biss so fest die Zähne zusammen, dass es schmerzte, schob sich dabei seufzend an einem jungen Mann vorbei, der am Eingang der Station Zeitungen verteilte.

Sie hatte eben ihre Oyster Card über das Kartenlesegerät gezogen, als plötzlich ihr Handy in ihrer Tasche vibrierte. Mit einem tiefen Atemzug kramte sie es hervor, sah auf das Display und nahm mit gequältem Gesichtsausdruck ab. Es war, als wüsste Thomas immer genau, wann sie seine Stimme hören musste. Mit zittrigem Atem stellte sie sich an die Wand direkt vor eine Karte des U-Bahn-Netzes, um die Pendler um sie herum nicht zu stören und lehnte sich erschöpft dagegen, als hätte sie zwei Tage lang nicht geschlafen.

»Thomas.«

»Hallo, mein Engel. Ich wollte dir nur kurz Bescheid geben, dass wir heute Abend gebeten wurden, uns mit der Crew und dem Regisseur für eine Besprechung zusammenzusetzen. Ich werde dich also nicht mehr anrufen können.«

»S-schon okay. Wir sprechen uns einfach morgen wieder.« Und gerade jetzt konnte sie es gar nicht mehr erwarten.

»Du klingst ganz aufgeladen, ist etwas passiert? Geht es dir gut?«

»Nein. Ja. Ich meine, ja natürlich geht es mir gut. Ich war nur gerade … ich hatte mich mit Mayu verabredet, wir wollten an unserem Projekt arbeiten und … und sie hat eine Freundin mitgebracht. *Ihre* Freundin, um genau zu sein. Wie sich aber herausgestellt hat, war diese Rebekka nur daran interessiert, mich mit Fragen über dich zu löchern. Ich habe bei Gott noch nie so ein aufdringliches und respektloses Mädchen getroffen. Ich hätte gute Lust gehabt, ihr ihren dämlichen Sojalatte ins Gesicht zu kippen.«

Einen Augenblick lang blieb es am anderen Ende der Leitung still. »Bist du gegangen?«

»Natürlich bin ich gegangen. Und habe ihr gesagt, dass sie mich gefälligst in Ruhe lassen soll … so höflich, wie ich das in dem Moment eben hinbekommen habe.«

»Keira … dass so etwas irgendwann passieren würde … das wussten wir, ja?«, tastete er sich vorsichtig heran.

»Natürlich. Ich bin trotzdem wütend! Mayu hat sich bei mir entschuldigt und mir versprochen, sie nicht mehr mitzunehmen … a-aber allmählich frage ich mich, was sie ihr alles erzählt hat. Mayu schien nicht so, als würde sie wissen, dass wir zusammen sind, als wir uns kennengelernt haben. Das konnte sie ja auch gar nicht! Soll ich ihr denn überhaupt noch vertrauen?«

»Reg dich nicht darüber auf, mein Engel. Bitte. Konzentrier dich auf deine Arbeiten. Solche Fans sind deine Energie nicht wert … und was Mayu angeht … hör auf dein Bauchgefühl.«

Keira lächelte trist und beobachtete mit einem flüchtigen Blick ein junges Pärchen, wie es Hand in Hand die Rolltreppe hinunter zum Gleis fuhr.

»Du hast ja Recht …«

»Dann geh jetzt nachhause. Ruh dich ein wenig aus und denk daran, dass ich dich in ein paar Wochen endlich wieder bei mir habe.«

»Ich liebe dich, Thomas.«

»Ich dich auch, mein Engel. Und sag …«

»Tom, kommst du endlich? Wir warten auf dich.«

Keira konnte die Frau im Hintergrund nur schwer verstehen – doch um Audreys zuckersüße Stimme zu erkennen, reichte es. Genervt verdrehte sie die Augen. *Auch das noch.*

»Ich bin gleich so weit. Gib mir bitte eine Minute.«

»Du musst los. Schreib mir heute Abend eine kurze Nachricht, bevor du ins Bett gehst. Ich bin jetzt sowieso gleich in der U-Bahn. Bis dann, Thomas.«

Der Schauspieler seufzte ergeben. »Na schön. Mach's gut, Keira.«

Auf der Rolltreppe nach unten verkniff sie sich die wütenden Tränen, die ihre Wangen hinabzurollen drohten. Sie zwang sich, Ruhe zu bewahren – es war nicht mehr allzu lange, bis sie endlich selbst ans Set reisen konnte. Auf einen Schlag vermisste sie Thomas sogar

noch mehr als ohnehin schon, nun, wo sie die einfah-
rende U-Bahn vor lauter Frustration mit bloßen Händen
hätte bremsen können.

KAPITEL 10

Keira

Drei Anrufe in Abwesenheit und fünf Nachrichten, zwei davon mehrminütige Sprachnotizen. Mayu hatte ganz schöne Arbeit geleistet und Keira hatte einiges an Geduld aufbringen müssen, um das Klingeln ihres Handys so vehement und stur zu ignorieren. Vielleicht war ihre Studienkollegin selbst ja wirklich gar nicht schuld an dem unangenehmen Zwischenfall, der Keira seit gestern Nachmittag noch immer heimsuchte wie ein rachsüchtiger Poltergeist. Wenn überhaupt, so war sie auch irgendwie wütend auf sich selbst. Die Situation hatte sie schlichtweg … überfordert.

Thomas hatte Recht. Natürlich hatten sie damit rechnen müssen, dass sie früher oder später auch solche Erfahrungen machte, sobald der Schauspieler mit seinem Liebesglück hausieren ging. Das bedeutete jedoch nicht, dass dieser Kelch vollkommen an ihr vorübergehen würde, schon gar nicht, wenn Thomas selbst nicht da war, um sie zu beruhigen und ihr tröstend übers Haar zu streichen.

Gleich nachdem sie zuhause angekommen war, hatte sie Carol angerufen und sie um ein offenes Ohr gebeten. Zwei Stunden lang hatten sie telefoniert und Keira hatte ihr das Herz ausgeschüttet. Sie hätte auch mit Victoria gesprochen, doch da Thomas' Mutter seit letzter Woche auf

Kur war, um sich von einem kleinen Haushaltsunfall und einem nervenaufreibenden Krankenhausaufenthalt zu erholen, wollte sie diese nicht auch noch mit ihren eigenen Sorgen belasten.

Nach ihrem Telefonat und einem weiteren fruchtlosen Anruf von Mayu, den sie mit gerunzelter Stirn weggedrückt hatte, beschäftigte Keira sich damit, ihre Lernunterlagen zu sortieren und die Küche durchzuputzen. Amiras nächster Besuch würde noch etwas auf sich warten lassen und sich mit Putzmittel und Stahlschwämmen die Finger wund zu scheuern, war noch immer besser, als tatenlos herumzusitzen und Trübsal zu blasen. Also steckte sie sich in dem Versuch, die Welt um sie herum zumindest für eine Stunde abzuschalten, kurzerhand die Kopfhörer in die Ohren und machte sich mit gelben Gummihandschuhen bewaffnet an die Arbeit.

Als das nächste Mal ihr Telefon klingelte, überhörte sie es beinahe, hätte sie nicht just in dem Moment zur Kücheninsel geblickt, auf welcher sie es achtlos deponiert hatte. Einen Augenblick lang befürchtete sie, es wäre bloß erneut Mayu. Die Nummer, die aber stattdessen auf dem Display erschien, hatte sie gar nicht eingespeichert.

Misstrauisch nahm sie ab. »Hallo?«

»Keira, hallo. Hier spricht Elias. Toms PR-Agent.«

»Oh! Natürlich. Hallo, Elias. Wie geht es dir?«

»Alles im grünen Bereich, vielen Dank. Keira, hör zu … Tom hat mich eben angerufen. Er macht sich ein wenig Sorgen um dich.« Ein schwaches Lächeln stahl sich auf ihre Lippen. »Warum erzählst du mir nicht in Ruhe, was passiert ist und ich sehe, was ich für dich tun kann?«

Keira nickte mit geschlossenen Augen, wohlwissend, dass Elias sie gar nicht sehen konnte. Nachdenklich legte sie ihren iPod beiseite und setzte sich schwungvoll auf die Kücheninsel, ehe sie tief Luft holte und dem PR-Agenten haarklein von dem Vorfall mit Mayus Freundin berichtete. Sie verzog das Gesicht, als sie fertig war.

»Ich verstehe«, gab Elias schließlich zurück. »Und so etwas ist dir bisher noch nicht passiert, nicht wahr? Ich weiß, wie ungewohnt und aufwühlend es sein kann, wenn man plötzlich erkannt wird und die Leute sich anhand von Informationsbruchteilen eine eigene Meinung von dir bilden … glauben, dich zu kennen …«

»Ja«, krächzte sie atemlos.

»Tom hat mir erzählt, dass ihr lange Zeit Angst davor hattet, euch gemeinsam in der Öffentlichkeit zu zeigen. Wie du sicherlich weißt, war sein Agent nicht unbedingt begeistert, als ihr beschlossen habt, das Versteckspiel zu beenden. Aber Nick will nur das Beste für seinen Schützling, das verspreche ich dir. Gute Publicity ist nun einmal unglaublich wichtig für seine Karriere.«

Keira nickte erneut. Davon konnte er wohl ein Lied singen. Schließlich hatten er und Hamley gemeinsam mit Jonathan und natürlich Nick selbst ganze Arbeit leisten müssen, um Thomas' Ruf nach seinem Beziehungsaus mit Audrey wiederherzustellen. Vereinzelt berichteten die Zeitungen und Klatschblätter ja sogar noch immer darüber.

»Wie auch immer, Keira. Was ich damit sagen will, ist, dass du dir so etwas nicht zu Herzen nehmen darfst. Diese Menschen, wer auch immer sie sind, kennen dich nicht. Sie wissen nicht, wer du wirklich bist, was dich ausmacht und was du heute zu Abend essen wirst. Du hast gestern schon richtig reagiert. Versuch immer, höflich zu bleiben und solche Kommentare oder unangenehme Fragen nicht allzu persönlich zu nehmen … und wenn du dich unsicher fühlst, dann ruf Paulson an, damit er dich abholt. Er hat mit so etwas schon einiges an Erfahrung gesammelt, ja?«

»Ja. Danke, Elias.«

»Gern geschehen. Du kannst mich jederzeit anrufen, wenn es Probleme gibt. Du stehst ab sofort genauso unter meinem Schutz wie Tom selbst.«

»Ich danke dir.«

»Mach's gut, Keira. Hab noch einen schönen Tag.«

***

Keira hatte die Osterfeiertage noch nie außerhalb von Irland oder England verbracht. Umso mehr freute sie, dass der Wetterbericht in Frankreich ganz im Gegensatz zu dem lästigen Dauerregen in London ein wenig heiterere Temperaturen angekündigt hatte. Die letzten drei Tage vor ihrer Abreise nutzte sie, ihren Koffer randvoll mit Kleidung für jegliche Wettereventualitäten und mit Schokoladenostereiern zu füllen. Thomas' Geburtstagsgeschenke verstaute sie zusammen mit einem Stadtplan von Paris und ihrem Notizblock sicher in ihrem Handgepäck.

Paulson war soeben zu Natalies und Richards Wohnung vorgefahren, als Keira fieberhaft versuchte, Thomas zu erreichen, bevor sie ihr Handy in den Flugmodus stellen musste. Der Schauspieler nahm ab, gerade als Natalie ihr aufgeregt zuwinkte und sich von Paulson dabei helfen ließ, ihr Gepäck in den Kofferraum zu hieven.

»Bonjour, ma belle mademoiselle. Vous parlez avec l'acteur Thomas Atberry, comment je peux vous aider?« Er brach in schallendes Gelächter aus, noch während Keira über seinen englischen Akzent schmunzelte.

»Sieh mal einer an, da scheint wohl jemand seine Französischkenntnisse aufgebessert zu haben.«

»Tja, Rio – du weißt schon, der Assistent, den Jonathan mir geschickt hat, steckt voller Überraschungen. Er hat mir ein bisschen was beigebracht. Ich hoffe, du wirst ihn ebenso mögen wie ich. Seid ihr schon auf dem Weg?«

»Natalie und Richard steigen gerade ein, ja.«

Thomas atmete erleichtert aus. »Ich freue mich schon auf dich.«

Und sie sich auf ihn. Auch wenn sich ihr inzwischen gleichzeitig der Magen umdrehte, wenn sie daran dachte, auch Audrey bald wieder gegenübertreten zu müssen. Deren gehässiger und boshafter Blick hatte sich wie Nadeln in ihre Haut gebohrt, damals, als sie samt Polizei aus heiterem Himmel vor ihrer Haustür aufgetaucht war. Die Schläge, die ihr Herz ausgesetzt hatte, würde ihr wohl niemand mehr zurückgeben.

Thomas hatte ihr in letzter Zeit merkwürdigerweise kaum etwas von Audrey erzählt – um sie zu schonen und nicht unnötig aufzuregen oder weil sich die Brünette womöglich gebessert hatte ... Keira würde es schon bald herausfinden. Wenn der Schauspieler selbst es fertigbrachte, Audrey außerhalb der Drehzeiten zu vermeiden, war sie guter Dinge, dass ihr dies genauso gelingen würde. Sie wollte nicht die Art von Mensch sein, der nicht vergeben konnte ... aber sie vergaß nie, das wusste Keith besser als kein anderer, wo er sich mit ihr durch insgesamt drei Gerichtsverhandlungen hatte quälen müssen und das beklommene Gefühl in ihrer Magengrube nur zu gut kannte.

»Ich schicke dir Rios Kontaktdaten, er wird euch empfangen. Laut Robert drehen wir heute doch noch bis Einbruch der Dunkelheit.«

»Mach das. Bis später, Thomas.«

»Bis später, mein Engel.«

***

Sie wusste nicht recht wieso, doch irgendwie hatte sie die Atmosphäre, die an Filmsets herrschte, richtig vermisst. Womöglich lag es daran, dass der graue Studentenalltag sie allmählich zu langweilen begonnen hatte – oder aber, dass sie sich an einem solchen Ort das letzte Mal in einen weltberühmten Schauspieler verliebt hatte. Keira grinste in sich hinein. Sie entschied sich für letzteres.

Holprig bedankte sie sich bei ihrem Taxifahrer mit mehr oder minder gelungenen französischen Worten, die sie in dem kleinen Wörterbuch, das sie am Flughafen gekauft hatte, nachgeschlagen hatte, und zückte ihre Ausweise. Natalie und Richard kamen aus dem Staunen schon jetzt gar nicht mehr heraus.

»Ich glaube es nicht, ich bin an einem echten Filmset«, murmelte Richard vor sich hin. Keira schmunzelte, als er beinahe über Natalies Koffer stolperte und einer der Mitarbeiter am Set, ausgerüstet mit Headset und sogar einem Walkie-Talkie, sie durch die Absperrung winkte.

Doch während sie sich ungemein für ihre beste Freundin und ihren Verlobten freute, pochte ihr eigenes Herz aus ganz anderen Gründen wie eine Dampframme in ihrer Brust. Es war, als konnte sie Thomas' Anwesenheit buchstäblich spüren. In einer Zeitschrift hatte sie einmal gelesen, dass zwei Liebende dazu in der Lage wären, ihre Herzschläge zu synchronisieren. Keira zweifelte im Augenblick nicht eine Sekunde lang, dass in dieser vielseitig angezweifelten Forschung mindestens ein Fünkchen Wahrheit stecken musste, und hoffte inbrünstig, dass der Dreh heute früher beendet würde, damit sie sich gleich endlich wieder in seine Arme werfen konnte.

»Miss Buckley! Da sind Sie ja … und das ist das junge Ehepaar, das Sie begleitet?«

»Noch sind wir nicht verheiratet, aber mir gefällt, wie das klingt«, erwiderte Richard und kniff seine Verlobte spielerisch in die Seite. Der junge Mann, der sie angesprochen hatte und mit geröteten Wangen auf sie zugeeilt kam, hatte einen beeindruckenden Afro und trug eine dunkelbraune Brille mit rechteckigen Gläsern auf der Nase. Höflich streckte er Keira die Hand entgegen, welche sie sogleich ergriff.

»Nennen Sie mich Keira. Das sind Natalie und Richard.«

Der Fremde nickte eifrig. »Freut mich, Sie alle kennenzulernen. Ich stelle mich besser noch einmal offiziell vor. Mein Name ist Ronaldo, ich arbeite seit kurzem als Mr. Atberrys persönlicher Assistent. Ihr könnt mich gern Rio nennen.« Er war ihr sofort sympathisch und wie es auf den ersten Blick schien, mindestens genauso fleißig wie Keira selbst es gewesen war. Zugegeben hatte sie sich zwar regelrecht in ihre Arbeit gestürzt, um ihren stetig wachsenden Gefühlen für Thomas zu entkommen, doch das Prinzip blieb dasselbe.

»Du hast einen leichten Akzent, Rio, wo kommst du her?«, fragte sie ihn freundlich.

»Jamaica. Ich lebe seit zehn Jahren in England. Wenn es für euch in Ordnung ist, bringe ich euch gleich zu euren Trailern. Tom sagte mir, es sei in Ordnung, dich in seinem unterzubringen, Keira. Ihnen beiden konnte ich einen eigenen organisieren«, fügte er an Natalie und Richard gewandt hinzu.

Keira lächelte, während sie dem blutjungen Assistenten zu den Trailern folgten. Erfahrungsgemäß war die vorübergehende Wohnsituation für Crew und Cast während der Dreharbeiten doch eher einengend. Aber da Thomas und sie ohnehin wie die Kletten aneinanderklebten, wäre ein Trailer ganz für sie allein sowieso überflüssig gewesen.

»Am besten kommt ihr erst einmal in Ruhe an. Wenn ihr Hunger habt, kann ich gern etwas für euch bestellen. Im Moment ist die Crew noch mitten im Dreh, wir sollten sie nicht unterbrechen.«

Mit anderen Worten waren sie somit bis Drehschluss Rios Verantwortung. Keira konnte in seinen braunen Augen regelrecht ablesen, dass er fürchtete, seine neuen Gäste würden sich nicht benehmen und ihn in Schwierigkeiten bringen. Beruhigend legte sie ihm eine Hand auf die Schulter, als sie vor Natalies und Roberts Trailer stehen blieben. Auch sie hatte gehofft, sich gut um Thomas' Familie kümmern zu können, als diese ihn in Thailand am Set besucht hatte.

»Mach dir keine Sorgen. Etwas Warmes zu essen wäre prima. Wir sind auf dem Weg hierher an einem indischen Restaurant vorbeigefahren, wir werden uns etwas liefern lassen.«

»Ganz sicher? Lasst mich aber wissen, wenn ihr etwas braucht. Ich bin ganz in der Nähe. Meine Nummer hast du ja schon.«

»Ja«, bestätigte Keira knapp. Rio nickte.

»Dann … wünsche ich euch viel Spaß am Set!« Mit einem mutigen Lächeln auf den Lippen reckte er beide Daumen in die Luft, danach verschwand er um die nächste Ecke. Neben Keira stieß Natalie sprachlos die Luft aus.

»Erster Eindruck?«, fragte sie, ohne Keira dabei anzusehen. Stattdessen war ihr Blick fasziniert auf die verdächtig bekannten Namen an den Türen der weißen Trailer um sie herum geheftet. Ihr war anzusehen, dass sie in Gedanken bereits Stift und Papier gezückt hatte, um sich mit Robert auf eine unterhaltsame Autogrammjagd zu begeben.

»Ich bin ganz Ohr.«

»Oh nein, ich meinte zu Toms neuen Assistenten. Was mich angeht, ich glaube, ich träume.« Ungläubig warf die Blondine die Hände in die Luft und lehnte sich an Richard, der sich vor lauter Aufregung eine Zigarette angezündet hatte, doch er beteuerte regelmäßig, dass er nicht viel rauchte – und für Natalie auch bald damit aufhören wollte.

»Er scheint wirklich sehr nett zu sein«, antwortete sie. »Jonathan hat richtig entschieden.«

»Das hat er bei dir damals auch«, gab ihre beste Freundin mit einem schelmischen Zwinkern zurück. Keira schoss die Hitze in die Wangen.

Ihrem Hunger tat ihr darauffolgendes verliebtes Grinsen dann aber trotzdem keinen Abbruch. Sich räuspernd umklammerte sie den Griff ihres Koffers noch fester.

»Das hat er wohl. Lasst uns etwas zu essen bestellen, bevor wir vom Fleisch fallen.«

***

Bis kurz nach dem Abendessen hatte sie überraschend erfolgreich verdrängt, dass auch Audrey nun wieder in ihrer unmittelbaren Nähe war. Die Tänzerin selbst war mit Sicherheit ebenfalls informiert worden, dass Keira Thomas zusammen mit Freunden besuchen kommen würde und doch würde sie es begrüßen, wenn sie ein Wiedersehen so lange hinauszögern konnte wie nur möglich. Bestimmt beruhte dieser gewünschte Aufschub auf Gegenseitigkeit und auch Natalie, die Audrey noch immer als tanzende Meerhexe bezeichnete, war verständlicherweise alles andere als scharf auf ein erstes Treffen mit Thomas' Exfreundin.

Inzwischen hatte es endlich begonnen zu dämmern. Mit künstlicher Belichtung konnte die angefangene Szene, wie sie aus der Ferne beobachtet hatte, zwar noch eine Weile fortgesetzt werden, doch allzu lange blieb ihnen dann auch nicht mehr Zeit, sofern sie sich nicht dazu entschieden, mit den Nachtaufnahmen zu starten. Keira, Natalie und Richard hatten es sich in ihrem Trailer gemütlich gemacht und mit knurrenden Mägen die indischen Gerichte verputzt, die sie sich bestellt hatten, während Keira sie in die grundlegenden Gepflogenheiten eines Sets einschulte. Ganz selbstverständlich hatten Natalie und Richard als Thomas' Gäste dabei weitaus mehr Privilegien als eine Handvoll Fans, die mit leuchtenden Augen einen kurzen Blick hinter die Kulissen werfen durften. Sie konnte es kaum erwarten, die beiden morgen ein wenig herumzuführen. In Gedanken klopfte sie sich für die Idee zu diesem einzigartigen Hochzeitsgeschenk stolz auf die Schulter, auch wenn ihr der eigentliche Grund für ihren Trip nach Frankreich noch viel mehr Freude bereitete.

Ungeduldig sah sie auf die Uhr. Lange konnte es nicht mehr dauern, bis sie Thomas endlich wiedersah. Um sich bis dahin also noch ein wenig zu beschäftigen, steckte sie nun pflichtbewusst das gebrauchte Plastikgeschirr und sämtliche Verpackungsreste ihres Abendessens in eine schwarze Tüte, damit Natalie den kleinen Tisch im Trailer abwischen konnte.

»Ich bringe nur schnell den Müll nach draußen, ja?«

Überraschend warme Luft schlug ihr entgegen, sobald sie sich durch die schmale Tür gekämpft hatte. Keira hatte trotz des vielversprechenden Wetterberichts keine sommerlichen Temperaturen erwartet. Umso angenehmer fühlte sich die frische Brise auf ihren nackten Armen an.

Gedankenverloren strich sie sich eine Haarsträhne aus dem Gesicht, lauschte den Abendzikaden und stellte den vollen Müllsack im Halbdunkel neben die schmalen Stufen des Trailers, als ihr plötzlich zwei Hände über ihren Augen die Sicht versperrten.

»Hallo, schöne Frau, kann ich Ihnen irgendwie behilflich sein?«

Keiras Herz setzte einen Schlag aus. Ruckartig drehte sie sich zu Thomas um und schlang ihre Arme um seinen

Nacken – den Bruchteil einer Sekunde später fing er ihre Lippen bereits in einen leidenschaftlichen Kuss ein.

»Du hast mir gefehlt.« Sein Atem streifte ihren Mund.

»Du mir auch … wo kommst du denn auf einmal her?«

Thomas grinste, als hätte jemand einen Schalter in seinem Kopf umgelegt, dabei hatte er Keira erst seit einer gefühlten Minute wieder. »Wir haben vor fünf Minuten Schluss gemacht. In meinem Trailer habe ich nur dein Gepäck gefunden. Ich dachte mir also, dass du bei Natalie sein musst.«

Keira hatte durchaus mit dem Gedanken gespielt, ihn mit einem provisorischen Dinner bei Kerzenschein und der verrucht anzüglichen Unterwäsche, die er ihr zu Weihnachten gekauft hatte, zu überraschen. Doch das hatte noch Zeit – idealerweise, bis sie ihm ihre Geschenke überreicht hatte.

»Haben wir den Abend für uns?«

»Du hast mich ganz für dich allein«, versprach er ihr mit rauchiger Stimme. »Nur wir beide.«

Nur wir beide. Sie zögerte.

»Und wo ist, äh … Audrey?«

»Sie hat ein Crewmitglied nach Drehschluss nach frischen Smoothies gefragt und ist danach wortlos in ihrem Trailer verschwunden.«

»Sie weiß, dass ich heute angereist bin?«

»Das tut sie. Also ist sie dir noch nicht über den Weg gelaufen?«

»Nein. Wäre es allzu kindisch von mir zu hoffen, ihr *gar nicht* über den Weg laufen zu müssen?«, fragte sie. Keiras unschuldige Miene entlockte Thomas ein kurzes Lachen.

»Ich denke nicht, dass das funktionieren wird, es sei denn, du verkriechst dich in meinem Bett und wartest jeden Abend brav, bis ich wieder da bin … nackt, versteht sich. Wobei … kecke Dessous würde ich ebenfalls akzeptieren.« Neckend knabberte er an ihrem Ohrläppchen. »Mach dir keine Sorgen. Ich habe gestern Abend mit ihr gesprochen und sie darum gebeten, sich dir gegenüber zu benehmen. Es wird schon schief gehen. Versprich mir, dass du dich nicht aufregen wirst. Das ist sie nicht wert.«

Keira knirschte missmutig mit den Zähnen. Nein, das war sie keineswegs. Bestimmt machte es auch keinen guten Eindruck, wenn die beiden sich am Set gegenseitig Messer in den Rücken rammten – schon gar nicht vor niemand Geringerem als Robert de Limo. Und obwohl Keira verletzt davon sein wollte, dass er ihr zutraute, sich von Audrey auf die Palme bringen zu lassen, musste sie zugeben, dass der Schauspieler sie auch dieses Mal lesen konnte, als stünden ihr sämtliche Gedanken auf der Stirn geschrieben. Er hatte nicht ganz Unrecht. Sie war in Alarmbereitschaft, jederzeit dazu bereit, ihre Krallen auszufahren und sie Audrey in die Brust zu schlagen, wenn sie nur provoziert wurde – und dass die Tänzerin gerne ihre Spielchen trieb, um ihre Ziele zu erreichen, war ohnehin allseits bekannt.

Seufzend rollte sie mit den Schultern. »Ich verspreche es.«

Thomas gab ihr zum Dank einen weiteren, schwindelerregenden Kuss. »Ich hoffe, du hast schon zu Abend gegessen?«

Keira nickte. »Mit Natalie und Richard. Ich habe dir etwas vom Nachtisch aufgehoben. Kommst du mit rein?«

Thomas nickte und griff nach ihrer Hand. Wie zwei verliebte Teenager spazierten sie die Stufen hinauf in den Trailer. Natalies Gesicht leuchtete förmlich auf, als sie den Schauspieler zu Gesicht bekam.

»Tom! Schön, dich wiederzusehen.«

»Ebenso. Herzlichen Glückwunsch zur Verlobung, ihr beiden.«

»Danke.« Richard reichte ihm schüchtern die Hand. »Hab Tausend Dank für die Einladung. Ich bin erst seit ein paar Stunden hier und ich bin absolut überwältigt.«

»Das freut mich. Ich bin mir sicher, ihr werdet ein paar schöne Tage mit uns verbringen. Was haltet ihr von Rio?«

»Er ist lieb … und ungefähr so aufgeregt und nervös, wie ich es war!«

Tadelnd zog der Schauspieler eine Augenbraue nach oben. »Ich dachte, das warst du, weil du dich in mich verliebt hattest?«

»Das auch«, entgegnete sie keck. »Macht er seine Sache gut?«

»Ich bin zufrieden. Er gibt sich wirklich viel Mühe.«

Thomas zog sie stürmisch an sich. Seine Wange ruhte auf ihrem Scheitel, als sie ihre Arme um ihn schlang und genießerisch seufzend die Augen schloss. Sie hatte ihn so sehr vermisst, dass der enge Körperkontakt augenblicklich ein wohliges Ziehen durch ihren Körper jagte. Thomas unterdrückte ein leises Stöhnen.

Es war viel mehr als bloß die baldige Aussicht auf wilden und leidenschaftlichen Sex in dem kleinen provisorischen Bett in seinem Trailer – allein, ihn endlich wieder bei sich zu wissen und ihn verliebt dabei zu beobachten, wie er in ihren Armen, den Kopf auf ihre nackte Brust gebettet, einschlief, ließ ihr Herz wie eine Dampframme pochen. Ihre Blicke trafen sich verstohlen.

»Robert hat uns nächstes Wochenende ein Abendessen mit der ganzen Crew versprochen. Dazu seid ihr herzlich eingeladen. Morgen könnt ihr uns dann auch gerne beim Dreh zusehen.«

Keira schmunzelte. Thomas' verspielte und eloquente Art, Natalie und Richard beizubringen, dass sie es kaum noch erwarten konnten, sich einander die Kleider vom Körper zu reißen, grenzte nahezu an versauten Humor. Natalie müsste sturzbetrunken sein, um den Wink mit dem Zaunpfahl zu übersehen.

»Wir freuen uns«, antwortete Richard ihm aufrichtig.

Natalie schmunzelte ebenfalls. »Gute Nacht.«

Winkend verschwanden die beiden und zogen die Tür hinter sich, begleitet von einem leisen Quietschen, zu. Augenblicklich umhüllte Keira die nächtliche Dunkelheit, die lediglich durch die künstliche Beleuchtung am Set gebrochen wurde, damit man nicht über die vielen ausgelegten Kabel am Boden stolperte.

»Komm mit. Ich will dir noch etwas zeigen«, flüsterte Thomas in ihr Ohr. Seine Lippen streiften ihr Ohrläppchen, jagten ihr einen angenehmen Schauer über den Rücken. Keira biss sich auf die Unterlippe und sah erwartungsvoll zu ihm auf.

Thomas verschränkte schelmisch grinsend seine Finger mit ihren und zog sie durch das angenehme Halbdunkel durch die Reihen von Trailern hindurch und auf eine mit Kabeln übersäte Metallkonstruktion zu. Ihre Schritte über die plattgetretene Erde hinauf zu einer breiten Plattform hallten in der friedlichen Stille dumpf wider. Ohne Licht wirkten die von der provisorischen Decke – ein dickes Metallgitter – hängenden Kabel wie Lianen in einem gefährlichen Urwald. Keira erwartete beinahe, dass jeden Augenblick eine giftige Schlange angreifen würde. Wenn Audrey plötzlich auftauchte, läge sie mit dieser Sorge gar nicht so falsch.

»Pass auf.« Thomas ließ ihre Hand los. Mit einem zufriedenen Brummen widmete er sich dem Schaltkasten am Treppenabsatz der Plattform und betätigte einen kleinen, unscheinbaren Hebel. Den Bruchteil einer Sekunde später wurde der künstliche Urwald beleuchtet. Was Keira eben noch für Kabel gehalten hatte, entpuppte sich als unzählige sternförmige Lichterketten, die wie ein Labyrinth die gesamte Plattform erhellten und bezaubernder als ein Weihnachtsbaum das kleine Set zum Strahlen brachten. Hunderte kleine Lämpchen funkelten friedvoll vor sich hin und luden den Betrachter dazu ein, sich in ihre Mitte zu stürzen.

»Wow ... das ist ja ... das ist der Wahnsinn! Es ist wunderschön.«

Thomas lächelte. »Ich habe mir gedacht, dass dir dieses Kunstwerk als angehende Architektin gefallen würde. Robert hat sich mit den besten Künstlern und Ingenieuren in ganz Großbritannien zusammengetan, um dieses Lichterparadies zu installieren und das, obwohl es im ganzen Film für lediglich zwei Szenen verwendet wird.« Urplötzlich bröckelte Thomas' Lächeln.

»Alles in Ordnung?«

»Ja, natürlich.«

»Meinst du, Robert würde mir erlauben, ein paar Fotos hiervon zu machen, für einen meiner Kurse? Stell dir vor, ich könnte einen Pavillon bauen, der von einem Netz aus Lichterketten umgeben ist ... mit einem Ball aus Lichterketten, der von der Decke hängt.« Sie grinste und schlang die Arme um sich selbst. »Ich glaube, ich habe soeben beschlossen, wie mein Abschlussprojekt aussehen soll.«

»Ich hatte gehofft, dass es dich inspirieren würde. Ist dir schon kalt?«

Keira nickte abwesend. »Ein bisschen.«

Doch ihr Blick war noch immer fasziniert auf die Lichterkonstruktion geheftet, fast so, als wollte sie heute Nacht unter freiem Himmel direkt zwischen den Lichterketten übernachten. Beide wanderten sie langsam auf der Plattform umher und ließen ihre Finger durch die dünnen Kabel gleiten.

»Na komm. Lass uns reingehen … uns *aufwärmen*.«

Thomas musste sie nicht zweimal darum bitten. Seufzend ließ sie zu, dass er sie von hinten umarmte, nachdem er den Strom wieder abgeschaltet hatte und die Dunkelheit sie erneut verschluckte. Dann, eng umschlungen, spazierten sie schnellen Schrittes zurück zu Thomas' Trailer, wo sich der Schauspieler sogleich erschöpft auf das kleine Bett fallen ließ, das er heute Morgen allem Anschein nach gar nicht erst gemacht hatte.

Sehnsüchtig streckte er seine Arme nach ihr aus und fing sie frech mit seinen Beinen ein, als sie sich ihm näherte, umklammerte sanft ihre Hüften. »Wie geht es dir, mein Engel?«

»Jetzt gut. Mehr als gut.« Kaum hatte sie mit den Handflächen sein Gesicht umfasst und mit ihren Fingern sanft seinen Bart massiert, wanderte im Gegenzug eine seiner Hände langsam unter ihr T-Shirt, um die weiche Haut darunter freizulegen.

Mit geschlossenen Augen ließ Keira sich nach vorne fallen und setzte sich rittlings auf seinen Schoß. Nur sein Gesicht zu berühren, war nicht genug. Sie musste ihn *überall* spüren, schnurrte wohlig, als seine Finger begannen, an dem Verschluss ihres BHs zu nesteln.

»Weißt du, deine Geburtstagsgeschenke warten auch noch darauf, ausgepackt zu werden.«

»Ich bin doch schon dabei.«

Keira grinste verspielt gegen seinen Hals, ehe sie sich widerwillig von ihm löste, um ihm in die Augen zu sehen.

»Bitte?« Mit einem unschuldigen Wimpernaufschlag zog sie das Wort in die Länge, bis Thomas ergeben auflachte. Keira rutschte wie der Tarantel gestochen von seinen Oberschenkeln herunter und hastete zur kleinen Sitzbank in der Ecke, wo sie ihr Handgepäck deponiert hatte. Das Geschenkpapier raschelte leise zwischen dem Pullover und der Jacke, zwischen welchen sie die beiden Päckchen vergraben hatte, damit ihnen während des Flugs nichts zustieß.

»Alles Gute, Thomas. Ich liebe dich«, sagte sie, als sie sie ihm überreichte. Mit leuchtenden Augen setzte sie sich wieder neben ihn auf das Bett und wartete gespannt seine Reaktion ab.

Der Schauspieler widmete sich erst dem leichteren Geschenk. Vorsichtig riss er das bunte Papier auseinander und enthüllte einen dunkelblauen, selbstgestrickten Schal.

»Keira … der ist wunderschön. Wie lange hast du dafür gebraucht?«

»Ich habe angefangen, nachdem du abgereist bist. Carol hat mir geholfen und ein paar Techniken gezeigt. Ich musste zweimal Wolle nachkaufen, weil ich mich verstrickt hatte und neu anfangen musste.«

Thomas grinste stolz. Keira rügte ihn regelmäßig dafür, in den kalten Wintermonaten stets ohne Schal das Haus zu verlassen. Ein teurer Designerschal aus echter Seide war nichts verglichen mit dem kleinen Kunstwerk, das sie für ihn gezaubert hatte. Kurzerhand wickelte er ihn sich um den Hals und zwinkerte verschwörerisch, ehe er sich dem zweiten Päckchen widmete. Zum Vorschein kam ein großes Marmeladenglas mit Dutzenden von winzig kleinen Schriftrollen in den unterschiedlichsten Farben. Für dieses Geschenk hatte Keira stundenlang das Internet durchforstet und Ideen gesammelt.

»Es ist ein Gutscheinglas, einer für jeden Tag bis zu deinem nächsten Geburtstag.«

»Willst du mir damit sagen, dass du mir dreihundert-fünfundsechzig Zettelchen geschrieben hast?«

Sie lachte leise in sich hinein. »So in etwa. Amira wird sich über die vielen kleinen Schnipsel zuhause sicher noch freuen. Mach einen auf!«, forderte sie ihn strahlend auf.

Thomas lachte leise in sich hinein. Das Marmeladenglas gab ein leises Ploppen von sich, als er den Deckel aufdrehte und seine Hand hineinsteckte. Erwartungsvoll stellte er das Glas auf den Boden und rollte den ersten Gutschein auseinander.

»Ein leidenschaftlicher Kuss«, las er laut. »Nun, wenn das so ist ...«

Keira quiekte auf, als er sie stürmisch an sich zog und seinen Mund auf ihren presste. Binnen einer Sekunde hatte er sich über sie gebeugt und vernaschte ihre Lippen wie ein Stück Schokolade, das langsam auf seiner Zunge schmolz. Keira stöhnte leise auf. Ihre Augen schlossen sich unverhohlen, ihre Hände schoben sich quälend langsam unter Thomas' T-Shirt. Ihre Zungen fochten einen wilden Kampf miteinander aus, einen Kampf, den keiner der beiden zu verlieren vermochte.

Er knurrte wie ein hungriger Wolf, als Keira ihre Hüften hob und die Beine auseinanderschob, machte sich die Gelegenheit zunutze, um ihr das Oberteil auszuziehen. Mit jeder noch so leichten Berührung rieb seine wachsende Erektion gegen ihren Venushügel. Ihr Schritt pochte, bettelte darum, von den letzten störenden Stücken Stoff befreit und von Thomas' Körper verwöhnt zu werden. Es war perfekt. *Er* war perfekt. Jetzt sofort wollte sie ihn in sich spüren, damit sie sich liebten, bis sie vor Erschöpfung eng aneinander gekuschelt einschliefen.

Mit einem Mal löste er sich widerwillig von ihr und ließ sie keuchend wieder zu Atem kommen. Sie blickte sehnsüchtig auf, um ihn dazu zu bewegen, sie sofort wieder bis zur Besinnungslosigkeit weiter zu küssen.

»Keira ... bevor wir ... es gibt da noch etwas, das ich dir sagen muss.«

»Kann das nicht ... bis später warten?«, erwiderte sie regelrecht empört.

Der Schauspieler fuhr sich durchs Haar und zog die Lippen kraus.

»Was ist denn los?« Sie sah ihn verwirrt an, während sie sich im Liegen aus ihren engen Röhrenjeans kämpfte und einen leisen Fluch ausstieß, als dabei ihr schwarzer Nagellack am Daumen absplitterte.

Thomas schien abgelenkt von ihren Brüsten, die von dem BH verhüllt wurden, den er ihr am Weihnachtsmorgen geschenkt hatte. Ihm war anzusehen, dass er beinahe wieder vergaß, was er ihr hatte sagen wollen. »Es gab ... Änderungen am Drehbuch. Um genau zu sein, wurde eine Szene geändert.«

Keira hob fragend eine Augenbraue. Sie kannte Thomas inzwischen gut. Wenn ihm etwas unangenehm war, besaß er die nahezu amüsante Fähigkeit, so lange um den heißen Brei herumzureden, bis sie die Antworten aus ihm herausprügeln wollte. Für gewöhnlich endete der halbherzige Versuch damit, dass er sie kitzelte, bis sie lachend um Gnade winselte.

»Na los, raus damit. Das letzte Mal, als du so auf der Stelle herumgetänzelt bist, hast du aus Versehen eines meiner Lieblings-T-Shirts in der Wäsche eingehen lassen. Was ist es diesmal?« Belustigt hob sie eine Augenbraue. Heute jedoch blieb Thomas so ernst, dass sie sich schließlich besorgt aufsetzte.

»Robert wünscht sich eine Kussszene mit Castian und Lizbeth.«

Augenblicklich entglitten Keira sämtliche Gesichtszüge.

»Moment, w-was? Aber ... wieso? Im Buch kam doch überhaupt keine Kussszene vor!«, beschwerte sie sich. Ein leicht panischer Unterton schwang in ihrer Stimme mit. Denn es stimmte. Sie war Thomas' Empfehlung gefolgt und hatte das Buch voller Neugierde darauf, was der Schauspieler aus seinem Protagonisten machen würde, vor nicht allzu langer Zeit selbst verschlungen.

»Ich weiß ... Keira, ich war auch nicht begeistert davon. Aber seine Argumente waren ... überzeugend. Das

Publikum wird darauf warten, dass die beiden sich näher-kommen.«

»Aber genau das ist doch der Reiz des Romans! Diese unerfüllte Sehnsucht, die Erkenntnis, dass sie nie nach ih-ren Gefühlen handeln dürfen, bevor Castian stirbt.« Stur verschränkte sie die Arme vor der Brust und biss sich auf die Zunge. »Das ist doch nicht wirklich sein Ernst?« Sie wollte keinen Elefanten aus einer Mücke machen, auch wenn sie Audrey am liebsten jedes Haar einzeln ausgeris-sen hätte, denn das beunruhigende Gefühl, das in ihrer Magengrube brodelte wie ein Hexenkessel, drohte schon seit Thomas' Abreise, sich zu einer heißen Mischung aus Eifersucht und eiskalter Wut zu vermengen. Nun endlich verstand sie, weshalb Thomas es die letzten Tage über ver-mieden hatte, Audrey überhaupt zu erwähnen.

»Keira …« Versöhnlich umfasste der Schauspieler ihre Oberarme und drückte sie fest an sich. »Ich vertraue Robert. Audrey ist nicht länger mehr als eine von tausend Schau-spielkolleginnen und ich habe kein Interesse daran, ihr zwi-schen den Takes zu nahe zu kommen. Das weißt du«, fuhr er etwas leiser fort und schloss die Augen, um seine Stirn gegen die ihre zu lehnen. Seine Finger strichen über ihre nackte Haut.

Keira atmete hörbar aus. Darum ging es ihr doch gar nicht. Es war schließlich nicht Thomas, dem sie nicht ver-traute. Er mochte kein Interesse mehr an der Tänzerin ha-ben. Aber konnte er dasselbe auch von Audrey behaupten?

»Natürlich weiß ich das. Und das … das akzeptiere ich auch. Aber Audrey ist immer noch deine *Ex*, Thomas.«

»Wir werden beide professionell an die Sache heran-gehen. Mach dir bitte keine Sorgen, Keira. Du bist mein Mädchen, daran wird sich nichts ändern. Nicht einmal, wenn die Flüsse plötzlich aufwärts fließen.«

Doch das mulmige Gefühl, das sich bei dem Gedanken an die noch anstehenden Drehtage in ihre Magengrube schlich, verflüchtigte sich trotzdem nicht. Audrey Stinson roch nämlich trotz ihres teuren Gucci-Parfums gewaltig nach Ärger.

»Das sind keine besonders erfreulichen Nachrichten, ich weiß. Ich wollte es dir persönlich sagen, aber Keira, hör mir zu. Ich bin Schauspieler – egal, was du auf dem Bildschirm sehen wirst, nichts davon ist real.«

Keira schloss gequält die Augen. Sie wollte ihm nicht im Weg stehen, egal, um wen es sich bei dieser dummen Kussszene handelte. Ihre nächsten Worte kosteten sie Überwindung, obwohl sie von Herzen kamen. »Es ist in Ordnung.«

Thomas seufzte. Der Schal, den sie ihm gestrickt hatte, rutschte von seinem Hals und fiel aufs Bett. Einen Augenblick lang wartete er mit angehaltenem Atem, wie sie nun reagieren würde.

Keira entging nicht, wie er angespannt an seiner Hose zog. Und ihm entging sicher auch nicht, dass sie ihn stumm dabei beobachtete. Dann, wie aus heiterem Himmel, beugte sie sich energisch vor und machte sich an seinem Reisverschluss zu schaffen, um ihn zu befreien. Thomas warf den Kopf in den Nacken. Ein Stöhnen entfuhr ihm, als sie eine Hand um seine Erektion legte und ihn zu streicheln begann, ehe sie sich schweratmend vor Erregung vorbeugte und ihre Lippen um ihn schloss.

KAPITEL 11

Keira

Gähnend spazierte Keira ungeschminkt und mit einem unordentlichen Dutt auf dem Kopf nach draußen. Nach drei Orgasmen und zwei Runden leidenschaftlichem Sex trotz Thomas' Hiobsbotschaft gestern Nacht war sie heute Morgen splitternackt und halb auf ihm liegend aufgewacht. Seine linke Hand hatte er besitzergreifend um ihre Taille geschlungen, mit der rechten hielt er im Schlaf unbewusst seinen dunkelblauen Schal umklammert. Keira hatte vor ihm die Augen aufgeschlagen und sich müde nur noch näher an ihn gekuschelt. Eine knappe Stunde später klingelte Thomas' Wecker und Rio hatte leise an die Tür geklopft, um ihn ans Set zu jagen.

Nun setzte sie sich mit einer Tasse Tee, in einen von Thomas' warmen Pullovern gehüllt, zu Natalie und Richard ins Freie. Rio hatte ihnen ein paar Klappstühle und einen Campingtisch besorgt, damit sie das französische Frühlingswetter genießen konnten. Laut dem fleißigen neuen Assistenten würde sich die Sonne diese Woche womöglich doch nicht mehr allzu lange blicken lassen, also hatten die drei sich kurzerhand dazu entschlossen, Vitamin D zu tanken, solange sie noch die Gelegenheit dazu hatten.

»Also, wie steht es mit Paris? Wenn uns der Regisseur

111

höchstpersönlich nächste Woche zum Essen einladen will, sollten wir wohl am besten erst am Freitag hinfahren. Meinst du, Tom kann uns begleiten?«

Keira nahm einen tiefen Atemzug. »Ich weiß noch nicht, ich hoffe es zumindest.«

»Weißt du, ich würde mich auch riesig freuen, wenn Maggie mit uns käme. Ich wäre die einzige Frau auf der Welt, die ihren Junggesellinnenabschied mit Ella Hood persönlich in Paris verbringt. Wäre es sehr unangebracht, sie zu meinem Junggesellinnenabschied einzuladen?«

Ella Hood war Maggie Zacharys berühmteste Rolle, die ihr zu einem Oscar und unzähligen weiteren Auszeichnungen verholfen hatte. Der Film konkurrierte seit Jahrzehnten mit *Der Teufel trägt Prada*.

»Wieso nicht? Sie zu fragen, kann nicht schaden. Laut Thomas soll sie eine ganz nette Dame sein.«

Richard hüstelte amüsiert. »Wieso lädst du denn nicht auch Chadwick ein, mein Schatz?«

»Richard, jetzt hör schon auf!« Natalie errötete.

Keira hob neugierig die Augenbrauen. »Was meint er denn?«

»Na ja … ich bin heute Morgen halbnackt gegen Chadwick gelaufen. Rio musste ihm erst erklären, dass ich zu Thomas gehöre. Er dachte, ich wäre so ein kranker Groupie, der sich ans Set geschlichen hat! Ich war rot wie eine Tomate …«, gab sie kleinlaut zu. Keira prustete unkontrolliert los, während Natalie peinlich berührt das Gesicht in den Händen vergrub. »Lach mich nicht aus!«

»Und was ist dann passiert?«

»Er hat sich total lieb bei mir entschuldigt … aber das ändert nichts an der Tatsache, dass ich meine Bärchennachtwäsche anhatte. Meine Bärchennachtwäsche! Ich glaub es einfach nicht, da treffe ich *einmal* auf einen berühmten Schauspieler, der sich wohlgemerkt nicht unsterblich in dich verliebt hat, und blamiere mich sofort bis auf die Knochen!«

Richard schüttelte grinsend den Kopf. »Das hätte ich sein sollen.«

»Mit deinen Reflexen hättest du ihm vermutlich aus Versehen eine reingehauen.«

»Na, soll das ein Witz sein? Chadwick Lucas war einer meiner Kindheitshelden!«

Keira schmunzelte noch immer. »Bestimmt lässt er sich zu einem Foto überreden, wenn du ordentlich angezogen bist. Überfalll ihn nur nicht.«

»Wenn ich ihm jetzt noch in die Augen sehen kann …«

»Ich denke, er wird es verkraften«, rief Rio dazwischen. »Der Regisseur will gleich mit dem Dreh beginnen, die Crew und die Schauspieler kann ich euch also erst in der ersten Drehpause vorstellen. Zumindest Chadwick kennst du ja schon, Natalie.« Rio hielt kurz inne und grinste verschlagen. »Robert freut sich schon, euch kennenzulernen. Hat Tom erzählt, dass er euch alle zum Abendessen einladen will?«

»Er hat es erwähnt«, sagte Keira.

Rio nickte. »Er feiert nächste Woche seinen fünfzigsten Geburtstag, das wird also ein Festessen. Kommt, ich zeige euch inzwischen das Set, es gibt viel zu sehen. Während sie drehen, dürft ihr euch alles in Ruhe ansehen und jederzeit zugucken. Ihr müsst mir aber versprechen, dass ihr euch ruhig verhaltet und im Hintergrund bleibt.«

Natalie und Richard sprangen beide auf, wie zwei Kinder, die das Klingeln des Eiswagens vom Spielen abgelenkt hatte.

»Keira, kommst du mit uns?«

»Klar. Gib mir nur eine Sekunde.« Hastig trank sie ihren Tee aus und raffte sich auf, um ihnen zu folgen.

Rio schaltete wie auf Knopfdruck in den Tourguide-Modus.

»Gleich da vorne ist das Make-up- und Kostümdepartment. Roger musste heute schon um fünf Uhr morgens auf der Matte stehen, damit alle rechtzeitig geschminkt werden konnten. Wenn ihr wollt, kann Christina euch …« Keira schaltete ab, sobald sie merkte, dass Rio ihr nichts Neues zu erzählen hatte. Eine ehemalige Assistentin war eben voll informiert. Viel lieber würde Keira sich schon jetzt still und heimlich hinter die Kameras schleichen und Thomas, der nur wenige Meter von ihnen entfernt mit seinen Schauspielkollegen plauderte, beim Dreh zusehen. Ihn bei seiner Arbeit zu beobachten und zu bewundern, wie er seinem Charakter Leben einhauchte, das konnte sie durchaus stundenlang … solange er vor der Kamera nicht mit Audrey zugange war. Ein stummes Seufzen drang aus ihrer Kehle.

»Oh Mann …«, brachte Natalie plötzlich hervor, unterbrach dabei einen irritierten Rio. Keira horchte auf.

»Was ist denn los?«

»Da kommt die tanzende Meerhexe.«

Na toll. Wenn man vom Teufel spricht …

Alarmiert fuhr sie herum. Audrey kletterte soeben barfuß die Stufen des Trailers hinunter. Die Stylisten am Set hatten sie ebenfalls bereits geschminkt und in ein *auffallend* unauffälliges Kleid mit Rüschen gesteckt. Dank der E-Mail, die Thomas vor ihrer Abreise an sie weitergeleitet hatte, wusste sie inzwischen in etwa, welche Szenen heute anstanden. Für wann allerdings die Kussszene geplant war, wollte sie gar nicht erst wissen. Am liebsten hätte sie Audrey dafür auf ihre hübsch geschminkten Lippen geboxt.

Eisern kämpfte Keira gegen ihren Fluchtinstinkt an und behielt beide Beine fest auf dem abgetretenen Boden. Dabei hatte sie so gehofft, ihr für die Dauer ihres Aufenthalts tatsächlich aus dem Weg gehen zu können. Thomas hatte sie schließlich bloß versprochen, die Tänzerin am Set zu tolerieren. Dem gehässigen Schmunzeln auf Audreys Lippen nach zu urteilen, als sie Keira, Natalie und Richard schließlich wie bestellt und nicht abgeholt mitten am Set stehen sah, würde diese notgedrungene Toleranz wohl kaum auf Gegenseitigkeit beruhen. Nach Luft schnappend wappnete sie sich für das Schlimmste … und stockte irritiert.

»Keira! Oh, wie nett, dich wiederzusehen.«

Natalie blinzelte. »Ich muss zugeben, *das* habe ich nicht erwartet«, gab sie kaum hörbar von sich.

Wie versteinert ließ Keira zu, dass Audrey galant auf sie zu stolzierte und sie flüchtig umarmte. Hinter ihrem

Rücken hob sie eine Augenbraue, ihr kühler Blick traf auf Natalie.

»Und du bist …?«

»Natalie. Eine Freundin von Keira. Das ist mein Verlobter Richard«, erwiderte die Angesprochene knapp.

»Hübscher Name. Ronaldo hat mir erzählt, dass du mit deinem Verlobten so etwas wie Prä-Flitterwochen hier verbringst. Klingt lustig. Habt viel Spaß.«

»Danke …?« Beschwichtigend schlang Richard einen Arm um Natalie, die Keira just in dem Moment einen alarmierenden Blick zuwarf. Es war, als spielten sie einander eine Bombe zu, die jeden Augenblick explodieren und sie in einen Krieg stürzen würde.

»Keira.« Audreys hochnäsiger Gesichtsausdruck löste ein nervenaufreibendes Jucken in ihren Handflächen aus. Nur zu gerne hätte sie diesem Kribbeln nachgegeben und der Brünetten vor ihr eine schallende Ohrfeige verpasst. Sie besaß die Frechheit zu lächeln, als wären die beiden Frauen niemals aneinandergeraten – als hätte Audrey nicht mit allen Mitteln verhindern wollen, dass Thomas sich von ihr trennte, nicht versucht, seinem Ruf mit falschen Anschuldigungen und einer verdrehten Wahrheit zu schaden. Als hätte sie ihr niemals zutiefst beleidigende Worte und Flüche um die Ohren gehauen und sie dabei fast ein viertes Mal vor Gericht gezerrt. »Du siehst ja aus, als hättest du in eine Zitrone gebissen!«

»Wir sind uns nicht unbedingt in den Armen gelegen, als wir uns das letzte Mal gesehen haben, Audrey. Wenn ich mich recht entsinne, dann war das auf einem Polizeirevier«, erwiderte sie ruhig. Zumindest glaubte sie, dass ihre Stimme gelassen klang, und sie verfluchte sich stumm dafür, überhaupt etwas gesagt zu haben. Innerlich stand sie jedoch unter Strom und sie hätte gute Lust, sich mit ein paar Hieben in Audreys Gesicht zu entladen. Hatte sie Thomas versprochen, sich in ihrer Nähe zusammenzureißen und sich um Frieden zu bemühen? Ja. Dieses Versprechen änderte jedoch nichts an der Tatsache, dass ihre innigsten Wünsche das glatte Gegenteil einforderten.

»Stimmt. Das könnte aber auch daran liegen, dass Tom mich mit dir betrogen hat«, brachte sie nüchtern hervor.

»So war das nicht – und das weißt du auch.«

Natalie blinzelte erneut, dieses Mal ein wenig energischer. Eine stumme Warnung an Keira, sich auf diese altbackene Diskussion gar nicht erst einzulassen.

»Vielleicht nicht direkt«, meinte Audrey gleichgültig. »Aber im Grunde schon.« Etwa zwei Sekunden lang sah sie Keira mit einem zuckersüßen Lächeln in die Augen. »Hör zu. Ich habe überreagiert. Ich war wütend und ich war verletzt … das verstehst du doch sicher, oder?« Ihre provokante Anspielung entging ihr nicht. Audrey wusste durch den Privatdetektiv, den sie für ihren Rachefeldzug vor ein paar Monaten auf sie angesetzt hatte, weitaus mehr über ihre Vergangenheit, als ihr lieb war. Dazu gehörte auch ihr Ex-Verlobter Marc, der sie nach Strich und Faden betrogen hatte.

Natürlich verstand sie das. Wochenlang hatte Keira mit sich gehadert und Thomas verschmäht, weil sie Audrey trotz ihrer Arroganz nicht antun wollte, was ihr selbst über Jahre hinweg das Herz gebrochen hatte. Dennoch. Das letzte Mal, dass Audrey ihr eine vermeintliche Freundschaft vorgegaukelt hatte, hatte sie ihr wie gedruckt ins Gesicht gelogen. Sie hatte nicht einen einzigen Grund, Thomas' Exfreundin dieses Mal Glauben zu schenken, und vielleicht war es das, was sie davon abhielt, sich noch einmal aufrichtig bei Audrey dafür zu entschuldigen, wie die ganze Sache am Ende ausgegangen war. Also beherzigte sie Natalies Rat und schwieg, wartete stumm ab, ob die Brünette noch etwas sagen würde.

»Du machst dir Sorgen, was? Ach, Keira, ich will nichts mehr von Thomas, er gehört ganz dir. Mit diesem Bart würde ich ihn ohnehin nicht wollen. Damit sieht er viel zu alt aus, findest du nicht? Alt und … ein wenig unhygienisch.«

Betreten kniff Keira die Augen zusammen und ignorierte vehement, wie Audreys Blick missbilligend über ihr ungemachtes Äußeres schweifte. Als ob sich an Thomas' Körperhygiene etwas geändert hatte, bloß weil er sich für seine neue Rolle Haare im Gesicht hatte wachsen lassen. Sie verkniff sich ein herablassendes Augenrollen. Sie würde sich gar nicht erst Mühe geben. Audrey Stinson hatte sich nicht im Geringsten verändert – und sie war dankbar, dass Natalie und Richard ihr stumm zu verstehen gaben, dass sie diese Ansicht mit ihr teilten.

»Ich bin sehr glücklich mit Bryan. Und es freut mich *wirklich*, dich wiederzusehen. Ich muss jetzt ans Set, ich werde gebraucht. Man sieht sich!«

Noch immer schweigend trat Keira einen Schritt beiseite, um Audrey passieren zu lassen, allein, um ihr zu signalisieren, dass sie nicht das geringste Problem damit hatte, dass ihr Gespräch nun beendet war.

»Wer zur Hölle ist Bryan?«, brach Richard die beklommene Stille, sobald sie außer Hörweite war.

Keira zuckte bloß mit den Achseln. Unbehaglich sah sie Audrey hinterher.

»Ist alles in Ordnung?« Natalie legte ihr eine Hand auf die Schulter.

»Es ist nur … Thomas hat mir gestern erzählt, dass Robert das Drehbuch abändern lassen hat. Er will eine Kussszene mit Audrey und ihm.«

»Nicht dein Ernst?« Natalie verzog empört das Gesicht.

»Es ist keine große Sache … er ist Schauspieler.« *Und Audrey war das nun offenbar auch.*

»Natürlich ist das eine große Sache. Sie ist seine Ex. Wer kam denn auf diese bescheuerte Idee?«

Richard presste fest die Lippen aufeinander. »Wenn ich es nicht besser wüsste, würde ich sagen, das war sie selbst.« Mit einem flüchtigen Kopfnicken deutete er auf sie. Gerade zwirbelte sie verspielt eine ihrer Haarsträhnen zwischen den Fingern und strahlte de Limo wie ein Honigkuchenpferd an, während sie sich unterhielten. Keira stieß ein gepeinigtes Seufzen aus.

»Ich will kein Drama daraus machen, Natalie. Ich fühle mich wegen meiner Eifersucht ohnehin schon schlecht genug.« Und nach allem, was sie und Thomas dank Audrey durchmachen mussten, hatte sie ihrer Meinung nach auch überhaupt nicht das Recht dazu, sich Sorgen zu machen. Niemals würde der Schauspieler mehr in diesen Kuss hineininterpretieren, als er es beruflich im wahrsten Sinne des Wortes *musste*.

»Eifersucht ist doch etwas ganz Normales. Was glaubst du, was ich am liebsten mit diesen aufgetakelten Tussis in Richards Büro machen würde? Du vertraust Thomas doch – wenn er dir auch vertraut, was er ganz bestimmt tut, dann wird er dir das nicht übelnehmen.«

»Ja …« Wild entschlossen wandte sie den Blick von der Tänzerin ab. »Zumindest hoffe ich das. Ich werde das Gefühl nicht los, dass sie irgendetwas aussheckt … das macht mich ganz verrückt.«

Natalie blickte sie mitfühlend an. »Wenn du möchtest, halte ich für dich die Augen offen. Ein zweites Mal lässt du dich von dieser tanzenden Meerhexe nämlich nicht verarschen, ja?«

»Ja. Danke.«

»Das dürfte ja noch ein wirklich sehr interessanter Aufenthalt werden«, fügte Richard mit ruhiger Stimme hinzu.

Rio räusperte sich – die ganze Zeit über hatte er sein Gewicht nur peinlich berührt von einem Bein auf das andere verlagert und kein einziges Wort gesagt. »Nun, also … wollen wir weitergehen?«

Keira warf Richard einen vielsagenden Blick zu und nickte. *Oh ja, das dürfte es allerdings.*

∗∗∗

Keiras Laune besserte sich über den Nachmittag hinweg glücklicherweise trotz Audrey stetig. Sie erkannte jedoch rasch, dass es auf einem Filmset ohne etwaige Assistenztätigkeiten oder sonstige Aufgaben ziemlich schnell langweilig werden konnte. Nach dem Mittagessen, einem heiteren Kennenlernen mit Robert de Limo höchstpersönlich sowie Thomas' Schauspielkollegen, hatte sie sich mit Rio zusammengesetzt und ihm ihren Taschenkalender geliehen, damit er Thomas' baldige Termine weitgehend ergänzen konnte. Dabei hatte er die Gelegenheit genutzt und ihr ein paar Fragen gestellt, die sie ihm, dankbar für die Ablenkung, ausführlich beantwortet hatte.

Eine knappe Stunde später saß sie dann allein in Thomas' Trailer, während Natalie und Richard einen ruhigen Spaziergang am Waldrand genossen, nachdem sie den halben Tag damit zugebracht hatten, den Schauspielern aufgeregt wie die Kinder im Zoo beim Dreh zuzuschauen.

Keira selbst konnte Thomas und den anderen auch morgen noch zusehen … die Lust darauf war ihr nach ihrem Aufeinandertreffen mit Audrey nämlich gehörig vergangen, obwohl sie sich heute Morgen selbst noch so auf den Dreh gefreut hatte. Musste sie also noch Salz in die Wunde streuen und ihn dabei beobachten, wie er vor der Kamera schamlos mit Audreys Figur flirtete, ihr das Leben rettete und schließlich sein eigenes für das ihre gab?

Keira schnaubte. Ganz bestimmt nicht. Sie würde warten, bis Thomas für heute fertig war, und stattdessen einen ruhigen Abend mit ihm verbringen.

Seufzend kramte sie ihr Notizbuch aus ihrer Tasche und begann mit ein paar Entwürfen für ihr Projekt mit Mayu, deren Anrufe sie noch immer ignorierte. Inzwischen hatte sie ihr auf Thomas' sanfte Aufforderung hin wenigstens die Nachricht zukommen lassen, dass sie über die Osterferien nicht in England sein würde und erst in knapp zwei Wochen wieder Zeit für ein Gespräch hätte. Die Antwort, die nicht lange auf sich hatte warten lassen, bestand aus einem ›*Okay, lass dir Zeit! Es tut mir wirklich wahnsinnig leid! Erhol dich schön, ich schicke dir ab und an ein paar Entwürfe von mir.*‹

Bewaffnet mit einer Tasse Tee und einer kleinen Pappschachtel voller frisch angespitzter Bleistifte und Radiergummis machte sie sich an die Arbeit und nutzte die Gunst der Stunde, ihre Gedanken eine Weile lang wie eine Nachttischlampe auszuknipsen.

***

»Schachmatt.« Keira grinste selbstgefällig, als sie Thomas'
letzten Spielstein mit ihren eigenen umzingelte, sodass ihm
ein weiterer Zug unmöglich war, ohne zu verlieren. Der
Schauspieler schüttelte schmunzelnd den Kopf.

»Würdest du damit aufhören, Schachmatt zu sagen? Wir
spielen Dame, nicht Schach.«

»Geschlagen habe ich dich trotzdem. Ich werde immer
besser.«

»Ich bin wohl ein zu guter Lehrer«, knurrte er und
beugte sich mit verschränkten Armen über den Tisch, um
sie zu küssen. Kaum trafen seine Lippen auf ihre, vergrub
er seine Finger in ihrem Haar, sodass sie nach vorne kippte
und die roten und schwarzen Spielsteine auf dem schmalen Tisch begleitet von einem leisen Klackern zu Boden
fegte.

»Spielen wir noch eine Runde?«, fragte sie außer Atem,
als er sich wieder von ihr löste.

Thomas schüttelte den Kopf. »Ich bin schon zu müde.
Lass uns aufräumen, den Wein austrinken und ins Bett
gehen.«

Keira hatte ihr Glas bereits zum zweiten Mal geleert.
Eine wohlige Wärme hatte sich wie ein loderndes Kamin-
feuer in ihrem Körper ausgebreitet. Sie fühlte sich leicht
und ... beschwipst. Aber das hatte sie sich ebenso wie
Thomas heute gehörig verdient. Er hatte Rio beauftragt,
ihn direkt aus Paris ans Set liefern zu lassen.

»Na schön.« Gespielt enttäuscht schmollte sie und
rutschte von der Sitzbank, um die Spielsteine wieder auf-
zusammeln. Nach und nach landeten sie in der dafür vor-
gesehenen Pappschachtel, bis Thomas das Spielbrett zu-
sammenfalten und ebenfalls verstauen konnte. Danach
füllte er ein letztes Mal ihre Weingläser und räusperte sich.

»Rio hat mir erzählt, du hättest heute mit Audrey gesprochen? Wie war sie?«, tastete er sich vorsichtig heran.

»Sie war ... Audrey.« Das dürfte Erklärung genug sein.
Zugegeben, sie war regelrecht verstört darüber gewesen,
wie freundlich die Tänzerin sie heute zunächst empfangen
hatte – nur musste das allein noch lange nichts heißen, zu-

mal sich das Gespräch, wie Keira es bereits erwartet hatte, kurz darauf in eine ganz andere Richtung entwickelt hatte. Womöglich hatte Robert de Limo doch keine so falsche Entscheidung getroffen, ihr die weibliche Hauptrolle anzubieten. Schon damals im Royal Opera House hatte Audrey ihr eine herzerwärmende Entschuldigung wie auf dem Silberteller präsentiert und sich vor den Fotografen aus heiterem Himmel wie ihre beste Freundin aufgeführt. Oh nein. Sie kannte ihre Masche bereits. Thomas diesen Umstand auf die Nase zu binden, erschien ihr aber dennoch nicht fair. Er musste sich auf den Dreh konzentrieren und ihm war im Gesicht abzulesen, wie erleichtert er darüber war, dass ein Drama zwischen seiner Freundin und seiner Ex am Set größtenteils ausblieb. Sie konnte nur hoffen, dass er sich darüber nicht zu früh freute.

Keira seufzte. Noch vor ein paar Monaten hatte sie geglaubt, der Brünetten niemals wieder unter die Augen treten zu müssen. Jetzt musste sie hoffen, dass Thomas ihren Missmut verstehen würde.

»Sie hat mich spüren lassen, dass sie mich nicht ausstehen kann. Freundinnen werden wir wohl nicht mehr.«

Beruhigend schlang Thomas seine Arme um sie und küsste ihren Scheitel. »Nein. Aber das müsst ihr auch gar nicht, solange ihr euch nicht gegenseitig die Haare ausreißt.«

Ja. Nur leider bedeutete das noch lange nicht, dass sie es wagen würde, Audrey den Rücken zuzukehren. »Sie hat einen Bryan erwähnt.«

Der Schauspieler brummte. »In den Drehpausen telefoniert sie ständig. Roger und Chadwick ziehen sie schon seit Drehbeginn damit auf, dass sie befürchten, sie habe sich ihr Handy aus Versehen mit Sekundenkleber ans Ohr geklebt. Ich habe nicht nachgefragt, aber er soll Sänger einer Indie-Rockband sein. Angeblich sind die beiden seit Anfang des Jahres ein Paar.«

»Hm. Das also meinte sie damit.« Keira fuhr gespielt empört herum. »Im Übrigen hättest du mir das auch schon viel früher erzählen können.«

»Hätte dich das beruhigt?«

»Irgendwie schon … ein bisschen.«

Thomas lachte leise in sich hinein und deutete mit einem Kopfnicken auf ihren Notizblock. »Zeigst du mir noch deine Entwürfe, bevor wir schlafen gehen?«

Keira nickte enthusiastisch. Mit ein paar gierigen Schlucken vernichtete sie den letzten Rest Rotwein in ihrem Glas und klappte den Ringbuchblock mit stolzer Miene auf. Ihr Bruder Keith behauptete immer, man müsste das Beste aus jeder Situation machen. Und sobald Thomas diesen Film abgedreht hatte, würde er nach London zurückkehren und sie würden das Kapitel Audrey ein für alle Mal schließen. Schon jetzt wünschte sich Keira trotz der Freude, die Thomas für dieses Projekt empfand, diesen Augenblick sehnlichst herbei. Bis dahin würde sie sich in Geduld üben müssen.

KAPITEL 12

Keira

Tatenlos abzuwarten machte die Sache nicht unbedingt einfacher, schon gar nicht, als über die nächsten Tage eine langatmige Routine einkehrte. Keira sah Thomas tagsüber beim Drehen zu und entwickelte dabei die absurdesten Methoden, um Audrey zu jeder Tages- und Nachtzeit zu vermeiden. Nach dem Abendessen verkroch sie sich mit Thomas in seinem Trailer und sie spielten Dame, sahen sich einen Film an oder fielen wie die Karnickel übereinander her. Dreharbeiten, Mahlzeiten, Sex, Dame. Dreharbeiten, Dame, Mahlzeiten, Sex …

Keira müsste lügen, um zu behaupten, dass ihr die Auszeit und ein wenig Abstand vom Studienalltag nicht trotzdem guttaten – und hier, versteckt in Nordfrankreich, hatte sie seit der Filmpremiere von *Aghast* nicht mehr ständig das paranoide Gefühl, beobachtet zu werden – ein Gefühl, das sie im Nacken kitzelte, wann immer sie sich im Freien bewegte. Nicht zum ersten Mal schlichen sich dann böse Gedanken und Zweifel in ihren Kopf, besonders, wenn sie zu lange allein in Thomas' Trailer herumsaß, weil sie Richard und Natalie ihre Prä-Flitterwochen in trauter Zweisamkeit auskosten lassen wollte.

Ob es nun doch die richtige Entscheidung gewesen war, Thomas auf die Filmpremiere zu begleiten? Ob der

Schritt, ihre Beziehung öffentlich zu machen, dazu beigetragen hatte, dass Audrey nun eine Gefahr für sie darstellte, so wie sie damals für Audrey eine gewesen war? Ob die Tänzerin wirklich etwas im Schilde führte? Keira hatte zu viele Fragen, auf die sie keine Antworten wusste und die ihr niemand, weder Thomas noch Elias und Hamley geben konnten.

Keira hatte gewusst, worauf sie sich einließ. Thomas' Welt hatte sie während ihrer Zeit als seine Assistentin nicht nur beeindruckt, sondern auch schockiert und doch war sie geblieben und hatte nach langem Ankämpfen gegen ihre wachsenden Gefühle für den Schauspieler klein beigegeben und zugelassen, dass sie sich in ihn verliebte. Sie bereute es nicht. Keine einzige Sekunde lang.

Und genau deshalb war Vertrauen im Augenblick so wichtig wie nie zuvor. Sie vertraute Thomas und sie vertraute darauf, dass er Audrey früher oder später durchschauen würde, wenn sie nun wirklich nur auf den passenden Moment wartete, um den Abzug zu drücken. An ihm und seiner Loyalität zu zweifeln, jetzt, wo er sich so sehr an seiner Arbeit erfreute wie nie zuvor, wäre ihm gegenüber nicht fair.

Gerade hatten sie gemeinsam zu Abend gegessen. Thomas erhob sich und fächerte sich mit der Hand Luft zu. Ein leichter Schweißfilm hatte sich auf seiner Stirn gebildet und schimmerte in dem künstlichen Licht des Trailers. Draußen braute sich schon seit Tagen ein grausiges Unwetter zusammen, die Schwüle war kaum auszuhalten. Mit einem tiefen Atemzug öffnete er die Tür zum Trailer, um etwas Frischluft hereinzulassen.

»Würdest du … noch schnell den Text für morgen mit mir durchgehen? Das würde mir sehr helfen.«

Keira nickte. »Aber natürlich.« Sie langte nach dem dicken Manuskript, das neben ihr auf dem Tisch lag, und schlug die Seite auf, die Thomas für morgen markiert hatte.

»Lies einfach den Text, der nicht gelb angestrichen ist.« Thomas lehnte sich gegen die Küchentheke und verschränkte die Arme vor der Brust.

Keira räusperte sich. *»Hast du schon einmal jemanden so sehr geliebt, dass es wehtat?«*

»Ich bin mir nicht sicher, ob ich überhaupt schon einmal jemanden geliebt habe.«

»Niemanden? Aber was ist mit deiner Mutter? Deinem Vater?«

Ein kaltes Schnauben. Keira erschauderte.

»Mein Vater, der meine Mutter geschwängert und sie dann allein zurückgelassen hat? Meine Mutter, die das Kindergeld für Alkohol und Zigaretten ausgegeben hat?«

Verdammt. Er war so gut.

»Das verstehe ich. Aber gibt es denn wirklich niemanden in deinem Leben, den du liebst?« Keira las, dass Lizbeth näher an Thomas' Figur Castian herantreten würde. Sie interpretierte es als eine hoffnungsvolle Geste und begnügte sich aufgrund des eingeschränkten Platzes im Trailer damit, Thomas mit einem schüchternen Lächeln auf den Lippen anzublicken. *»Überhaupt niemanden?«*

»Vielleicht. Aber vielleicht weiß ich auch gar nicht, wie sich Liebe anfühlt.«

So ging es noch eine ganze Weile weiter, bis hinter ihnen plötzlich jemand zu klatschen begann.

Keira sah alarmiert um die Ecke. Es war Robert de Limo, der gegen den Türrahmen lehnte und sie beide stumm beobachtet hatte. Beide waren sie so sehr in der Szene gefangen gewesen, dass sie ihn gar nicht bemerkt hatten.

»Tut mir leid, ich wollte euch nicht erschrecken. Oder stören. Hast du eine Minute, Tom? Ich würde mit dir gerne über eine der Szenen sprechen, die wir morgen drehen. Mir kam gerade ein Geistesblitz.«

»Natürlich, ich bin sofort bei dir.«

Keira reichte Thomas das Manuskript, als Robert das Wort plötzlich an sie richtete und verschmitzt lächelte. »Du bist gar nicht mal so schlecht, Keira, hat dir das schon einmal jemand gesagt?«

Thomas schmunzelte. »Dem schließe ich mich an.«

Keira rutschte beinahe das Herz in die Hose. »Ich? Oh … ich weiß ja nicht.«

»Hast du Schauspielerfahrung?«

»In der achten Klasse habe ich in ›Der Zauberer von Oz‹ die böse Hexe gespielt, das ist dann aber auch schon alles.«

»Die böse Hexe?« Thomas lachte auf. »Warum weiß ich davon nichts?«

»Ich hatte es fast selbst schon wieder vergessen. Das war doch nur Schultheater.«

»Mit Schultheater machen die meisten ihren Anfang. Sag niemals nie.« Robert zwinkerte. »Selbst wenn man erst einmal nur lernt, fokussiert zu bleiben. Nicht wahr, Tom?« Er sah kurz zu ihm. »Glaub mir, beim Table Read vor ein paar Wochen war er nicht unbedingt bei der Sache. Du hast ihm ziemlich den Kopf verdreht. Wir mussten eine Figur namens ›Kira‹ vorrübergehend umbenennen, damit es lief.«

Beim Table Read? Ob das etwa der Tag gewesen war, an dem Thomas erfahren hatte, dass er Audrey würde küssen müssen?

»Das tut mir leid, Robert.«

»Ach was.« Der Regisseur winkte ab. »Ich weiß, wie das ist, wenn man frisch verliebt ist und seine Flamme vermisst. Ich sehe ja, dass du vor der Kamera alles gibst. Na komm.«

Thomas drückte Keira einen Kuss auf den Scheitel. »Ich bin gleich wieder bei dir.«

Keira nickte. Sie beobachtete, wie die beiden auf die provisorische Küche zusteuerten und außer Hörweite gerieten, ehe sie die Tür zu Thomas' Trailer trotz der Schwüle wieder schloss.

Sie und Schauspielerin. Sie schnaubte. Aber sicher doch.

***

»Ich habe mich noch nie sonderlich für Kunst interessiert. Diese Louvre-Tickets sind doch viel zu teuer, Keira. Bloß, um einmal mit eigenen Augen die Mona Lisa zu sehen. Da wäre mir lieber, wir bezahlen ein paar Pfund mehr und kaufen uns diese Vorab-Tickets für den Eiffelturm.«

»Thomas und ich würden uns den Louvre liebend gerne ansehen, Natalie. Warum teilen wir uns an dem Tag nicht einfach auf und treffen uns dann zum Abendessen?« Fröstelnd schlang Keira ihre Arme um sich selbst und strich sich eine feuchte Haarsträhne aus dem Gesicht. Heute Vormittag hatte es angefangen zu regnen, von warmem französischem Frühlingswetter und hellen Sonnenstrahlen über endlos weiten Weinplantagen war nichts mehr zu erkennen. Der graue und trostlose Himmel über ihren Köpfen hatte der Filmcrew heute ebenfalls einen Strich durch die Rechnung gemacht. Unter riesigen Sonnenschirmen hatten sich Keira und Natalie, nachdem ihre Hilfe dankend abgelehnt worden war, auf ihren eigenen Wunsch hin wie Burritos in kuschligen Decken eingewickelt und gefühlt stundenlang lang beobachtet, wie sich sämtliche Crewmitglieder fieberhaft damit abmühten, Elektronik und Kameras unter gigantischen Plastikplanen trocken zu halten. Robert hatte ihnen anvertraut, dass sie für solche Eventualitäten gewappnet waren und das schloss auch nasskaltes Wetter mit ein, solange es nicht blitzte und donnerte und somit die Sicherheit der Schauspieler und der Crew auf irgendeine Weise gefährdete.

Inzwischen kämpften die Techniker angestrengt damit, die Lichtverhältnisse des Szenenbilds zu manipulieren und dem tristen Regen anzupassen – und während Richard fleißig mitdiskutierte und sich von ihnen erklären ließ, was genau es mit dem *Blue* und *Green Screen* sowie den vielen künstlichen Lampen und Lichtboxen am Set auf sich hatte, fertigten Natalie und Keira eine lange Liste von Sehenswürdigkeiten, Restaurants und Geschäften an, die sie in Paris unbedingt besuchen wollten. Die Blondine war außer sich vor Vorfreude. Sie hatte sich sogar schon die Mühe gemacht, typisch reiserelevante Sätze mithilfe einer App und dem Wörterbuch, das sie sich von Keira geliehen hatte, auf Französisch zu lernen.

»Weißt du, daran habe ich noch gar nicht gedacht. Wenn der Trip doch so eine Art Junggesellinnenabschied werden soll …«

»Die Entscheidung liegt ganz bei dir, es ist euer Hochzeitsgeschenk.« Keira schenkte ihr ein aufrichtiges Lächeln. Sie hob die inzwischen kalte Tasse an ihre Lippen und verzog das Gesicht, als sie bemerkte, dass ihnen der Tee ausgegangen war. Mühselig kämpfte sie ihre Beine unter der Decke hervor, griff nach der leeren Teekanne und stand auf.

»Ich hole uns Nachschub, bin gleich wieder da.«

»Warte, ich komme mit. Ich muss nur schnell auf die Toilette.« Keira nickte und steuerte durch den strömenden Regen schnellen Schrittes auf die kleine Küche zu, um frisches Wasser aufzusetzen. Die englische Zeitung auf der Theke, deren Titelseite sie mit bedrückter Miene unbewusst überflog, schob sie dabei stur beiseite. Inzwischen war es schon fast nichts Neues mehr – nur ein weiterer Artikel über Thomas und seine »Dreiecksbeziehung«. Die schwarzen Lettern auf dem dünnen Papier rammten ihr dennoch ein stumpfes Messer in die Brust, während das Wasser begleitet von einem lauten Brodeln aufkochte.

Sie wollte die volle, dampfende Kanne mit den drei Schwarzteebeuteln darin gerade wieder nach draußen bringen, da schob sich noch jemand durch die schmale Öffnung der dünnen Zeltwand, um sich ins Trockene zu flüchten. Keira wurde gleichzeitig heiß und kalt, als ausgerechnet Audrey in ihr Blickfeld trat. *Auch das noch.*

Der Malteserin entging ihr Wunsch, so schnell wie möglich Weite zu suchen, selbstverständlich nicht.

»Läufst du etwa vor mir davon? Ich bin nicht der große böse Wolf, Süße.«

Keira zuckte kaum merklich zusammen. Nein, das war sie in der Tat nicht. Audrey war viel mehr der Inbegriff eines Wolfs im Schafspelz. Um den Bösewicht zu mimen, ohne sich dabei zu verstellen, war sie viel zu gerissen. Zerknirscht biss Keira die Zähne aufeinander.

»Ich laufe nicht vor dir davon, Audrey. Ich finde bloß, dass wir uns nicht viel zu sagen haben.«

Hämisch zog die Brünette eine Augenbraue in die Höhe. »Das sehe ich zwar anders, aber lass das mal lieber nicht Tom hören. Sonst läufst du noch Gefahr, seine hübsche kleine Seifenblase zu zerplatzen. Er schwebt hier auf Wolke sieben. Das würden wir ihm doch nur ungern vermiesen wollen, oder?«, säuselte sie spöttisch.

»Lass stecken, Audrey.« Natalie betrat das Zelt, gehüllt in einen dünnen Regenmantel mit dem dunkelblauen Logo des Filmstudios, das den Film produzierte und finanzierte, auf dem Rücken. »Lass die beiden doch einfach in Ruhe. Was sollen die dummen Sprüche?«, pfefferte sie ihr mit finsterer Miene entgegen, ehe sie Keira ebenfalls einen der Regenmäntel reichte. Ein Crewmitglied musste sie ihr auf dem Weg zur Toilette wohl zur Verfügung gestellt haben.

Audrey und Keira jedoch schnaubten nahezu synchron. Dumme Sprüche hin oder her, die traurige Wahrheit war doch, dass die Tänzerin nicht falsch lag. Sie sah es schließlich selbst – Thomas schwärmte, seit Jonathan ihm das Skript von de Limo vorbeigebracht hatte, wie eine Biene um einen Topf voll süßem und klebrigem Honig.

»Bitte? Ich bin doch froh, wenn ihr mir vom Hals bleibt! Bei eurer Turtelei wird mir ganz schlecht. ›Bis später, mein Engel‹«, äffte sie mit hoher Stimme nach, täuschte dabei mit angewidertem Gesichtsausdruck einen Brechreiz vor. »Mir hat er nie so einen Kosenamen gegeben. Wir wollen doch hoffen, dass das ein gutes Zeichen ist und er dich nicht nur deshalb nicht bei deinem richtigen Namen nennt, weil er Angst hat, dich mit einer anderen Frau zu verwechseln. Das ist mir auf dem College einmal passiert, weißt du.«

Natalie schüttelte langsam den Kopf. »Du machst dich wirklich lächerlich. Spinnst du?«

»Ganz bestimmt nicht. Das war ein ernstgemeinter Rat. Außerdem bin nicht ich diejenige, die vor euch davonläuft. Ich beiße nicht.«

»Ja, hast du dir denn schon mal überlegt, *warum* wir dich meiden wie ein Vampir die Sonne?«, spie Natalie.

Audrey verdrehte unberührt die Augen. »Hör zu. Ich sage es dir gerne noch einmal. Meine Lektion habe ich gelernt. Ich werde dich nicht wieder verhaften lassen, falls du dir darüber Sorgen machst, Keira.«

»Ja, weil man dir beim zweiten Mal noch weniger Glauben schenken würde als beim ersten Mal!«, konterte sie geladen.

Audrey zuckte mit den Schultern und kehrte ihnen den Rücken zu. »So sicher wäre ich mir da nicht.«

Natalie wartete ab, bis die Tänzerin wieder aus dem Zelt stolziert war, ehe sie das Wort ergriff. »Sie will dich nur provozieren, Keira …«

Keira schwieg.

»Komm schon, wir futtern in unserem Trailer Roberts Champagnerpralinen auf und planen unser Paris-Wochenende drinnen im Warmen weiter. Richard hat mir eben noch von so einem Restaurant erzählt, in dem er am Sonntag unbedingt essen möchte. Irgend so ein Nobelrestaurant in der *Avenue George V*. Ich hoffe wirklich, dass es dort mehr zu essen geben wird als bloß Baguettes, Froschschenkel und Schnecken. Keira?«

»Hm …«

Die unbehagliche Stille hielt noch einige Sekunden länger an. Ungefähr genauso lange, bis sich erneut jemand durch den Spalt der inzwischen tropfnassen Zeltwand schob und Robert mit Chadwick im Schlepptau geradewegs auf die Theke mit den Kaffeemaschinen zusteuerte. Natalie und Keira traten höflich einen Schritt zur Seite – und ihnen fiel erst jetzt auf, dass Keira die volle Teekanne noch immer so fest umklammert hielt, dass ihr Arm zu zittern begonnen hatte.

»Hier drinnen könnte man ja eine Stecknadel fallen lassen. Ist alles in Ordnung?«

»Vorübergehende Komplikationen«, erklärte Natalie knapp. Chadwick grinste sie an, besonders als die Blondine mit einem Mal rot anlief wie eine Tomate.

»Ach? Wen hast du denn diesmal in Unterwäsche überrascht, Kleines?«

»Niemanden! Wenn du es genau wissen willst, geht es um unser Paris-Wochenende. Sightseeing, Shopping, kleine Eiffeltürme als Souvenirs, Baguettes und diese komischen Hüte, die man nur im Frankreich-Urlaub aufsetzt und zuhause dann ganz hinten im Kleiderschrank verschwinden lässt, weil sie zu keinem Outfit passen …«, erwiderte sie schnell. Keira nickte bloß zustimmend.

»Cool. Paris wird dir gefallen, mal abgesehen davon, dass es abartig dreckig ist.«

Robert prustete leise. »Wann reist ihr ab?«

»Nächstes Wochenende. Keira hatte gehofft, dass Tom mit uns kommen kann.«

»Das kommt ganz darauf an, ob wir bis Mittwoch mit den eingeplanten Szenen fertig werden. Warum fahrt ihr nicht schon am Donnerstag? Wenn alles nach Plan läuft, dann könnt ihr ihn gleich mitnehmen. Wenn wir das Set umbauen, können wir sowieso nicht drehen. Dafür müsstet ihr ihn mir aber am Sonntag für die Nachtaufnahmen pünktlich wieder zurückbringen«, fügte er schmunzelnd hinzu.

Keira nickte erneut, diesmal dankbar. Bei all dem Stress und den Steinen, die sich ihnen in letzter Zeit in den Weg gelegt hatten, konnten sie ein romantisches Kussfoto vor dem Eiffelturm gut gebrauchen. Sie würde am Mittwochabend einfach für Thomas packen, damit er sich nach dem Dreh noch ein wenig ausruhen konnte.

»Kommt Audrey denn auch mit euch?«, fragte Chadwick neugierig.

»Nicht in diesem und nicht im nächsten Leben!«, kam es von Natalie prompt. »Der Trip ist so etwas wie mein Junggesellinnenabschied. Den will ich mir von Audrey Stinson ganz sicher nicht vermiesen lassen.«

»Verstanden, Audrey Stinson würdest du also *nicht* im Bärchenpyjama empfangen.« Chadwick grinste verschlagen, als die Blondine ihr Gesicht in den Händen vergrub.

»Mir klingt das eher verdächtig nach Zickenkrieg. Da will ich mich gar nicht erst einmischen«, warf Robert mit erhobenen Händen ein. »Mich interessiert nur, was vor der Kamera passiert. Das ist alles, was zählt.«

Chadwick brummte. »Bestimmt ist alles halb so schlimm, ihr Frauen müsst doch zusammenhalten. Audrey macht ihre Sache gut, die Dynamik zwischen den Figuren ist der absolute Hammer! Ihre Idee mit der Kussszene war Gold wert, das hättest du sehen sollen. War mit nur zwei Takes im Kasten. Sogar die Autorin fand die Szene klasse, und das will was heißen.«

Keira rutschte beinahe das Herz in die Hose. Ihre Augen nahmen die Größe zweier Teller an, als sie sich zu Chadwick umdrehte. Natalie blinzelte neben ihr mindestens genauso entgeistert.

»Moment … Audrey hat diese Szene *tatsächlich* vorgeschlagen?«

»Ja, klar. Sie spielt doch auch.« Unbeteiligt zuckte Chadwick mit den Schultern. Mit ziemlicher Sicherheit hatte er nicht die geringste Ahnung, was er ihnen da gerade erzählt hatte – und Roberts schuldiger Gesichtsausdruck machte die Sache nicht unbedingt besser. Der erste Gedanke, der Keira durch den Kopf schoss, war jedoch nicht, dass Richard Recht behalten hatte … sondern, ob Thomas davon gewusst hatte.

Natalie hatte Keira aus dem Zelt und durch den strömenden Regen zurück in ihren und Richards Trailer gezogen, noch ehe sie zu einer Antwort ansetzen konnte. Das Wasser in der Teekanne in Keiras Hand schwappte gleich zweimal über und tränkte den ohnehin schon nassen Boden zu ihren Füßen.

»Was soll das Ganze?«, zeterte sie, sobald die Tür hinter ihr ins Schloss gefallen war, wie ein Blitz, der sich in dem sich zusammenbrauenden Unwetter draußen entlud. Sie stellte die Teekanne mit solcher Wucht auf der Theke ab, dass der brühheiße Tee gleich noch einmal überschwappte.

»Jetzt beruhig dich erst mal! Du schreist ja das ganze Set zusammen, willst du denn, dass Tom das mitbekommt?«

Wutentbrannt pfefferte Keira ihre nasse Regenjacke in die Sitzecke und ließ sich entmutigt selbst darauf fallen. Ihren Ärger hinauszuschreien half – zumindest ab und an, das hatte selbst ihr ehemaliger Therapeut Doktor Clementine ihr empfohlen. Bereits den Bruchteil einer Sekunde darauf jedoch kam sie sich für ihren Wutausbruch absolut kindisch vor, auch wenn sie das Kissen auf Richards und Natalies

Bett argwöhnisch beäugte. Bestimmt würde es ihr gleich noch viel besser gehen, wenn sie wie vom Teufel geritten darauf einboxte.

»Es tut mir leid, ich … es ist nur … meinst du, sie hat es absichtlich getan?« Der Hoffnungsschimmer war zum Belächeln klein. Aber vielleicht irrte Keira sich ja tatsächlich. Vielleicht lag Audrey an dem Robert de Limo Film genauso viel wie Thomas und sie wollte für die Geschichte, die sie erzählen wollten, nur das Beste. Sie schüttelte energisch den Kopf. Nein. Das wäre dann doch zu schön, um wahr zu sein.

»Ohne noch Öl ins Feuer gießen zu wollen … das glaube ich mit ziemlicher Sicherheit.«

»Was ist denn passiert?« Richard trocknete sich die noch feuchten Hände an der Hose ab, kletterte aus dem kleinen Badezimmer im Trailer und lehnte sich Hüfte an Hüfte neben Natalie gegen die Theke.

»Audrey hat de Limo wirklich zu der Kussszene überredet«, erklärte Natalie ihm knapp.

Überrascht zog er die Augenbrauen hoch. »Oh. Ich wünschte, ich hätte damit nicht Recht gehabt.«

Keira brummte mutlos. »Was soll ich denn jetzt im Nachhinein noch machen? Wenn ich mich aufrege, bin ich genau das, was ich mir geschworen habe, nicht zu werden … nämlich dieses Biest von Freundin, das Thomas bei seiner Karriere nur im Weg herumsteht.«

»Rede mit ihm«, sagte Natalie mit belegter Stimme. Keira blickte auf. Ihr ruhiger Tonfall fing ihre Aufmerksamkeit wie ein Netz ein, das durch die Luft surrte, um einen Schmetterling in ein mit Löchern durchbohrtes Marmeladenglas zu stecken. »Keira, ich sehe doch, wie sehr dir das zu schaffen macht. Selbst ein Blinder würde erkennen, dass hier irgendetwas ganz gewaltig nach Audreys teurem Parfüm stinkt. Also rede heute mit ihm!«

Natalie hatte Recht. Das musste sie jetzt wohl. Seufzend sah sie zu, wie Richard mit ein paar Blättern Küchenrolle wie selbstverständlich das Chaos beseitigte, das sie auf Natalies Theke veranstaltet hatte.

»Aber jetzt beruhige dich erstmal und vergiss Audrey. Solange Tom dreht, wirst du sonst nämlich nur Trübsal blasen. Wir trinken jetzt, was von dem Tee übrig geblieben ist, und kaufen diese überteuerten Louvre-Tickets. Einverstanden?«

Keira seufzte. »Einverstanden.«

KAPITEL 13

Keira

»Ich bin nass, ich schwitze und ich habe solchen Hunger, ich könnte drei Pizzen allein verdrücken. Ich würde es einen erfolgreichen Drehtag nennen.«

Keiras Lächeln war genauso trüb wie das Wetter, als Thomas durch die kleine Tür, unter welcher er sich dank seiner Körpergröße immer ein wenig hindurchbücken musste, schritt.

Sie hatte in dem Versuch zu vergessen, was Chadwick ihr gesteckt hatte, noch zwei Stunden bei Natalie und Richard über Google Maps und Reiseführern ausgeharrt, ehe sie mit einem flüchtigen Blick auf ihre Armbanduhr in Thomas' Trailer zurückgekehrt war. Sie fröstelte. Womöglich lag es an dem doch recht dünnen Pullover, den sie trug und der dem kaltnassen Wetter nicht gewachsen war, jetzt wo ein frischer Luftzug durch ihr kleines provisorisches Heim fegte. Oder aber sie wurde langsam nervös, weil ihr die Sache mit Audrey viel mehr zu schaffen machte, als Thomas sich das wünschen würde.

»Pizza klingt nach einer guten Idee«, erwiderte sie.

Thomas brummte zustimmend. »Hawaii. Mit extra viel Ananas.«

»Igitt.« Noch immer konnte sie sich beim besten Willen nicht vorstellen, dass Menschen auf dieser Erde wandelten, die sich das Zeug vorsätzlich auf den zerlaufenen Käse streuten. Eine Sekunde lang lenkte sie der Gedanke daran sogar davon ab, was sie Thomas mitteilen musste.

»Aber vorher will ich noch ein bisschen trainieren.«

»Jetzt noch?«

»Ich bin fast die ganze Woche nicht dazu gekommen ...« Müde strich er sich über den Bart. »Wenn ich vorher nicht einschlafe. Ist alles in Ordnung? Du bist so still.«

»Mir geht's gut.« Keira zwang ihre Mundwinkel weiter nach oben. Inzwischen kannte er ihre Körpersprache nahezu besser als seine eigene.

Thomas presste fest die Lippen aufeinander und warf ihr einen skeptischen Blick zu, während er nach seiner Yogamatte unter dem Tisch fischte, sie zu seinen Füßen ausrollte und sich schließlich zu Boden ließ.

»Was hast du denn jetzt vor?«

»Ich sagte doch, ich will noch ein bisschen trainieren. Hältst du mir die Oberschenkel? Vielleicht wecken mich ein paar Sit-Ups ja auch wieder auf. Momentan bin ich sogar zum Kuscheln viel zu müde.«

»Och. Vergiss lieber nicht, heute noch einen deiner Gutscheine einzulösen«, gab sie mit einem schwachen Lächeln zurück. Bisher hatte Thomas neben kleineren Zärtlichkeiten wie innige Umarmungen und zuckersüße Küsse bereits eine Rückenmassage und einen Striptease eingelöst. In dem Glas befanden sich noch weitaus verruchtere Dinge, aber auch gemeinsame Ausflüge und kleine Aufmerksamkeiten – ein Kuchen, Kekse oder Muffins, ein heißes Lavendelbad, sein Lieblingsgericht ... Keira waren für dreihundertfünfundsechzig Zettelchen keine Grenzen gesetzt gewesen.

Thomas zwinkerte. »Das habe ich nicht vergessen.«

Kurzerhand setzte sich Keira im Schneidersitz auf den Boden und legte fasziniert den Kopf schief. Sie würde niemals genug davon bekommen, dabei zuzusehen, wie Thomas' Muskeln unter seiner Haut tanzten, vor allem wenn ihm dabei der Schweiß auf der Stirn stand. Am liebsten hätte sie sich vorgebeugt und ihm mit der Zunge genüsslich über das Gesicht geleckt, um die glänzenden Schweißperlen, die ihm über die Schläfen rannen, zu kosten.

Stattdessen schlang sie brav ihre Arme um seine angewinkelten Knie, um ihm den nötigen Halt zu geben, während er sich, die Hände in den Nacken gelegt, wieder und wieder aufrichtete, um seine Bauchmuskeln zu trainieren.

Doch der selige Ausdruck auf seinem Gesicht gab ihr genügend Anlass, trotz Natalies gutem Zureden an ihrem Vorhaben zu zweifeln. Ob es eine gute Idee war, Thomas *überhaupt* von ihrem Gespräch mit Chadwick und Robert zu erzählen? Sie wusste, sie konnte ihm stets alles anvertrauen, nur dieses eine Mal fürchtete sie, er würde sie dafür verurteilen. Sie hatte keine Angst davor, nicht die richtigen Worte zu finden. Sie hatte Angst davor, ihm seine gute Laune zu verderben. Welches Bild würde Keira ihm vermitteln, wenn sie nun über Audrey lästerte, nur weil sie am Set seine Geliebte spielte? Himmel, es war doch sonst immer so einfach, ihm ihr Herz auszuschütten, warum also fiel es ihr dieses Mal so schwer?

Die vielen Fragen taumelten, als wäre sie angetrunken, in ihrem Kopf herum und pochten schmerzhaft hinter ihrer Stirn, gewillt, ihr den Verstand zu rauben.

»Was ist los, mein Engel? Du wirkst wirklich bedrückt.«

Keira brummte. Ein nichtssagender Laut, der ihm mitteilen sollte, dass sie ihn gehört hatte. Es war wohl ohnehin offensichtlich, dass ihr das Herz mit jeder Sekunde tiefer in die Magengrube rutschte, mit ihren Gedanken war sie mit der verführerischen Aussicht direkt vor ihrer Nase sonst außerdem nie woanders.

»Es ist nichts«, entgegnete sie nach einer Weile. »Nur … es geht um Audrey.«

Thomas seufzte. Mit einem letzten, energischen Sit-Up richtete er sich auf und sah ihr tief in die Augen. Es war, als ob ein Sturm in dem schönen Blau wütete und das Meer auf hoher See mit scharfen Krallen zerriss, während Blitze schnell wie ein Augenaufschlag über den Horizont zuckten. Als ob der Himmel Keiras melodramatischen Vergleich billigte, ertönte draußen ein erstes, dumpfes Donnergrollen. Es würde nicht mehr lange dauern, bis sich die Mitarbeiter am Set panisch an die Arbeit machen würden, noch rechtzeitig blitzableitende Aluplanen über die vielen Geräte und Kameras zu stülpen, die noch draußen herumstanden, um sie ins Trockene zu rollen.

»Was hat sie zu dir gesagt?«

Keira winkte rasch ab. »Nein … nichts weiter. Ganz im Gegenteil, sie … *behauptet* zwar, sie hätte mir gegenüber keine bösen Absichten mehr, aber …« Das war übertrieben. So oder so aber spornte Audreys passiv-aggressives Verhalten ihr Misstrauen bloß noch mehr an. Natalie war schließlich dabei gewesen.

»Ich … ich weiß es doch auch nicht, ich traue ihr einfach nicht über den Weg. Mein Bauchgefühl täuscht mich normalerweise nicht. Das mit der Kussszene …« Sie schluckte. »Wusstest du, dass das ihre Idee war?«

Thomas legte beschwichtigend seine Hand auf die ihre. Er musste nicht aussprechen, dass er von ihrem Geständnis nicht unbedingt begeistert war, auch wenn er wohl bereits befürchtet hatte, dass der Frieden am Set nicht lange anhalten würde.

Wie aufs Stichwort zuckte draußen ein heller Blitz über die grauen Wolken, gefolgt von einem erneuten, bedrohlichen Donner, der die Erde unter dem Trailer regelrecht zum Beben brachte.

»Das wusste ich nicht«, sagte er. »Aber … Keira … sie spielt Castians Geliebte. Wir alle haben uns mit Robert intensiv mit der Handlung beschäftigt und Verschiedenes vorgeschlagen.«

»Und du glaubst *wirklich*, dass es ihr nur darum geht?« Ungläubig schüttelte sie den Kopf.

»Ich glaube, dass wir beide mit Audrey auskommen müssen, bis der Dreh zu diesem Film abgeschlossen ist, und ich glaube, dass sie sich an unsere Abmachung halten wird. Keira, ich weiß, das ist nicht einfach. Ich weiß, du bist in Alarmbereitschaft, aber …«

Ihre Stimme klang schriller als beabsichtigt, als sie ihm antwortete. »Ist das … alles, was du dazu zu sagen hast?

Und warum … Thomas, warum hast du mir nicht erzählt, dass ihr die Szene längst gedreht habt?«

Drei volle Sekunden verstrichen, ehe er ihr antwortete. Sein Blick fand ihren nur zaghaft. »Ich wollte dich nicht aufregen. Je schneller die Szene abgedreht würde, desto besser und dann hätten wir die Sache auf sich beruhen lassen können. Keira, ich habe dir versprochen, dass Audrey und ich uns außerhalb der Dreharbeiten nicht zu nah kommen werden«, bellte er regelrecht unwirsch. »Herrgott, wir haben kaum miteinander gesprochen, weil ich ständig darum besorgt war, wie es *dir* dabei gehen würde, wenn wir plötzlich wieder Zeit miteinander verbringen müssen.«

»Ich vertraue dir doch auch! Ich vertraue bloß *ihr* nicht!« Beide sprachen sie nun so laut, dass sie sogar den stürmenden Regen draußen übertönten. Ihre Worte sprühten wie heiße Funken, die den gesamten Trailer in Brand zu stecken drohten. »Das hier ist weitaus mehr als bloß Eifersucht, Thomas. Audrey hat sich kein Stück verändert und sie wird dir all das hier …« – sie gestikulierte wild mit den Händen – » … ruinieren. Uns. Ich übertreibe nicht! Thomas, bitte glaub mir doch.«

Der Schauspieler schwieg. Mit befangener Miene löste er sich von Keira und stand auf, um die himmelblaue Yogamatte wieder zusammenzurollen. Sie zuckte zusammen, als er sie achtlos unter den Tisch schleuderte.

»Es mir ruinieren?«, wiederholte er bestürzt. »Was soll ich denn verdammt nochmal daran ändern, Keira? Die Szene ist im Kasten und wir werden diesen Film fertigdrehen, ob du mit Audrey zurechtkommst oder nicht. Vielleicht lag ich ja falsch. Vielleicht kannst du doch nicht so gut damit umgehen, wie du es mir versprochen hast«, warf er ihr an den Kopf. »Fuck …«

Keiras Unterlippe begann zu zittern. Ihr ganzer Körper schmerzte, als hätte er mit einer Pistole auf sie gezielt und ihr in die Brust geschossen. Ihr Herz mit aller Kraft in der Faust zerquetscht. Angestrengt unterdrückte sie ein trockenes Schluchzen. Das hier war nicht der geeignete Zeitpunkt, um zu weinen.

»Das ist nicht fair, Thomas. Ich will dir nicht im Weg stehen und das weißt du auch!«

»Ja, das weiß ich. Aber im Augenblick merke ich davon nichts.«

Keira hielt schockiert den Atem an. Sie musste noch am besten wissen, wie grausam es sich anfühlte, wenn Amor jemandem die rosarote Brille brutal vom Gesicht riss und die bunt schimmernde Seifenblase, in der sie die letzten Monate über geschwebt hatten, gnadenlos zerplatzte. Denn das war sie nun. Keira und Thomas waren am eiskalten Boden der Realität angekommen. Verletzt setzte sie eine eiskalte Miene auf, um nicht in Tränen auszubrechen.

»Ich gehe spazieren«, teilte sie ihm nach ein paar langen Atemzügen mit. Ihre Stimme drohte bei jedem ihrer Worte kläglich zu brechen.

»Keira … draußen stürmt es. Bleib hier, das ist zu gefährlich.«

Verunsichert schüttelte sie den Kopf. Das Gewitter war ihr egal. Es gab schließlich Blitzableiter am Set.

Er war nicht fair. Nichts von alledem war fair. Ihr Fluchtinstinkt wuchs mit jeder Sekunde, die verstrich. Der Drang, ihm nachzugeben, mit ihm.

»Lass mich jetzt einfach in Ruhe.« Sie stob hektisch aus dem Trailer, noch während ihre letzten Silben von den ersten, salzigen Tränen verschluckt wurden.

KAPITEL 14

Thomas

Unruhig wanderte Thomas in seinem Trailer hin und her. Der kleine Wohnraum ließ ihm kaum Platz für zu ausfällige Bewegungen, geschweige denn seine wirren Gedanken, die seine Schläfen schmerzhaft zum Pochen brachten. Er hatte seine Worte schon in dem Moment bereut, in dem er sie ausgesprochen hatte.

Er hatte Keira sein Herz in die Hände gelegt. Es gab nichts mehr, was er der hübschen Schwarzhaarigen nicht erzählen würde, und er hatte ihr geschworen, dass er stets ein offenes Ohr für sie haben würde; dass sie sich niemals davor fürchten müsste, ihn um eine Schulter zum Anlehnen zu bitten. Dieses Vertrauen hatte er soeben missbraucht.

Ihm gegenüber hatte Audrey seit seiner Ankunft kein einziges böses Wort verloren. Dass sie die Hauptrolle ergattert hatte, mochte ein dummer Zufall gewesen sein, aber davon würde er sich den Dreh mit Robert de Limo nicht vermiesen lassen. Er zog die Augenbrauen zusammen und wandte regelrecht irritiert den Blick vom Fenster ab. Ganz klar hatte er nicht gewusst, dass Audrey hinter der vermeintlichen Kussszene steckte. Dieses kleine und doch so wichtige Detail hatte Robert ihm verschwiegen.

Dennoch – und egal, wie sehr er es drehte und wandte – er konnte Keiras Unterstellungen trotzdem nicht nachvollziehen. Ihm war durchaus bewusst, dass Audrey in Keiras Eifersucht badete. Gehässigkeit war ihr zweiter Vorname, mit dieser Eigenschaft von ihr hatte er sich bereits abgefunden, als sie noch ein Paar gewesen waren. Welches Motiv konnte die Tänzerin jetzt noch haben, außer Keira zur Weißglut treiben zu wollen? Spielte es denn eine Rolle, ob Audrey die Szene vorgeschlagen hatte? Wenn sie nun tatsächlich eine ernsthafte Schauspielkarriere einschlagen wollte und sich für die Entwicklung ihrer Figur interessierte, wie konnte das dann etwas Schlechtes sein? Wenn sie bloß damals so viel Interesse an seinem Beruf gezeigt hätte, wie sie es heute tat.

Er seufzte. Er würde Keira zuliebe mit ihr sprechen, wenngleich er mit seinem Latein allmählich am Ende war, denn im Grunde konnte er nichts gegen die Malteserin unternehmen – und das zerrte an seiner Geduld.

Sein Herz klopfte heftig gegen seinen Brustkorb. Ob er zu harsch reagiert hatte? Wie konnte er sich darauf verlassen, dass nicht mehr dahintersteckte als bloß harmlose Rivalität? Sie hatten darüber gesprochen und doch hatte genau dieses leidige Thema jetzt einen Keil zwischen die beiden getrieben.

Verdammt nochmal, er sollte sich doch auf seine Rolle konzentrieren. Audrey morgen wieder vor der Kamera anhimmeln zu müssen, durfte ihn nicht aus der Fassung bringen, selbst wenn er nun wusste, wie sehr Keira tatsächlich darunter litt. Hier ging es einzig und allein um die Schauspielerei, um seinen Beruf, dessen Leidenschaft erst Keira wieder neu entfacht hatte, als sie unverhofft in sein Leben getreten war. Er schluckte. Irgendwie war all der Erfolg, der ihm mit Robert de Limos Namen auf seinem nächsten Filmplakat winkte, nicht einmal ansatzweise so wichtig wie die Frau an seiner Seite. Fluchend schnappte Thomas sich seine Jacke und eilte Keira hinterher, direkt in den strömenden Regen hinein.

Er musste beten, dass sie keine Dummheit gemacht und allein im angrenzenden Wald verschwunden war, denn so aufgebracht, wie sie vor ihm geflohen war, würde auch er dazu imstande sein, sich unwissentlich in ernsthafte Gefahr zu begeben. Als er sie nach zwanzig Minuten mit durchweichten Socken und klatschnassen Haaren jedoch noch immer nicht am Set gefunden hatte, hätte er seinen Frust am liebsten ins Unwetter gebrüllt, das seine eigenen Gefühle im Augenblick so perfekt widerspiegelte, dass er angewidert gen Himmel starrte.

Er hätte Keira doch von dem Kuss erzählen müssen, bevor sie es von Robert oder gar Audrey selbst erfahren hatte. Und jetzt hatte er das unschöne Geständnis hinausgezögert, bis es zu spät gewesen war. Keira durfte ohnehin schon misstrauisch gewesen sein, weil er Audrey die letzten Tage vor ihrer Ankunft nicht mit einem einzigen Wort erwähnt hatte, wenn er ihr über Skype oder am Telefon vom bisherigen Dreh erzählt hatte.

Und wenn er aus seinen vorigen Beziehungen auch nur eine Sache gelernt hatte, dann war das, dass »Mir geht's gut« nicht immer gleich das bedeutete, was im Wörterbuch zu finden war. Von dieser Philosophie hatte er dank Audrey noch nie etwas gehalten und inbrünstig gehofft, dass Keira ehrlich zu ihm sein und es ihm sagen würde, wenn ihr etwas auf dem Herzen lag.

Mit einem tiefen Atemzug zwang er sich, Ruhe zu bewahren. Wenn sie nicht mehr hier draußen war, gab es nur einen anderen Ort am Set, an dem sie sich vor ihm verstecken würde. Also stapfte Thomas geradewegs auf Natalies und Richards Trailer zu, vorbei an Richard unter der Markise, der ihn rauchend und mit weit aufgerissenen Augen beobachtete, und klopfte so energiegeladen an die Tür, dass ihm die Knöchel schmerzten.

KAPITEL 15

Keira

Keira brachte kaum ein Wort heraus, als sie die schmalen Stufen des Trailers hinaufstolperte und an Natalies Tür klopfte. In ihrer Brust pochte es dumpf. Mit tränenüberströmtem Gesicht fiel sie buchstäblich in Natalies Arme, als diese ihr nach einigen langen Sekunden öffnete. Sofort entglitten ihr sämtliche Gesichtszüge.

»Oh Gott, Keira! Was ist denn mit dir passiert? Komm rein, du holst dir noch den Tod.«

»W-wir, wir h-ha-haben g-gestritten«, brachte sie schluchzend hervor.

Richard richtete sich kerzengerade auf. Seine Hände steckten bis zu den Handgelenken in Spülwasser. Sich räuspernd warf er Natalie einen vielsagenden Blick zu, ehe er dem dreckigen Geschirr den Rücken zukehrte und sich die Hände abtrocknete.

Natalie strich Keira tröstlich über den Rücken. »Ist ja gut ... lass es raus.«

»Soll ich euch ein wenig allein lassen?«

»I-ist schon okay, ich wollte e-euch nicht stören.«

Dennoch nickte Natalie ihrem Verlobten über Keiras Kopf hinweg zu, der daraufhin ohne Widerworte den Trailer verließ.

Währenddessen begann Keira, ihrer besten Freundin

alles zu erzählen, was sich zwischen Thomas und ihr zugetragen hatte. Ihr herzzerreißendes Weinen ließ die Blondine vor Wut förmlich rot anlaufen.

»Weißt du, ich halte viel von Thomas. Aber dass er wegen dieser arroganten Meerhexe einen Streit provoziert und eure Beziehung aufs Spiel setzt, enttäuscht mich. Mistkerl. Aber … Bestimmt wird er sich wieder beruhigen. Muss er doch. Vielleicht hast du ihn heute einfach auf dem falschen Fuß erwischt und er wird morgen früh erkennen, dass er Unrecht hatte und sich bei dir entschuldigen. Rede morgen noch einmal mit ihm. Ihr zwei müsst das klären, ansonsten reist du am Ende der Woche noch ab und …« Natalie beendete ihren Satz nicht und das war auch gar nicht notwendig. Zu schrecklich war die Vorstellung, um sie überhaupt auszusprechen.

Als Keiras Großmutter noch gelebt hatte, damals, als ihre Familie noch zu ihr gehalten hatte und alles im Lot gewesen war, hatte sie ihr erzählt, dass eine erfolgreiche Beziehung darauf beruhte, nie zu Bett zu gehen, wenn man wütend aufeinander war. Als Kind hatte dieser Rat so plausibel und simpel für sie geklungen. Jetzt aber hatte Keira nicht die leiseste Ahnung, wie sie Thomas heute noch einmal ins Gesicht blicken könnte, ohne in Tränen auszubrechen. Am liebsten wäre sie hier bei Natalie geblieben – doch sie wusste selbst, wie lächerlich dieser Plan war, besonders, falls Audrey davon erfuhr. Denn wenn es etwas gab, das die Sache noch schlimmer machen würde, dann war das, dass die Tänzerin Wind von ihrem Streit bekam. Keira ahnte bereits, dass sie sich genau danach sehnte.

Es dauerte nicht lange – vielleicht ein oder zwei Packungen Taschentücher – bis es energisch an der Tür klopfte. Natalie blickte ihre beste Freundin mitfühlend an. Ein kaum merkliches Kopfschütteln war alles, was sie als Antwort zustande brachte. Außerdem war es schon schlimm genug, dass Richard ihr Heulkonzert von draußen live miterlebte.

»Geh weg!«, rief Natalie aus.

Die Tür öffnete sich dennoch einen Spalt, zu ihnen hinein drangen allerdings gleich zwei tiefe Männerstimmen.

»Du solltest sie im Moment wirklich in Ruhe lassen. Sie sieht ziemlich fertig aus«, hörte sie Richard sagen.

»Richard, ich will wirklich nicht unhöflich sein, aber misch dich da bitte nicht ein, ja?«, schoss es aus Thomas zurück. Keira sah zu, wie sich seine Hand verkrampft an den weiß lackierten Türrahmen klammerte und er mit reuevoller Miene seinen Kopf in den Trailer steckte. »Keira …«

»Raus hier!«, fauchte Natalie. Ihre Hand schloss sich um den erstbesten Gegenstand, den sie ertastete, ohne ihren scharfen Blick von dem Schauspieler abzuwenden – in diesem Fall eine Packung Taschentücher. Der Schauspieler zuckte noch nicht einmal zusammen, als sie ihn mit einem kaum hörbaren Rascheln am Kopf traf und die Packung dann mit einem dumpfen Geräusch zu Boden fiel.

Mit klopfendem Herzen zwang Keira ihre Augen auf den einfarbigen Teppich im Trailer und begann, die vielen Fussel darauf zu zählen – alles, um ihm bloß nicht in die Augen sehen zu müssen. Es tat weh. Seine Worte, die noch immer in ihrem Kopf widerhallten, traten, wodurch ihre Beziehung erst entstanden war, mit Füßen. Keira war nicht wie Audrey, und das wusste er verdammt nochmal ganz genau.

»Na schön«, brachte er nach einigen Atemzügen Stille schließlich geschlagen hervor. »Bleibst du heute Nacht … etwa hier?«

»Wird sie nicht«, schnauzte Natalie ihn an. »Aber du solltest dir auch nicht die Mühe machen, auf sie zu warten.«

Thomas warf ihr einen entrüsteten Blick zu, ehe er ergeben seufzte und widerwillig wieder verschwand. Erst, als die Tür ins Schloss fiel, wagte Keira es, aufzuschauen. Sie schniefte zittrig, erleichtert, dass ihre Tränen zumindest für den Augenblick versiegt waren.

»Siehst du? Ich bin mir sicher, dass er das gar nicht so gemeint hat, Keira … wir sagen oft böse Dinge, wenn wir zornig aufeinander sind.«

»Aber so habe ich ihn noch nie erlebt. Sein Gesichtsausdruck war gar nicht *zornig*, verstehst du? Nur am Anfang ... Er war so *enttäuscht*. Dabei ... dabei habe ich doch nichts falsch gemacht, oder etwa doch? Bin ich denn wirklich so eine schreckliche Freundin, dass ich ihm nicht gönnen kann, dass er endlich mit einem der besten Regisseure der Welt arbeiten darf?«

»Oh, nein, meine Süße, nicht doch. Bist du verrückt geworden? Du bist keine schreckliche Freundin. Siehst du nicht, wie glücklich ihr einander macht? Wer weiß, ob Tom diese Rolle überhaupt bekommen hätte, wenn du ihn nicht so unterstützt hättest.« Natalie strich ihr über den Rücken, als ihr ein neuer Schwall Tränen die Sicht verschleierte. Schluchzend kniff sie die Augen zusammen.

Wäre dem nicht schon schlimm genug, würde morgen Abend Roberts Geburtstagsdinner stattfinden – und die gesamte Filmcrew, einschließlich Audrey, würde zusammenkommen, um seinen Fünfzigsten zu feiern. Zum ersten Mal wünschte sich Keira, der Dreh würde für den morgigen Tag abgeblasen, damit Thomas Zeit haben würde, um wieder zur Vernunft zu kommen. Sie spielte noch immer mit dem Gedanken, sich bei Natalie zu verkriechen und an ihren Projekten zu arbeiten, anstatt morgen aufgetakelt und mit gespielter Gelassenheit an einem reich gedeckten Tisch zu sitzen und so zu tun, als wäre nichts von alledem passiert. Sogar ein Telefonat mit Mayu wäre ihr jetzt lieber gewesen.

»Denk gar nicht erst daran«, mahnte Natalie sie mit zusammengekniffenen Augenbrauen. »Das wird schon wieder, Keira. Ihr habt ... das war doch nicht das erste Mal, dass ihr gestritten habt, oder?«

Keira schniefte. Das zerknüllte Taschentuch in ihrer Faust zerfiel schon fast. Weiße Papierfetzen rieselten unaufhörlich zu Boden. »Eigentlich ... wir ... einmal. Aber ... aber nicht richtig. Und es ging um Audrey.« Sie hatte Natalie nie davon erzählt. Ihre beste Freundin wusste in etwa, wie sie und Thomas letzten Endes zusammengekommen waren, nicht aber sämtliche Einzelheiten. War es denn überhaupt ein richtiger Streit, wenn er in leidenschaftlichem Sex geendet hatte? Keira schluckte. »Thomas wollte nicht wahrhaben, dass sie mit aller Macht verhindern würde, dass er sich von ihr trennt, da sind wir … aneinandergeraten. Aber das war anders. Wir haben gestritten, weil wir einander so sehr wollten, nicht weil wir unterschiedlicher Meinung waren.«

»Ach Keira …« Seufzend zog Natalie sie in ihre Arme. Einen Moment lang blieb es still. Keira bemerkte erst, dass Richard wieder den Trailer betreten hatte, als er sich räusperte.

»Wenn du mir erlaubst, meinen Senf dazuzugeben … klingt es fast so, als ob ihr euch doch aus demselben Grund streitet wie beim ersten Mal. Audrey ist eine falsche Schlange. Tom *weiß* das, er will es bloß nicht wahrhaben, weil zurzeit alles so gut läuft. Dieser Film, der Regisseur … Aber er wird dich nicht aufgeben. Dafür ist er viel zu schlau.«

Ein schmerzhafter Stich durchfuhr ihre Brust, als sich Thomas' enttäuschter Gesichtsausdruck noch einmal in ihrem Kopf abspielte wie eine Szene aus einem Horrorfilm. *Sie wird dir all das hier ruinieren,* hatte sie gebrüllt.

Natalie nickte, als sie sich aus ihrer Umarmung löste. Die beiden sahen, was Keira schon den ganzen Dreh über beobachtete – in diesem Punkt hatte schließlich sogar sie Audreys niederträchtigen Kommentaren zustimmen müssen. Thomas sah die Welt – seine Welt – im Augenblick wie durch eine bunte Brille, die sämtliche negativen Aspekte wie eine Farbschwäche ausmerzte. Wie konnte sie ihn also erkennen lassen, was um ihn herum geschah? Keira mochte Audreys Motiv nicht durchschauen, aber das bedeutete noch lange nicht, dass es keines gab.

»Ich weiß einfach nicht, was ich jetzt tun soll«, gab Keira verzweifelt zu.

Natalie umfasste tröstend ihren Unterarm. »Gebt euch Zeit. Schlaft eine Nacht darüber. Und wenn er es dann noch immer nicht sieht, dann werden *wir* eben dafür sorgen müssen, dass er es tut.«

Die Entschlossenheit in ihrer Stimme jagte Keira einen Schauer über den Rücken.

KAPITEL 16

Thomas

Thomas hatte seine Augen Stunden vor dem Klingeln seines Weckers aufgeschlagen. Das schlechte Gewissen bohrte sich wie die Giftzähne einer Natter tief in seine Eingeweide und löste ein so unangenehmes Ziehen in seinem Bauch aus, dass er heute wohl mit nüchternem Magen am Set erscheinen würde. Auch wenn er sich am liebsten vom Dreh drücken und den Tag stattdessen mit Keira in seinem Trailer verbringen würde, um sich mit ihr zu versöhnen. Gestern Abend hatte er einen großen Fehler begangen. Er wusste, er hatte falsch gehandelt – und er hatte, nachdem Keira zwei Stunden später endlich wortlos in seinen Trailer zurückgekehrt war und sich zu ihm ins Bett gesellt hatte, die ganze Nacht wachgelegen. Unruhig hatte er sich von einer Seite auf die andere gedreht, um zu verstehen, weshalb er so empfindlich auf ihre Bedenken reagiert hatte; um zu verstehen, warum er Keira vorsätzlich so wehgetan hatte. Was hatte er übersehen? Wovor verschloss er sich so?

Seufzend massierte er seine Nasenwurzel. Es wurde von Tag zu Tag schwieriger, sich auf seine Arbeit zu konzentrieren und es war die reinste Herausforderung, nicht vor der Kamera auf die Knie zu fallen und laut zu fluchen, weil er nicht länger die nötige Energie dazu aufbringen konnte, seine Figur glaubwürdig über die Bühne zu bringen. Dass er dabei den für ihn größten Regisseur aller Zeiten enttäuschen würde, wenn seine Leistung weiter abfiel, störte ihn allerdings nicht so sehr, wie dass er sich dabei selbst enttäuschte.

Wenn es aber eines gab, das er nicht tun würde, dann war das aufgeben. Sein Vater lebte nach der Devise, dass sich irgendwann immer alles wieder zum Guten wenden würde, und im Moment würde er nichts lieber tun, als ihm damit nachzueifern. Thomas hatte monatelang geglaubt, sein Bilderbuch-Happy End mit Keira bereits gefunden zu haben, aber offenbar mussten auch sie sich noch durch weitere Kapitel kämpfen und ein paar Hürden überwinden, ehe sie glücklich bis ans Ende ihrer Tage miteinander in seinem Londoner Penthaus leben konnten. Letzte Woche hatte er sogar noch darüber nachgedacht, sich ein Haus ein wenig außerhalb des Zentrums zu kaufen, wo sie nicht jeden Morgen der Verkehrslärm und der wilde Trubel der Stadt wecken würde. Irgendwo im Norden, wo er eines Tages jede Woche einen großen Rasen mähen und seine Kinder beim Herumtoben auf einer Sonnenliege beobachten würde. Ein Hund – vielleicht ein Border Collie – würde hechelnd mit Keira und ihm auf der Terrasse liegen und seinen Nachwuchs und seine Frau mit Argusaugen beschützen. Wo er sie wohl heiraten würde? Vielleicht in den schottischen Highlands, so wie er es sich immer erträumt hatte?

Überrascht blinzelte Thomas die Tränen weg, die ihm in den Augen brannten und ihm die Sicht verschleierten, als er seine Hand behutsam auf Keiras Kreuz legte, um ihr zu signalisieren, dass er *bei ihr* war, auch wenn sie noch tief und fest schlief.

Er bereute, die Frau, die er so abgöttisch liebte, überhaupt erst angeschrien zu haben. Er bereute, der Grund dafür gewesen zu sein, dass sie in Tränen ausgebrochen war. Mit jedem Schluchzen war sein Herz ein Stück mehr zerbrochen und hatte einen dumpfen Schmerz in seiner Brust zurückgelassen, einen Schmerz, der ihn beinahe um den Verstand brachte. So durfte es nicht weitergehen. Sie mussten diesen Streit aus dem Weg schaffen, ehe er begann, an ihrer Beziehung zu nagen. Sofort. Mit einem Mal wünschte er sich ebenso wie Keira, er wäre Audrey niemals wieder begegnet, denn dass die Malteserin zum Teil schuld an ihrem jetzigen Dilemma war, war klarer wie eiskaltes Quellwasser.

Und doch konnte er Keiras Hass auf Audrey nicht teilen. Trotz allem, was die Tänzerin ihnen in ihrem Racheakt anzutun gedacht hatte, sie war noch immer seine Exfreundin, von der er zu Beginn, damals, am Set von *Ferocious Beasts*, geglaubt hatte, sich in sie verliebt zu haben und mit der er monatelang geschlafen hatte. Audreys Biss hatte ihn fasziniert, bevor sie ihm schließlich ihr wahres Gesicht gezeigt hatte. Aber das bedeutete noch lange nicht, dass er sie abgrundtief dafür hasste. Mit Hass im Herzen würde er niemals Frieden finden. Immerhin war er derjenige gewesen, den sie mit Keira splitternackt in seinem Bett erwischt hatte, weil keiner von ihnen ihre Gefühle länger zurückhalten konnte. Es war lediglich die Erklärung für sein Verhalten, keine Entschuldigung.

Er hatte Keira nicht verheimlicht, dass er mehrmals versucht hatte, Audrey zu kontaktieren und sie zu fragen, wie es ihr ging, um sich mit ihr auszusprechen. Nach einigen erfolglosen Versuchen jedoch hatte er es dann letzten Endes aufgegeben … so lange, bis sie für die weibliche Hauptrolle in Robert de Limos neuem Film gecastet wurde. Nach Nicks Anruf hatte er noch nicht geahnt, dass er mit diesem Projekt riskieren würde, Keira zu verlieren. Viel mehr hatte er die Dreharbeiten sogar als Chance gesehen, sich mit Audrey zu versöhnen und, um sein Gewissen endlich zu beruhigen, Frieden mit ihr zu schließen. Doch jetzt begann er an diesem wohl idiotischen Vorsatz zu zweifeln.

***

Robert schickte die gesamte Crew heute früher in den Feierabend, damit genügend Zeit blieb, sich für das Abendessen schick zu machen. Thomas hatte sich gerade aus seinem Kostüm helfen lassen, als Audrey an ihm vorbeihuschte und sich leise fluchend die Haarnadeln aus der Frisur zog. Erst gestern hatte sie die Stylistin zehn Minuten lang dafür gerügt, Haarspray benutzt zu haben, welches ihre brünette Mähne trotz ausgiebigem Haarewaschen nach dem Dreh austrocknete. Der Schauspieler hatte stumm beobachtet, wie Roger, Chadwick und sogar Maggie die Augen verdreht hatten.

Eilig kämpfte Thomas sich aus seiner Hose und schlüpfte zurück in seine eigenen Klamotten. Er erreichte die Brünette, bevor sie die Tür hinter sich zuzog. Sein Blick war halb vorwurfsvoll, halb verständnisvoll, als sie sich mit gehobenen Augenbrauen zu ihm umdrehte und leicht den Kopf neigte.

»Audrey … könnte ich dich bitte kurz unter vier Augen sprechen?«

KAPITEL 17

Keira

»Wir haben heute kaum ein Wort miteinander gesprochen.« Konzentriert starrte Keira auf die zwei Paar Ohrringe, die sie sich zwischen die Finger geklemmt hatte, fast so, als würde die Entscheidung, welche davon sie wählte, folgenschwere Konsequenzen mit sich ziehen.

»Nimm die lavendelfarbenen«, funkte Natalie dazwischen. Richard hatte sie bereits gewarnt, dass sie in ihren offenen Riemchenheels beim Abendessen halb erfrieren würde. Da half auch nicht der blassrosa Nagellack, den sie sich gerade auf ihre Fußnägel pinselte. Natalie wackelte mit den Zehen, um den Glanz des Lacks zu überprüfen, ehe sie zu Keira aufsah. »Ihr habt euch einfach einen beschissenen Zeitpunkt zum Streiten ausgesucht. Sogar Chadwick sah heute Morgen gestresst aus und der macht mit seiner Ruhe normalerweise Yogatrainern Konkurrenz.«

Keira brummte zustimmend. »Diese Party macht es nicht besser.« Schon gar nicht, weil sie vor mindestens einem Dutzend Fremder wie im Kindergarten *Friede, Freude, Eierkuchen* spielen musste.

»Ich weiß, Süße. Vielleicht könnt ihr euch ja ein bisschen früher abseilen. Nach zweiundzwanzig Uhr wird sowieso nur noch gesoffen, das ist doch prinzipiell auf jeder Geburtstagsfeier so.« Dabei klang der Gedanke, sich zu betrinken, gar nicht so schlecht. Keira schüttelte angewidert den Kopf. Nein … Alkohol würde alles bloß noch schlimmer machen. Sie bereute ihre Wortwahl auch ganz ohne den bösen Einfluss von Wein, Champagner oder Bier.

»Er wollte heute Morgen mit mir sprechen, aber Rio hat ihn ans Set geholt, bevor ich überhaupt beide Augen offen hatte. Ich habe kaum geschlafen.« Die dunklen Ringe unter ihren Augen waren der spöttische Beweis dafür. Sie würde eine Menge Concealer brauchen, um das dunkle Violett abzudecken, auch wenn es farblich ironischerweise zu ihrem Kleid passte.

»Und Tom?«

Keira schüttelte den Kopf. Ihr war nicht entgangen, dass sich der Schauspieler ununterbrochen auf der Matratze hin und her gewälzt hatte. Schließlich waren sie doch noch eng aneinander gekuschelt eingeschlafen – Keira war sich aber ziemlich sicher, dass sie zu diesem Zeitpunkt bereits die ersten Sonnenstrahlen durch die grauen Jalousien hatte kriechen sehen. Daraufhin hatte sie den halben Vormittag verschlafen und sich erst gegen Mittag zum Essen – das im Grunde nur aus einer Tasse schwarzem Kaffee bestanden hatte – aus dem Bett gekämpft. Das, obwohl sie den bitteren Wachmacher vor nicht allzu langer Zeit niemals angerührt hätte, nicht einmal, als sie noch in Natalies Café gearbeitet hatte.

Den restlichen Tag über war sie dann mit ihrer besten Freundin, die alles Erdenkliche versucht hatte, sie auf andere Gedanken zu bringen, zusammen gewesen. Sogar bei ihren Entwürfen hatte sie ihr geholfen. Keira war sich durchaus bewusst, wie wichtig diese Notizen und Zeichnungen für ihren weiteren Studienverlauf sein würden, im Moment allerdings schien nichts so wichtig, wie dass Thomas und sie sich wieder vertrugen.

»Schatz, hast du meine Manschettenknöpfe gesehen? Ich habe sie in dein kleines Schmucktäschchen gelegt.« Richard tauchte mit tropfend nassen Haaren aus dem kleinen angrenzenden Badezimmer auf. Sein Hemd war nur halb zugeknöpft und um seine Schultern hatte er ein Handtuch gelegt, um es trocken zu halten.

Natalie runzelte die Stirn. »Welches Schmucktäschchen?«

»Na, das kleine schwarze.«

»Das ... habe ich nicht eingepackt.«

»Wie, nicht eingepackt?«

»Ich habe meinen Schmuck in das kleine Samtsäckchen hier getan, wie sonst auch.« Mit dem Nagellackpinsel deutete sie auf das rote Säckchen auf dem Tisch.

Richard stieß ein verzweifeltes Lachen aus. »Oje. Na, dann eben ohne Manschettenknöpfe«, brachte er hervor.

»Ich könnte Thomas fragen, ob er dir welche leiht. Er sollte mittlerweile zurück sein.«

Keiras Körper sehnte sich nach seiner Anwesenheit, ihre Herzen waren wie zwei Magnete. Sie seufzte. Gestern Nacht lag ihr noch immer schwer im Magen, ganz abgesehen von den vielen ungesagten Worten, die wie lästige Fliegen zwischen ihnen schwirrten und es ungeduldig darauf anlegten, mit einer Fliegenklatsche verscheucht zu werden.

»Danke, Keira. Das wäre sehr lieb.«

Sie erhob sich mit den Ohrringen in der Faust und einem knappen Nicken. Natalies ermutigendes Lächeln, als sie die Tür öffnete und dämmriges Tageslicht den kleinen Raum durchflutete, motivierte sie, Thomas' Trailer jedoch fand sie wenig später menschenleer vor.

Stirnrunzelnd legte sie die Ohrringe auf den Tisch und machte sich auf die Suche nach ihm. Auf dem Set wuselte es noch immer von Crewmitgliedern, die den frühen Feierabend mit offenen Armen empfingen – für Keira eine gesichtslose Masse, durch die sie sich geschickt und unbemerkt hindurchschlängelte und hin und wieder nach dem Mann fragte, in den sie Hals über Kopf verliebt war.

»Eben war er noch bei den Kostümen, such dort weiter«, schlug ihr ein bulliger Techniker mit klimperndem Schlüsselbund vor und nickte in Richtung des Zeltes, das man neben dem dazugehörigen Trailer aufgestellt hatte. Die Kostüm- und Maskenbildnerinnen mussten sich bereits auf den Weg zur Feier gemacht haben, denn zunächst war es so ruhig, dass Keira glaubte, die vielen Stoffe, die an den Kleiderständern hingen, atmen zu hören. Sie wollte gerade nach Luft schnappen und öffnete den Mund, um nach Thomas zu rufen, als sie seine Stimme plötzlich hinter der dünnen Zeltwand vernahm.

»Audrey … könnte ich dich bitte kurz unter vier Augen sprechen?«

»Natürlich. Gibt es ein Problem?« Sie konnte die Andeutung eines Lächelns auf Audreys Lippen heraushören, auch ohne sie zu sehen. Keira konnte bloß hoffen, dass die Brünette von ihrem und Thomas' Streit gestern Nacht nichts mitbekommen hatte, selbst wenn der selbstgefällige Tonfall in ihrer Stimme sie zum Zweifeln anregte.

Thomas nahm einen tiefen Atemzug. »Audrey, was hast du zu Keira gesagt?«

»Gesagt? Gar nichts. Überhaupt nichts. Sie läuft ja ständig vor mir davon.«

»Ja. Das ist mir auch aufgefallen«, erwiderte er streng. »Sie hat auch allen Grund dazu.«

»Ich verstehe. Es geht um die Kussszene, nicht wahr?«

Thomas schwieg.

»Natürlich geht es um die Kussszene. Dass ihr mein Vorschlag nicht gefallen würde, war mir klar. Aber das ist *unser* Film, Tom, nicht ihrer. Ich will genauso sehr wie du, dass er gut ankommt.«

»Das glaube ich dir auch.«

»Danke sehr. Ich habe also nicht das Geringste getan.«

»Audrey, hör mir bitte zu. Ich weiß, dass ich dir versprochen habe, während der Dreharbeiten zu vergessen, was zwischen uns – und dir und Keira – vorgefallen ist. Aber das bedeutet auch, dass ich dasselbe von dir erwarte. Bitte, verhalte dich ihr gegenüber freundlich und professionell. Keira hat nicht die Absicht, dich am Set zu stören.«

Keiras Herz zog sich zusammen wie eine Blume, die ausgedörrt in der heißen Sommersonne verwelkte.

Audrey schnaubte, ehe sie antwortete. »Wo liegt denn das Problem? Ich *bin* doch nett zu ihr. Ich kann nun wirklich nichts dafür, dass sie so empfindlich auf mich reagiert.«

Ihre Stimme war so zuckersüß, dass Keira ein grausiger Schauder über den Rücken lief. »Als wir uns wiedergesehen haben, haben wir uns lediglich darüber unterhalten, dass es mir damals nicht anders ergangen ist als ihr jetzt. Sie sollte sich glücklich schätzen, immerhin *spielen* wir im Gegensatz zu euch beiden bloß das Liebespaar.«

»Ich weiß, dass das nicht richtig war.« *Aber du hast uns keine andere Wahl gelassen,* fügte Keira stumm hinzu. »Und du weißt, dass es mir leidtut. Ich habe auch Fehler gemacht und ich habe sie eingesehen. Tu dasselbe jetzt bitte für Keira. Immerhin hast du einen Privatdetektiv auf sie angesetzt und ihr einen gefälschten Diebstahl vorgeworfen.«

»Für *sie* tue ich gar nichts«, fauchte Audrey, ohne auf Thomas' Worte einzugehen. Einen Augenblick lang herrschte eisiges Schweigen. »Aber für dich. Sie liebt dich wirklich, was?«

Thomas antwortete nicht, also musste er wohl genickt haben. Audrey seufzte – dann war auf einmal das Rascheln von Stoff zu hören. Keira brauchte eine Sekunde, um zu verstehen, dass die beiden sich umarmten.

»Ich danke dir, Audrey. Das bedeutet mir viel.«

Die Brünette gab ein gequältes Lachen von sich. »*Dir* kann man gar nicht allzu lange böse sein. Wir hätten es hinbekommen, weißt du. Das mit uns beiden ... wenn du dich nicht in sie verliebt hättest.«

»Audrey ...«

»Ich weiß. Du musst mir nicht antworten. Robert soll deine Lieblingsnachspeise den ganzen weiten Weg von Griechenland hierherbestellt haben. Grüne Götterspeise mit Sahne und Eis. Bis gleich, Tom.«

Griechische Götterspeise? Thomas verabscheute Götterspeise. Keira hielt gespannt den Atem an und wartete, bis Audreys Schatten gänzlich verschwunden war, bevor sie sich durch den schmalen Spalt des Zelts schob und mit leicht geöffneten Lippen vor Thomas stehen blieb. Der Schauspieler hatte gequält die Augen geschlossen.

»Du hast ihr also einfach ... alles verziehen?«, hauchte sie tonlos.

Erschrocken sah er auf. »Hast du …«

»Alles mitangehört? Ja. Tut mir leid, ich wollte dich nicht belauschen, ich habe nach dir gesucht.« Keiras Stimme brach. Sie wollte nicht weinen, nicht schon wieder. Doch die heißen Tränen, die ihr in den Augen brannten, ließen sich nur schwer wieder vertreiben. Egal wie angestrengt sie sich darum bemühte, sie wegzublinzeln, damit Thomas nicht mit all den Kostümen im Hintergrund zu einem dunklen Fleck in ihrem Sichtfeld verschmolz.

»Keira … ich muss noch eine ganze Weile lang mit ihr arbeiten, da können wir keine negative Energie gebrauchen. Ich habe getan, was ich für richtig gehalten habe.«

»Ich will euch alle in zehn Minuten am Tisch sitzen sehen! Aber wer es wagt, *Happy Birthday* anzustimmen, den muss ich leider erschießen!«, kam es von Robert aus der Ferne.

Was ich für richtig gehalten habe. Etwas Ähnliches hatte Thomas auch gestern Nacht im Streit zu ihr gesagt. Und irgendwie … hatte er ja Recht. Er hatte sich vertraglich dazu verpflichtet, professionell zu bleiben und sich am Set ausschließlich auf seine Rolle zu konzentrieren, wenn er seinen Job behalten wollte. Weh tat es trotzdem.

»Wir haben jetzt keine Zeit dafür. Lass uns später darüber sprechen.«

KAPITEL 18

Keira

Als Thomas Audreys Namen ausgesprochen hatte, war
Keira davon ausgegangen, dass er sie für ihren Streit gestern zur Verantwortung ziehen und beschimpfen würde
oder zumindest … *irgendetwas* dergleichen. Mit einer Umarmung, die ihre Versöhnung besiegelte, hatte sie jedoch
beim besten Willen nicht gerechnet. Keira vergaß den ei-
gentlichen Grund, weshalb sie ihn so eilig aufgesucht hatte.
Die Manschettenknöpfe fielen ihr erst wieder ein, nachdem
Thomas unter der Dusche verschwunden war und sie mit
dem Auftragen ihres Make-ups begann. Ihre Finger zitterten, als wollten sie sie daran hindern, sich für heute Abend
schick zu machen. Gleichzeitig wünschte sie sich, das wenige Schminkzeug in ihrem Beutel wäre dazu imstande,
ihr ein ehrliches und unnahbares Lächeln ins Gesicht zu
zaubern, das dem selbstgefälligen und arroganten Funkeln
in Audreys Augen einen wohlverdienten Tritt in den Hintern verpassen würde. Aber das konnte es nicht. Keira
musste ihr Lächeln heute selbst auflegen und dafür sorgen,
dass man ihr den Kummer nicht anmerkte.

Man mochte doch meinen, dass Thomas' Schauspiel-
talent inzwischen auf sie abgefärbt hatte, und wenn man
davon absah, dass sie in Tränen ausbrechen könnte, so-

bald sie jemand auch nur prüfend anstarrte, war sie sogar optimistisch genug, es zumindest zu versuchen. Womöglich würde dieses Abendessen ja auch alles wieder zum Guten wenden und sie würde sorglos mit Thomas tanzen, Champagner trinken und die kühle Aprilnacht in Frankreich genießen.

Während sie auf der Suche nach Thomas gewesen war, hatte Richard in Erfahrung bringen können, dass elektrische Heizstrahler dafür sorgen würden, dass heute niemand erfror. Wenn sie ihre Gefühle doch nur genauso einfach vertreiben könnte wie ein strombetriebenes Gerät die Kälte, hätte sie heute Abend zumindest ein Problem weniger.

Thomas öffnete mit nicht mehr als einem weißen Handtuch um die Hüften die Tür des kleinen Badezimmers, was den Spiegel vor ihr leicht beschlagen ließ. Sein Mund öffnete sich leicht, als er sie mit dem Rücken zu ihm vor sich stehen sah, wie sie ihr Kleid glattstrich und den dunkelvioletten Lippenstift überprüfte, den sie eben aufgetragen hatte. Keira hatte das Kleid angezogen, das er ihr für die Weinverkostung geschenkt hatte. Ein schlichtes, ebenfalls dunkelviolettes Cocktailkleid mit dünnen Trägern. Sie hatte auf High Heels verzichtet und sich stattdessen mit einem Paar flacher schwarzer Ballerinas begnügt, die ihren Größenunterschied hervorhoben, als er sich ihr näherte.

»Ich muss mich wohl im Trailer geirrt haben. Entschuldigen Sie bitte, schöne Frau.«

Keira blickte mit geröteten Wangen gen Boden. Schmetterlinge erwachten in ihrem Bauch zum Leben, als hätte sie literweise Kaffee getrunken – egal, ob sie nun gestern Abend im Streit auseinander gegangen waren oder nicht. Natürlich nicht. Als ob ein dummer Streit an ihren starken Gefühlen für den Schauspieler etwas ändern könnte. Wie pflegte man so schön zu sagen? *Der erste Streit ist immer am schlimmsten.*

»Bist du startklar?«

Startklar, um mit Audrey vor der gesamten Crew an einem Tisch zu sitzen? Nach gestern Abend? Nein. Aber

Keira würde hingehen, allein um der Brünetten zu zeigen, dass sie falsch lag und dass ihre eiskalten Worte einfach an ihr abprallten. Außerdem würde Natalie dabei sein. Ihre beste Freundin bei diesem fragwürdigen Geburtstagsessen um sich zu wissen, beruhigte ihre flatternden Nerven ein wenig. Natalie nahm für gewöhnlich, und wie auch bisher, kein Blatt vor den Mund und würde sich nicht scheuen zu sagen, was Keira im Hals stecken blieb.

»Keira …«, flüsterte er tonlos. »Lass mich bitte erklären.«

Hoffnungsvoll schlang er seine Arme um sie und drückte sie fest an sich. Keira wehrte sich nicht, lehnte sich sogar sehnsüchtig gegen seine nackte Brust – und schloss dennoch gequält die Augen.

»Später. Nach dem Essen. Zieh dich jetzt an, Robert wartet bestimmt schon auf uns.«

»Er wird sich gedulden. Unsere Teller werden ihm nicht davonlaufen. Keira, bitte.«

»Ich weiß aber nicht, was ich sagen soll, Thomas. Ich will nur … ich will einen klaren Kopf haben, und darüber nachdenken, was wir falsch gemacht haben. Ich will nichts sagen, was ich nachher bereue und schon gar nicht … will ich dir irgendwie schaden.« Gestern Abend hatte sie das. Gestern Abend hatte sie den Preis dafür bezahlt, ihm zu beichten, was sie fühlte. Jetzt vermochte sie kaum einen vollständigen Satz zu formen, der das Chaos in ihrem Herzen auch nur ansatzweise in Worte fassen konnte. Sie brauchte Zeit. Das brauchten sie beide.

Anstatt auf eine Antwort zu warten, ergriff sie nach Halt suchend Thomas' Hand und verschränkte ihre Finger mit seinen.

»Du könntest mir nicht schaden, Keira, niemals. Ganz im Gegenteil. Seit ich mit dir zusammen bin, fühle ich mich wie ein neuer Mensch.«

»Mir geht es doch genauso«, wisperte sie.

Aber, so verstand sie, er würde sie nicht drängen. Auf ihr schwaches und doch ehrliches Lächeln hin drückte er versichernd ihre Hand und gab sich geschlagen, indem er ihrer Aufforderung nachkam. Thomas verzichtete auf eine Krawatte und nach einem kurzen und erfolglosen Versuch, sein dunkelblondes Haar ein wenig zu bändigen, gingen sie stumm nach draußen, wo sie Natalie und Richard abholten und nach einem kurzen Marsch in der Dämmerung auf heitere Musik, das muntere Klirren von Gläsern und ausgelassenes Gelächter trafen. Robert hatte keine Kosten und Mühen gescheut, aber das taten berühmte Filmregisseure, die ihre Namen in Großbuchstaben auf schwarze Klappstühle drucken ließen, wohl ohnehin nie.

Die sternförmigen Lichterketten, die Keira noch vor kurzem für ihr Projekt fotografiert hatte, waren für den Anlass umdisponiert worden und hingen nun bunt blinkend über der langen und reichgedeckten Tafel, an welcher mindestens hundert Leute Platz finden würden. Ganz in der Nähe eines verlassenen knorrigen Baumes hatte man einen weiteren Tisch voll mit Bier und anderen alkoholischen Getränken aufgestellt.

Je weiter die beiden sich dem regen Geschehen näherten, desto mehr stieg ihnen der köstliche Duft von Gegrilltem, frisch gekochtem Gemüse und anderen Leckereien wie Pommes Frites in die Nase. Zwischen den nahezu unzählbaren und überfüllten Tellern hatte ein Crewmitglied wie bei einem Kindergeburtstag Konfetti verstreut – die Stühle an den vier Ecken des Tisches waren mit jeweils drei goldenen Heliumballons mit der Zahl fünfzig verziert worden.

Bestimmt hätte Keira sich über die ausgelassene Atmosphäre und die hübsche Deko freuen können, wenn auf einem der Stühle nicht bereits Audrey gesessen hätte, die, in ein knallrotes Minikleid gehüllt, konzentriert auf ihr Handy starrte. Ihre manikürten Daumen flogen förmlich über die Tastatur und sie machte sich noch nicht einmal die Mühe aufzusehen, als Thomas und Keira ebenso wie Richard und Natalie vom Rest der Crew lautstark begrüßt wurden. Keine Sekunde später wurden ihnen Champagnerflöten in die Hände gedrückt, damit sie sich für ein erstes Anstoßen mit Robert setzen konnten.

Der Beginn der Party flog wie ein Film, den man vorspulte, an Keira vorüber, und ehe sie sich versah, landete bereits die zweite Portion frisch gegrillter Lachs und Petersilienkartoffeln mit Erbsen auf ihrem Teller.

»Richard! Du heiratest bald, so sagt man?«, rief Robert ihm gerade über den Tisch hinweg zu. Der Angesprochene nickte stolz. Keira entging der flüchtige Blick nicht, den er Thomas dabei zuwarf.

»Ja! Schon sehr bald darf ich die wunderschöne Frau an meiner Seite meine *Ehe*frau nennen.«

Der Regisseur grinste. »Wie habt ihr euch kennengelernt?«

Keira hatte die Geschichte inzwischen mindestens ein Dutzend Mal gehört, fast jedes Mal aufs Neue, wenn sie Natalie im *Beaning's* auf einen Kaffee besuchte. Die Verlobung war lediglich die Krönung ihres gemeinsamen Liebesglücks gewesen, also hatte sie nie protestiert, wann immer Natalie damit begonnen hatte, von Richard zu schwärmen. In dieser Hinsicht war ihre beste Freundin nämlich nichts anderes als ihr eigenes Spiegelbild. Jetzt, wo sie und Thomas stritten, bekam dieser Gedanke allerdings einen bitteren Beigeschmack, den sie rasch mit einem Bissen Lachs hinunterzuschlucken versuchte.

Das Abendessen war köstlich. Keira hatte trotz leeren Magens nur wenig Appetit auf ein Festessen gehabt und erst nach ein paar Gabeln voll Gemüse und Kroketten ordentlich zugeschlagen. Allem Anschein nach erging es Thomas ähnlich. Mehrere Minuten waren vergangen, während denen er seine Karotten wie ein Segelboot durch die Gewürzsoße auf seinem Teller geschoben hatte. Wieder und wieder verschwand seine Hand unter dem Tisch und suchte nach ihrer. Er atmete jedes Mal erleichtert auf, wenn sie sie ergriff, um ihr Kraft zu spenden.

»Herzzerreißend. Meine eigene Ehe ist vor zweiundzwanzig Jahren zu Bruch gegangen, aber meine Exfrau und ich pflegen um meines Stiefsohnes Willen noch immer ein freundschaftliches Verhältnis. Ich wünsche euch alles Gute. Sobald ihr das verflixte siebte Jahr überstanden habt, dürfte euch nichts mehr im Weg stehen.« Ein dumpfes Gelächter ging durch die Runde und Robert grinste zufrieden. Einzig und allein Audrey, mit ihrem engen Samthalsband und pechschwarzem Lippenstift, ließ sich von seinem frechen Scherz nicht beeindrucken. Sie verzog keine Miene, ihr Blick noch immer starr auf das helle Display ihres Handys gerichtet, das sie selbst während des Essens nicht vom Tisch genommen hatte. Mitleid huschte über de Limos Gesichtszüge.

»Audrey, was ist mit dir? Kommt dein geheimnisvoller Bryan dich denn bald am Set besuchen?«

Die Brünette blickte kühl auf und schürzte die Lippen. Mit einem leisen Klirren legte sie ihre Gabel auf den Teller und faltete die Hände in ihrem Schoß.

»Er ist auf Welttournee. Wir werden uns wohl erst an Ostern wiedersehen. Also nein.«

»Ich verstehe. Na ja, jedenfalls ist er herzlich zur Premiere eingeladen.« Er lachte kurz auf. »Auch wenn es bis dahin noch ein langer Weg ist. Wir wollen doch aber hoffen, dass wir uns nach dem Dreh alle am roten Teppich wiedersehen. Die werden sich noch alle das Maul über uns zerreißen.«

»Wo wir gerade davon sprechen … habt ihr den Artikel gelesen, der in *The Knight* erschienen ist? Ich habe mir die Ausgabe besorgen lassen und mit der Schlagzeile nach oben in die Küche gelegt«, warf Roger plötzlich ein. Er lallte bereits etwas angetrunken.

Einen Moment lang kehrte betretene Stille am Tisch ein. Roger hüstelte als Erstes, als ihm keiner antwortete. »War ja auch irgendwie zu vermuten, dass sie außer Tom, Audrey und Keira niemanden weiter erwähnen würden.«

Keira fixierte stumm die übrig gebliebenen Erbsen auf ihrem Teller. Natürlich war ihr die Zeitung aufgefallen. Sie hatte das Klatschblatt mit der provokanten Schlagzeile schließlich bewusst nicht aufgeschlagen. Umso mehr bescherte ihr die Tatsache, dass der Rest der Crew inzwischen mitbekommen haben musste, dass zwischen Thomas und ihr zurzeit eisige Stimmung herrschte, ein

Übelkeit erregendes Bauchgefühl, das ihr erst recht den Appetit verdarb.

»Lass sie reden«, sagte Robert schließlich und tätschelte sich, während er sich zurücklehnte, den vollen Bauch. »Ich bin mir sicher, sobald der Film erscheint, werden wir auf *Rotten Tomatoes* bombastische Bewertungen bekommen und alle Filmzeitschriften mit Niveau werden uns die Tür einrennen für ein Interview mit euch allen.«

Thomas senkte seinen Blick.

»Leute, vergesst den roten Teppich. Wir sehen uns bei den Oscars nächstes Jahr.« Chadwick hob seine Bierflasche. Wie auch Roger hatte auch er bereits viel zu tief ins Glas geschaut.

Keira hätte gekichert, wenn sie sich nicht gerade über ein derart verfängliches Thema unterhalten hätten. Schweigend knirschte sie mit den Zähnen und malte mit ihrem Daumen unsichtbare Kreise auf ihr Champagnerglas. Die goldene Flüssigkeit darin verlockte sie schon zum zweiten Mal an diesem Abend dazu, sich mit Alkohol ebenfalls das Hirn zu vernebeln, um das Chaos in ihrem Kopf für ein paar Stunden wie einen Lichtschalter auszuknipsen. Jedoch erinnerte sie sich noch sehr gut an das letzte Mal, dass sie übertrieben viel getrunken hatte. Thomas war krank vor Sorge um sie gewesen, das wollte sie ihm kein zweites Mal antun, und auf die Kopfschmerzen, die sie am nächsten Morgen mit Sicherheit plagen würden, konnte sie auch ganz gut verzichten. Sie würde sich mit einer heißen Tasse Tee und ein wenig Lavendel zum Einschlafen begnügen müssen.

»Ich kann es den Leuten, um ehrlich zu sein, nicht verübeln, dass sie glauben, Thomas und ich wären wieder ein Paar.« Es war, als hätte Audrey soeben verkündet, einen Attentäter auf den Präsidenten der Vereinigten Staaten angesetzt zu haben. Keira ballte unter der weißen Tischdecke die Hände zu Fäusten und verkrampfte sich. Natalie warf ihr einen mitfühlenden Blick zu. *Ignorier sie einfach*, schien sie ihr mit einem flüchtigen Augenrollen mitteilen zu wollen.

»Nun, wie wir aber alle wissen, ist das nicht wahr, Audrey. Wir beide sind inzwischen glücklich an jemand anderen vergeben«, gab Thomas mit ruhiger Stimme zurück. Zumindest glaubte Keira, dass er ruhig war. Genauso gut hätte er nämlich darum ringen können, die Brünette nicht anzubrüllen, bis er heiser war. Keira an seiner Stelle wäre kurz davor gewesen.

Himmel nochmal, die Medien hatten sich im Februar gerade erst wieder beruhigt, was auch der Grund für Thomas gewesen war, vorzuschlagen, nicht länger Katz und Maus mit den Paparazzi zu spielen, die Keira und ihm in London hin und wieder auf Schritt und Tritt auf der Suche nach dem nächsten Goldskandal gefolgt waren.

Einzig und allein Nick schien mit Audrey als weibliche Hauptrolle trotz des Aufruhrs letztes Jahr kein allzu großes Problem gehabt zu haben – zumindest hatte er sich dazu bisher noch nicht geäußert. Er erkannte wohl, was für ein hohes Sprungbrett Robert de Limo für Thomas' Karriere bedeuten könnte.

Thomas seufzte leise, als er bemerkte, dass Keira ihn neugierig musterte. Zum ersten Mal schoss ihr durch den Kopf, dass er sich vielleicht davor fürchtete, sich dieses Mal zwischen ihr und seinem Beruf entscheiden zu müssen. Keira würde ihm in seiner Liebe zur Schauspielerei niemals im Weg stehen, das hatte sie ihm geschworen – und doch kostete es sie im Augenblick all ihre Überwindungskraft, nicht aufzuspringen und von diesem Tisch zu stürmen.

War, was er ihr zumutete, das Leiden wert? Hatte er es sich mit ihr an seiner Seite zu einfach vorgestellt, seine Karriere und seine Beziehung unter einen Hut zu bekommen, ohne dass das eine unter dem anderen litt?

Mit einem Mal stellte sie sich so viele Fragen, dass ihr der Kopf zu brummen begann, und dabei half der viele Sekt, den sie bereits getrunken hatte, auch nicht wirklich. Schon die ganze Zeit sprachen sie kaum ein Wort miteinander – und obwohl sie wusste, dass Thomas ihr ihren Freiraum geben wollte, fürchtete sie sich vor dem

Entschluss, zu dem sie schließlich kommen würde. Erst musste er eine Möglichkeit bekommen, sich mit ihr auszusprechen. Im Moment nämlich kam es ihr so vor, als würden sie aneinander vorbeireden.

Audrey spießte mit ihrer Gabel in aller Ruhe eine Cocktailtomate auf ihrem spärlich gefüllten Teller auf. Sie verdrehte die Augen, als sie bemerkte, wie sie der halbe Tisch anstarrte, als wären ihr zwei zusätzliche Köpfe gewachsen.

»Seht mich nicht so an. Ich sage bloß, wie es ist. Ihr habt ja so Recht. Sobald dieser Film in den Kinos anläuft, wird sich niemand mehr daran erinnern, dass Thomas mir fremdgegangen ist. Jeder wird sich nur für die Handlung des Films und nicht für die Schauspieler interessieren und wir werden auch ganz bestimmt einen Oscar dafür gewinnen. Schön wär's ja.« Die Brünette verdrehte erneut die Augen – und es war ausgerechnet Maggie, die ihr gegenübersaß und mitfühlend das Gesicht verzog, als könnte sie die Brünette trotz ihrer herrischen Art, die sie auch ganz ohne ihren Hass auf Keira an den Tag legte, irgendwie nachvollziehen. Nun würde Natalie sie ganz bestimmt nicht mehr zu ihrem Junggesellinnenabschied in Paris einladen.

Robert hob mahnend eine Augenbraue und stellte sein Bierglas so langsam ab, dass Keira die Sekunden hätte zählen können. Er stützte seinen rechten Ellbogen auf der Stuhllehne ab und massierte sich mit den Fingern die Schläfe. »Komm schon, Audrey, lass es gut sein. Wir sind heute zum Feiern hier … und nicht, um dich zu bemitleiden«, fügte er so leise hinzu, dass es außer Thomas und Keira, die direkt neben ihm saßen, niemand hören konnte.

»Ach, wirklich? Und bin ich das auch? Wisst ihr eigentlich, wie sich das anfühlt, wenn sich hier mir gegenüber alle so verhalten, als hätte ich die Pest? Warum sehen wir der Sache nicht ins Auge? Ihr alle tänzelt um mich herum, als wäre ich eine Handgranate, die jeden Augenblick explodieren könnte, dich eingeschlossen, Keira. Tom hat mich mit dir betrogen und das war irgendwann vorauszusehen, oder etwa nicht? Ich hätte ihn sowieso nicht Schluss machen lassen.«

Keira stieß getroffen die Luft aus. *Es ist an der Zeit, dass du das endlich zugibst,* dachte sie zerknirscht. Zu einer Aussprache zwischen ihnen war es schließlich trotz Thomas' unermüdlicher Versuche, die Sache wieder in Ordnung zu bringen, nie gekommen und genauso wenig hatten sich die beiden Frauen jemals beieinander entschuldigt. Sie konnte sich nicht beklagen und behaupten, sie würde es bereuen – auch wenn sie sich jetzt wünschte, ihnen würden dabei nicht mindestens ein Dutzend fremder Leute dabei zusehen und das Gespräch gespannt und ohne Scham belauschen.

»Aber es hat dich trotzdem verletzt«, erwiderte Keira mutig. »Du wusstest, eure Beziehung hat keine Zukunft und du warst trotzdem verletzt.« *Und das tut mir leid. Egal, wie sehr ich dir ins Gesicht spucken möchte. Egal, wie sehr ich mir gewünscht hatte, dir niemals wieder unter die Augen treten zu müssen und egal, wie sehr ich hasse, was du mit Thomas und mir gemacht hast.*

»Natürlich war ich verletzt! Tom und ich waren das Vorzeigepaar in Hollywood.« Sie machte eine kurze Pause und sah zu Thomas. Ihre Lippen verzogen sich zu einem hämischen Lächeln. »Ich werde sowieso niemals verstehen, warum du sie mir vorziehst. Aber das kann mir ja jetzt auch egal sein. Ich habe Bryan.«

Roger hüstelte und nippte an seinem Bier. Seine liebgemeinten Versuche, den Rest der Crew in ein Gespräch zu verwickeln, um von den Streithähnen abzulenken, scheiterten kläglich. Sämtliche Blicke waren starr auf Keira, Audrey und Thomas geheftet. Bestimmt interessierte sich inzwischen kein Mensch mehr für die Handlung des Charlotte Vesten Romans – das hier war viel spannender.

»Tja, du klingst nicht sehr überzeugt«, warf Natalie stirnrunzelnd ein.

Audrey schnaubte und kniff ihre stark geschminkten Augen zusammen. »Was weißt du schon?«

»Ich beginne daran zu zweifeln, dass es diesen mysteriösen Bryan überhaupt gibt.«

»Natürlich gibt es ihn! Er ist berühmt. Ein berühmter Indie-Sänger.«

»In Uruguay vielleicht«, stachelte die Blondine weiter. Keira zog scharf die Luft ein, als sich sogar Roger dazu schaltete.

»Ganz Unrecht hat Natalie nicht. Bevor du mit deiner heimlichen Telefoniererei angefangen hast, wusste kein Mensch etwas von deiner vermeintlichen Beziehung.«

»Weil wir uns dazu entschlossen haben, sie privat zu halten.«

»Du? Du und privat halten? Das glaubst du wohl selbst nicht,« gab Roger zurück.

Verärgert zeigte Audrey mit der Gabel auf Natalie. »Weißt du was? Halt du doch einfach den Mund!«

»Die Einzige, die endlich den Mund halten sollte, bist du! Du hast Keira seit ihrer Ankunft wie Dreck behandelt. Dein passiv-aggressives Verhalten kotzt mich so an. Gib es doch einfach zu.«

»Ach was? Etwa, dass mit Tom vor der Kamera zu turteln der perfekte Vorwand war, ihm wieder näherzukommen?«

»Also wirklich? Das war die ganze Zeit der Plan?«, unterbrach Keira sie mit schriller Stimme. »Wolltest du diese Rolle bloß, um Thomas und mir wehzutun?«

»Nein«, gab sie zugleich empört und schnippisch zurück. »Das war es nicht. Ich wollte diese Rolle wirklich und ich habe mich am Anfang auch wirklich auf den Dreh gefreut. Robert und ich haben uns auf einer Benefizveranstaltung kennengelernt und ich habe die Gelegenheit beim Schopf gepackt. Er hat zugestimmt. Ich habe weder jemanden manipuliert noch bestochen, um heute hier zu sein. Und seien wir mal ehrlich – genau das denkt ihr doch alle, oder?«

»Seit wann geht *sie* auf Benefizveranstaltungen?«, murmelte Natalie unbeeindruckt in sich hinein.

Keira zuckte kaum merklich mit den Schultern. Sie war viel zu aufgewühlt, um jetzt über so etwas nachzudenken. Eine plausible Erklärung wäre lediglich, dass Audreys PR-Leute es von Vorteil gehalten hatten, sich bei Wohltätigkeitsevents ablichten zu lassen, um ihr kaputtes Image wieder zu flicken. Im Endeffekt war nachzuvollziehen, dass schließlich nicht nur Thomas an ihren Lügengeschichten und all den Artikeln in den Zeitschriften gelitten hatte.

»Weißt du, ich habe dich nicht angelogen, als ich meinte, dass ich Tom nicht mehr will. Nicht, seit ich Bryan kenne. Aber weißt du was? Es ging mir *beschissen*, Keira. Ich habe mich wochenlang zuhause verkrochen und geheult. Ja, ihr habt richtig gehört. Es hat mindestens einen Monat gedauert, bis ich mich wieder in die Öffentlichkeit getraut habe!«

Thomas' Kopf fuhr ruckartig in ihre Richtung. »Einen Teil davon hast du dir selbst zuzuschreiben. Mit dem, was auf dem Polizeirevier passiert ist, hast du dich von ganz allein ins Aus geschossen und zur Zielscheibe der Journalisten gemacht.«

Keiras Unterlippe zitterte. Ihr Herz pochte, als stünde sie kurz vor einer wilden Achterbahnfahrt. Sie schämte sich, auch nur eine einzige Sekunde lang geglaubt zu haben, er würde ihr nicht den Rücken decken und sie schützen.

»Ich war noch nicht fertig! Ich habe dich vermisst, Tom. Jeden verdammten Tag. Ich habe angefangen, mich für deine Arbeit zu interessieren und wollte es mit der Schauspielerei probieren, weil ich mich dadurch gefühlt habe, als sei es nicht vorbei. Als hätte ich … dich immer noch bei mir.« Audreys Stimme brach. Sie schüttelte vehement den Kopf, als würde sie gegen Tränen ankämpfen.

»Das mit Robert war reiner Zufall, das kann ich dir schwören. Aber es war perfekt. Robert erzählte mir, dass er dich für die Rolle haben wollte, und ich war mir sicher, dass du das Angebot nicht ausschlagen würdest. Selbst ich wusste, wie sehr du seine Filme vergötterst. Wochenlang hatte ich gehofft, dass ich noch eine Chance bei dir bekäme, und ich habe nachts stundenlang wachgelegen, um darüber nachzudenken, was ich hätte anders machen können, damit du bei mir geblieben wärst.« Audrey zuckte mit den Schultern. »Außerdem … meine Rache wäre perfekt gewesen, wenn ich dich dazu gebracht hätte, Keira mit mir zu betrügen. Eine Hand wäscht die andere, nicht wahr? Die Idee mit der Anzeige war clever, aber es war nicht einmal ansatzweise so schmerzhaft wie das, was ich durchmachen musste. Ich wollte es dir heimzahlen, Keira, und das will ich immer noch. Ich wollte, dass du genauso leidest wie ich. Aber inzwischen interessiert mich Thomas in etwa genauso viel wie ein Kaugummi, der an meiner Schuhsohle klebt.«

Keira klappte den Mund zu. Audrey fuchtelte wie wild mit ihrer Gabel herum. Sie schimmerte leicht unter dem grellen Licht der LEDs und den bunten Lichterketten über ihren Köpfen.

»Ich habe Bryan getroffen und wir haben uns verliebt. So schnell, dass es mir beinahe Angst gemacht hat. Aber wieso nicht trotzdem zwei Fliegen mit einer Klappe schlagen? Meinst du denn, ich wollte auf mir sitzen lassen, dass ich euretwegen einen Monat lang wie ein Häufchen Elend in meinem Haus herumgekauert habe? Dass ich vor meinem Weihnachtsbaum gesessen und mir von Santa gewünscht habe, ich wäre nicht allein? Meine Familie wäre zu dem Zeitpunkt dazu bereit gewesen, dir dafür höchstpersönlich den Hals umzudrehen, Tom. Du hattest bloß Glück, dass wir in Malta leben.« Sie schnappte gierig nach Luft. »Soll ich es dir gestehen? Ich habe versucht, dich dazu zu bringen, Keira für mich sitzen zu lassen, nur um dich dann selbst abzuservieren.«

Am Tisch wurde es mit einem Mal mucksmäuschenstill. Niemand rührte sich. Niemand wagte, laut zu atmen. Robert war der Erste, der sich mit leerem Blick nachdenklich den Bart rieb, als wäre er soeben zu einem Entschluss gekommen.

Keira bemerkte eine Träne, wie sie lautlos auf die Serviette in ihrem Schoß getropft war, und sie erkannte mit Abscheu und Bedauern zugleich, dass Audrey inzwischen Sturzbäche weinte und ihr Make-up vollends ruinierte. Erwartungsvoll blickte die Tänzerin Thomas an, als hoffte sie, er würde ihr ihren grauenhaften Racheakt verzeihen. Doch sein Blick war eiskalt, als Keira das Gesicht zu ihm wandte.

»Du *sagst* zwar, dass du mich zu Beginn zurückwolltest, aber du warst trotzdem dazu bereit, Keira – und damit auch mir – wehzutun. Hörst du dir überhaupt zu, Audrey?« Thomas' Stimme zitterte vor Wut.

Keira ließ die Schultern hängen. Sämtlicher Argwohn war mit einem Schlag aus ihrem Körper geflossen. Sie hatte keine Energie mehr, sie noch länger wutentbrannt anzuschreien. »Es tut mir *leid*, Audrey, wirklich«, begann sie also scharf. »Alles – und ich hätte mich wohl schon vor langer Zeit bei dir entschuldigen sollen. Aber wir haben beide die stumme Übereinkunft getroffen, einander nie mehr unter die Augen zu treten und dabei hätten wir es auch belassen sollen. Wieso tust du das? Wenn du wirklich so verliebt bist, wie du sagst, dann freu dich über deine neue Beziehung und ich werde versuchen, mich mit dir zu freuen. Es ist an der Zeit, weiterzuziehen.« Sie knirschte mit den Zähnen. Denn anstatt das zu tun, hatte Audrey ihren Hass auf sie geschürt, sie dazu gebracht, einen Streit mit dem Mann auszufechten, den sie so sehr liebte, dass es schmerzte. »Warum glaubst du, dass es dir besser gehen wird, wenn du unsere Beziehung zerstörst? Ich habe auch genug gelitten, Audrey, viele Jahre lang. Du wirst mich nicht zurück in das schwarze Loch stoßen, aus dem Thomas mich gerettet hat.« So offen hatte sie noch nie darüber gesprochen und ihr war wohl bewusst, dass abgesehen von Natalie, Richard und Thomas niemand sonst an diesem Tisch von ihrer Familie und ihren damaligen Geldproblemen wusste.

Sie konnte ihr nicht verzeihen. Wenn Thomas es tat, würde sie das akzeptieren, irgendwann. Doch sie konnte es nicht. Niemals.

Audreys Stimme war leise, als sie ihr antwortete. »Du solltest dir lieber Sorgen darüber machen, dass es früher oder später *funktioniert* hätte.« Blitzartig sprang sie auf und hechtete auf ihren viel zu hohen High Heels durch das nasse Gras zu den Trailern, bis sie schließlich außer Sichtweite verschwand.

Wie auf Kommando atmeten alle Anwesenden aus. Keira tupfte sich mit der Serviette in ihrem Schoß die nassen Wangen trocken. Es waren nur ein paar Tränen gewesen, die sie nicht mehr hatte zurückhalten können. Vielmehr Tränen der Wut und der Enttäuschung als Tränen der Trauer. Natalie nahm sie dennoch in die Arme. Damit kam sie Thomas bloß eine Sekunde zuvor, der sich stattdessen damit begnügte, Keiras Hand in die seinen zu nehmen.

»Komm schon, wir verschwinden auch«, bestimmte die Blondine kaum hörbar. »Zu viel Publikum. Die haben schon genug mitbekommen.«

Nichts lieber als das. Wenn es eine Formel für Unsichtbarkeit gäbe, hätte sie jetzt gerne davon Gebrauch gemacht, um sich den neugierigen Blicken der Crew zu entziehen. Niemand hinderte sie daran, als sie aufstanden und Natalie sich mit ein paar nonchalanten Worten entschuldigte. Niemand widersprach, bis auf Robert.

»Tom? Kann ich dich kurz unter vier Augen sprechen?«

Keira sah flehend zu ihm auf. Nicht jetzt. Was konnte gerade wichtiger sein als das hier? Seine Rolle und der Film, dessen Produktion wohl gerade an einem seidenen Faden über einem Abgrund hing? Thomas erwiderte ihren Blick. In seinen blauen Augen schwammen die gleichen gequälten Tränen wie in ihren eigenen, doch er rührte sich nicht vom Fleck.

Keira machte auf dem Absatz kehrt, als er keine weiteren Anstalten machte, ihr zu folgen, und dem Regisseur stattdessen erlaubte, ihm sachte eine Hand auf die Schulter zu legen, damit er ihm Gehör schenkte.

»Es tut mir aufrichtig leid. Ich hoffe, das kommt wieder in Ordnung.«

»Das wird es. Das muss es. Robert, es tut mir leid, aber ich muss zu ihr.«

»Ich weiß. Gib mir eine Minute. Es ist wirklich wichtig.«

Keira seufzte. Wichtiger als seine Beziehung zu retten? *Wohl kaum.*

KAPITEL 19

Keira

»Tee?«

Ein vages Kopfschütteln war Keiras Antwort. Natalie seufzte vielsagend. Keira starrte seit geschlagenen zehn Minuten mit starrem und leerem Blick Löcher in die Luft. Natalie runzelte die Stirn, als sie nicht einmal auf ihr zartes Stupsen hin reagierte.

»Worüber denkst du nach? Rede mit mir, Keira. Du machst mir Angst, Süße.«

»Ich denke darüber nach, dass du und Richard allein nach Paris fahren werdet.«

Natalie zuckte zurück, als hätte Keira ihr ins Gesicht gespuckt. »Was meinst du damit?«

»Ich meine, ich will nachhause.«

»Du fliegst zurück nach England? Schon jetzt?«

»Ich halte das nicht länger aus. Nicht mit Audrey hier am Set.«

Blinzelnd riss Keira ihren Blick von der grauen Wand los und fand Richards mitfühlenden Blick auf ihr ruhen. Ihre Augen brannten mittlerweile von ungeweinten Tränen. »Tut mir übrigens leid wegen deiner Manschettenknöpfe.«

Er schüttelte beschwichtigend den Kopf. »Vergiss die Manschettenknöpfe. Wenn du wirklich abreisen willst, bringe ich dich gerne höchstpersönlich zum Flughafen.«

»Danke. Aber ich bin mir sicher, Rio wird sich darum kümmern. Ich will euch euer Hochzeitsgeschenk nicht verderben.«

»Keira. Das machst du höchstens, indem du einfach abhaust. Wenn du gehst, dann gehen wir auch«, fügte Natalie hinzu.

Richard verzog das Gesicht. Ganz offensichtlich schien er mit dem Kompromiss seiner Verlobten nicht allzu einverstanden, stimmte ihr aber dennoch mit einem Nicken zu.

Keira schniefte. »Nein. Ihr bleibt hier und verbringt ein schönes Wochenende in Paris, darauf bestehe ich. Thomas und ich holen das nach. Irgendwann.«

»Das kannst du vergessen. Wir kommen mit dir. Glaubst du, er ist noch bei Robert?«

»Ich denke schon.«

»Ich werde ihm noch die Eier langziehen«, grummelte Natalie in sich hinein.

Keira hätte gelacht, wenn sie nicht dabei gewesen wäre, in ihren Tränen zu ertrinken. Angewidert rieb sie sich über die Wange, sodass auf ihrer Handfläche ein schwarzer Streifen zurückblieb. Ihr Make-up war komplett verlaufen. Sie musste aussehen wie ein Zombie, der gerade aus seinem Grab gekrochen war; und das Kleid an ihrem Körper fühlte sich mit einem Mal viel zu eng an. Sie wollte sich in einen von Thomas' Pullovern kuscheln, sich die Bettdecke über den Kopf ziehen und so tun, als ob nichts von alledem passiert war.

»Ich sollte mich schlafen legen, ich fühle mich furchtbar«, gab sie mit einem letzten trockenen Schluchzen zu und stand mit zittrigen Knien auf. Hoffentlich würden sie sie bis zu Thomas' Trailer zurücktragen, ohne dass sie zusammenbrach. In ihrem jetzigen Zustand erwartete sie von ihrem erschöpften Körper das Schlimmste.

»Ist gut, Süße. Schlaf gut. Morgen sieht die Welt wieder ganz anders aus.«

Carol hatte Thomas vor nicht allzu langer Zeit homöopathische Beruhigungstropfen geschenkt, die er einnehmen sollte, wenn ihm der Stress zu viel wurde. Seither verstaubten sie hinten in dem tragbaren Medizinschränkchen, das er auf Reisen immer bei sich trug. Der Schauspieler glaubte nicht wirklich an Medizin, deren Wirkung nicht wissenschaftlich erwiesen und getestet worden war. Im Gegensatz zu ihm war Keira heute Abend aber gewillt, es zumindest zu versuchen, solange sie ihr beim Einschlafen halfen.

Wie erwartet – und entgegen ihren Hoffnungen – fand sie Thomas' Trailer verlassen vor. Rasch schälte sie sich aus ihrem Kleid und ließ einen kleinen Berg an Abschminktüchern auf dem Küchentisch zurück, ehe sie sich splitternackt in Thomas' zerknülltes T-Shirt hüllte, das er auf die Sitzbank geworfen hatte, und kramte daraufhin in dem kleinen Medizinschränkchen, bis sie fündig wurde. Vierzehn Tropfen sollten ausreichen.

Danach legte sie sich mit einer Packung Taschentücher in das ungemachte Bett und wusste in dem Moment, wo ihr Kopf das Kissen berührte, dass sie erst einschlafen würde, wenn Thomas wieder bei ihr war.

Aber er kam nicht.

∗∗∗

Am nächsten Morgen wachte Keira mit einem fahlen Geschmack im Mund auf. Die Beruhigungstropfen hatten einen bitteren Nachgeschmack auf ihrer Zunge hinterlassen, außerdem hatte sie in ihrer Trauer und dem Selbstmitleid gestern vergessen, sich die Zähne zu putzen. Irritiert schlug sie die Augen auf. Ihr verschlafener Blick fand den kleinen Wecker, den Thomas in Ermangelung eines Nachtschränkchens in seinem platzarmen Trailer auf der Küchentheke abgestellt hatte. Es war bereits halb zwölf mittags.

Erschrocken fuhr sie hoch, was dem noch dösenden Schauspieler neben ihr ein Murren entlockte. Sie hatte keine Erinnerung mehr daran, dass er sich zu ihr gelegt hatte, also musste sie dank der Beruhigungstropfen gestern wohl doch noch eingeschlafen sein – und zwar so gut, dass sie den ganzen Vormittag versäumt hatte.

»Thomas! Scheiße, Thomas, wach auf, du kommst zu spät zum Dreh!« Energisch packte sie ihn am nackten Oberarm und schüttelte ihn, bis er schlaftrunken die Augen aufschlug. »Wo ist Rio, warum hat er dich nicht geweckt?«

Was gestern Abend passiert war, spielte zunächst gar keine Rolle. Thomas' Aufgabe an diesem Filmset hatte oberste Priorität und sie würde nicht dabei zusehen, wie er die Chance, auf die er so lange gewartet hatte, wegen ihres dummen Streits verspielte.

»Keira … Keira! Hör auf … der Dreh findet nicht statt. Leg dich wieder hin.«

Keira runzelte die Stirn. »Wie meinst du das, der Dreh findet nicht statt? Was ist passiert?« Schlagartig erinnerte sie sich daran, wie dringend Robert gestern mit Thomas hatte sprechen wollen. Doch gerade, als der Schauspieler sich im Bett aufsetzte und müde das Gesicht in den Händen vergrub, klopfte es an der Tür.

»Ich bin nicht angezogen«, teilte Keira ihm leise mit.

»Ich mache auf. Nimm meinen Bademantel, er hängt an der Innenseite der Badezimmertür.« Thomas' Stimme war warm und abwesend zur gleichen Zeit. Ihm war anzusehen, wie sehr ihn die Entwicklung jüngster Ereignisse mitgenommen hatte.

Sie kam seiner Aufforderung nach und traf wenige Sekunden später in Thomas' Bademantel gehüllt auf Robert selbst. Abwartend lehnte er an der Küchentheke. Sein ernster und betroffener Gesichtsausdruck sprach Bände. Thomas stand mit verschränkten Armen und nur mit seinen Boxershorts bekleidet neben ihm.

»Guten Morgen, Keira.«

»Morgen …«, erwiderte sie skeptisch.

»Ich muss mich wegen gestern Abend bei dir entschuldigen. Ich hätte niemals gedacht, dass die Sache mit Audrey so ausarten würde.«

»Schon gut. Es ist nicht deine Schuld.« *Bis auf die Tat-*

sache, dass du mir Thomas weggeschnappt hast, als ich ihn am drin-
gendsten gebraucht habe, fügte sie stumm hinzu.

»Bis zu einem gewissen Grad ... wohl doch und ich finde, du solltest das auch erfahren. Tom und ich haben uns gestern noch lange unterhalten.«

Robert warf Thomas einen flüchtigen Blick zu. Dessen Schwiegen animierte ihn wohl dazu, weiterzusprechen.

»Ich wollte Audrey für diese Rolle, weil die Chemie zwischen den beiden stimmt. Da war so eine Spannung ... die hat mich unglaublich fasziniert. Ich dachte, das könnten wir uns, unabhängig von ihrer gescheiterten Beziehung, für den Dreh zunutze machen. Wie es aussieht, kann man auch mit fünfzig noch naiv genug sein, um zu glauben, dass es dabei keinerlei Komplikationen geben würde.« Peinlich berührt rieb er sich den Nacken und kräuselte die Lippen. »Der Dreh wurde für heute erst einmal auf Eis gelegt. Ich hatte viel Zeit, um gründlich darüber nachzudenken und ... ich bin zu dem Entschluss gekommen, Audrey aus der Produktion zu schmeißen.«

»Wie bitte?« Entsetzt machte Thomas einen Schritt nach vorne. Keiras Mund fühlte sich zu trocken an, um irgendwie verbal auf seine folgenschwere Entscheidung zu reagieren.

»Ja. Dass die Medien sich eure Liebelei zunutze machen würden, um über die Verfilmung des Romans zu schreiben, war sowohl mir als auch den Produzenten klar und wir waren dem Projekt zuliebe dazu bereit, die Artikel und Gerüchte in Kauf zu nehmen und die Aufmerksamkeit für uns zu nutzen. Das ist nicht der Grund, warum wir jetzt die Reißleine ziehen.« Er hielt kurz inne, um seine Worte sacken zu lassen. Sie beide hingen wie gebannt an seinen Lippen. »Die Sache ist zu sehr aus dem Ruder gelaufen. Audrey sorgt für zu viel schlechte Publicity für den Film als erwartet. Das bezieht einen Ruf mit ein, mit dem weder ich noch die Filmstudios, mit denen ich seit Jahren zusammenarbeite, in Verbindung gebracht werden dürfen.«

»Darüber haben wir uns gestern unterhalten, Keira«, erklärte Thomas ihr mit ruhiger Stimme. Robert nickte.

»Das Fass zum Überlaufen hat allerdings erst der Anruf der Produktionsfirma heute Morgen gebracht. Der Artikel, der in *The Knight* erschienen ist, war nichts weiter als vages Nachgeplapper vom *The Moonlight*-Magazin, das, wie du sicher weißt, für seine Lügengeschichten und falschen Gerüchte schon lange bekannt ist. Audrey hat einen Reporter, der für das Magazin arbeitet, Mitte März kontaktiert. Kurz nachdem sie erfahren hat, dass du Tom am Set besuchen kommen würdest.«

Keira wurde ganz flau im Magen. Also hatte Audrey doch versucht, Thomas' Traumrolle zu sabotieren – einzig und allein ihretwegen.

»Der Reporter hat geplaudert und wie es scheint, war er nicht der Einzige, mit dem sie über eure Beziehung zu sprechen gedachte. Also muss ich fürs Erste schweren Herzens einen Schlussstrich ziehen.«

Thomas verzog keine Miene. Einen Augenblick lang presste er fest die Lippen aufeinander. »Einen Schlussstrich ziehen?«, wiederholte er vorsichtig.

Keira blickte noch immer stumm zwischen den beiden hin und her, als würden sie Tennis miteinander spielen.

»Der Dreh wird fürs Erste abgebrochen, Tom. Wir brauchen eine Neubesetzung für Audreys Figur und müssen jetzt erst einmal dafür sorgen, das ganze Drama unter den Teppich zu kehren, bis sich das Interesse der Presse im Sand verläuft. Charlotte Vestens Agent war außer sich vor Wut.« Das kam sowohl Keira als auch Thomas bekannt vor. Sie wollte sich gar nicht erst ausmalen, wie Nick sich zu der unglücklichen Entwicklung jüngster Ereignisse äußern würde. Aber vor allem bedeutete das, dass Thomas' Traum in dieser Sekunde wie eine Seifenblase geplatzt war.

Keira hätte sich nach den vielen Heulattacken die letzten zwei Tage darüber gewundert, wie sich schon wieder Nachschub in ihren Augen bilden konnte und ihr die Sicht verschleierte, wenn sie um Thomas' Willen nicht so erschüttert gewesen wäre. Vor nur wenigen Stunden hatte sie Natalie schweren Herzens mitgeteilt, dass sie Frankreich lieber verlassen und nachhause zurückkehren würde, anstatt noch mehr Zeit mit Audrey und einem Haufen pflichtbewusster Crewmitglieder zu verbringen. Jetzt bereute sie, diese Worte überhaupt erst in den Mund genommen zu haben, schämte sich dafür, mit dem scheußlichen Gedanken gespielt zu haben.

»Es tut mir wirklich leid, Tom. Ich habe selten mit jemandem gearbeitet, der mit einer solchen Hingabe bei der Sache ist wie du. Aber ich fürchte, wir haben momentan keine andere Wahl. Wir bleiben in Kontakt. Du und Keira, und Natalie und Richard natürlich, ihr dürft heute noch abreisen, wenn ihr wollt. Die Produktionsfirma übernimmt selbstverständlich eure Flugkosten und was sonst noch alles anfällt. Deinen Agenten haben wir bereits kontaktiert.«

Er klopfte Thomas freundschaftlich auf die Schulter, die Lippen zu einer schmalen Linie zusammengepresst.

Thomas' Nasenflügel blähten sich wie die eines Bullen kurz vor dem Angriff auf. »Ruf an, sobald es Neuigkeiten gibt. Ich helfe, wo ich kann. Gib Rio bitte Bescheid, damit er uns Flugtickets organisiert«, antwortete er dennoch ausgesprochen ruhig.

»Er ist schon dabei. Bis bald, Tom. Lass den Kopf nicht hängen, wir werden diesen Film schon noch in die Kinos bringen.« Robert hielt kurz inne. Sein Blick fand Keiras. »Keira. Es hat mich wirklich gefreut, deine Bekanntschaft zu machen. Viel Erfolg bei deinem Studium. Wir sehen uns bestimmt bald wieder.«

Keiras Mundwinkel zuckten in dem schwachen Versuch, sich für den Regisseur ein Lächeln abzuringen.

Er tauchte den Trailer in dämmriges Licht, als er die Tür beim Hinausgehen ungewollt einen Spalt offenließ. Thomas stieß sie mit sanfter Gewalt zu. Keiner der beiden sprach.

»Ich wollte nachhause fliegen«, brach sie die Stille nach einer quälend langsamen und energiegeladenen Sekunde.

»Das kann ich dir nach gestern nicht verübeln, mein Engel.«

»Ja, aber … ich wollte doch nicht … ich wollte nie …«

Thomas nickte abwinkend. Überhaupt schien das Nicken in letzter Zeit ihre bevorzugte Form der Kommunikation zu sein. Schwer schnaufend vergrub er das Gesicht in den Händen und ließ einige weitere, leise Sekunden verstreichen.

»Komm. Lass uns packen. Es hat ja keinen Sinn, noch länger hier herumzusitzen und auf ein Wunder zu warten«, sagte er bitter. Ihrem befangenen Blick ausweichend drängte er sich an ihr vorbei Richtung Badezimmer. Dann blieb er plötzlich wie angewurzelt neben ihr stehen. Thomas drückte Keira so stürmisch an sich, dass sie gegen seine Brust prallte. Eine ganze Weile lang blieben sie einfach so stehen und umarmten einander und Keira wusste in diesem Augenblick, dass sie Thomas vergeben hatte.

KAPITEL 20

Thomas

Er musste sich bei ihr entschuldigen. Es war nicht notwendig, um sie zu besänftigen. Seit sie mit Richard, Natalie und Rio zum Flughafen aufgebrochen waren, hatte sie sich nahezu ununterbrochen an ihn geschmiegt. Aber er hatte Keira vor den Kopf gestoßen und ihr, in einem Rausch von Naivität und Ignoranz, nicht geglaubt, was sich direkt vor seinen Augen abgespielt hatte. Eine Entschuldigung lag ihm am Herzen. Er hätte Keira in der Sache ernst nehmen sollen, von Anfang an. Er war so unfassbar dumm gewesen zu glauben, dass seine Exfreundin sich gebessert hatte. Am liebsten hätte er sich selbst eine gescheuert, wenn auch nur, um sich von dem dumpfen Schmerz in seiner Brust abzulenken.

Seine Planlosigkeit erdrückte ihn, schnürte ihm die Luft ab. Nick hatte nach Absprache mit Jonathan und seinen beiden PR-Agenten auf seine Bitten hin sämtliche Interviewanfragen für die nächsten Wochen im Voraus abgelehnt. Erfahrungsgemäß würde die Presse früher oder später sowieso erfahren, dass es beim Dreh des Films, von dem er immer geträumt hatte, zu so schwerwiegenden Komplikationen gekommen war, dass dieser hatte abgebrochen werden müssen – spätestens dann, wenn sich der Erscheinungstermin sowie eine voraussichtliche Premiere in London sichtlich weit nach hinten verschob. Und wenn es im Moment auch nur eine Sache gab, auf die er gerne verzichten würde, dann war es das, sich mit wildfremden Journalisten darüber zu unterhalten, wie enttäuscht er war oder noch viel schlimmer, sein Misslingen mit einem gefälschten charmanten Lächeln und auswendig gelernten Worten des Trosts überspielen zu müssen.

Keira verdiente, dass er sich jetzt eine Auszeit von seinem Beruf nahm, um für sie da zu sein und zu reparieren, was sie in Frankreich kaputt gemacht hatten.

Das letzte Mal, dass er sich so dreckig gefühlt hatte, hatte er seine eigenen Eltern während seiner durchtriebenen Zeit als Teenager als Rabeneltern bezeichnet, weil er sich so missverstanden gefühlt hatte. Sein Bruder Carter hatte ihm die Hölle heiß gemacht und ihm im wahrsten Sinne des Wortes einen Tritt in den Hintern verpasst. Nun war er selbst derjenige, der diesen Part für sein Verhalten übernehmen musste, und er würde sofort bemüht damit anfangen, sobald sie in England gelandet waren.

Kaum hatten sie sich ins Flugzeug gesetzt, war Keira an seine Schulter gelehnt vor Erschöpfung eingeschlafen. Am liebsten wäre er ihr für ein paar Stunden ins Land der Träume gefolgt.

Für die Sicherheitsvorkehrungen interessierte er sich beherzt wenig, so oft, wie er bereits geflogen war. Sein Handy, das soeben in seiner Tasche vibrierte, machte ihm viel eher einen Strich durch die Rechnung, nachdem er sich nach hinten gelehnt und den Schlaf herbeisehnend die Augen geschlossen hatte. Auf dem Display leuchtete der Name einer seiner PR-Agenten auf.

»Elias, jetzt ist wirklich kein guter Zeitpunkt. Außerdem heben wir gleich ab.«

»Das kann ich mir vorstellen. Tut mir leid wegen des Drehs. Aber hör mir jetzt bitte zu, Tom. Halte Keira die nächste Zeit von den Medien fern. Damit meine ich, verhaltet euch ruhig und mischt euch nicht zu sehr unter die Leute, um Paparazzi zu vermeiden.«

»Falls du den Artikel meinst, den *The Moonlight* veröffentlicht hat, den haben wir bereits gelesen. Ich habe es zumindest.«

Er war vor ein paar Tagen nachts darauf gestoßen, nachdem Keira eingeschlafen und er in die Küche gewandert war, weil er gehofft hatte, ein Glas warme Milch würde ihm helfen, sein Gemüt zu beruhigen. In der Regel wusste er es besser, als diesen billigen Schmierblättern Glauben zu schenken. Dass die Journalisten früher oder später über Robert de Limos Schauspielerwahl herziehen würden, war ihnen ohnehin klar gewesen. Dennoch hatte ihn der Artikel wie ein spitzer Pfeil mitten ins Herz getroffen – vor allem, da sich Robert selbst bis zu dem Abend seiner Geburtstagsparty nicht um die negativ gepolte Aufmerksamkeit geschert zu haben schien.

Bis zu diesem Zeitpunkt hatte Thomas trotz all des Chaos vollkommen – und vielleicht sogar bewusst – ausgeblendet, welche Auswirkungen die Artikel und Gerüchte auf sein neuestes Filmprojekt, und viel wichtiger noch, auf Keira haben würden. Er hatte die roten, fetten und grell blinkenden Warnzeichen ignoriert, auf die Elias und Hamley ihn aufmerksam machen wollten. Verdammt nochmal, er hatte wirklich Mist gebaut.

»Nein. Den … habe ich damit nicht gemeint …«

Keira stöhnte leise im Schlaf, als Thomas sich neben ihr auf seinem Sitz kerzengerade aufrichtete und verkrampfte. »Elias, was ist los?«

»Es ist nicht allzu schlimm, aber … Hör zu, Keiras Familie hat aus dem Nähkästchen geplaudert. Ihr leiblicher Vater und seine Freundin verbreiten die unsinnigsten Tatsachen über sie und die billigen Klatschblätter saugen ihre Worte auf wie alte Putzschwämme. Hier, hör zu: ›*Keira war schon immer gierig und völlig skrupellos. Kein Wunder, dass sie sich jetzt den armen Tom Atberry unter den Nagel gerissen hat. Glauben Sie mir, die hat es hundert pro nur auf sein Vermögen und seinen Ruhm abgesehen. Wieso auch sonst sollte sie sich als seine Assistentin ausgeben? Mit ihrem halbherzigen Schulabschluss qualifiziert sie sich nicht einmal als Putzkraft*‹.«

Thomas schluckte unbehaglich. Das war nicht gut. Das war überhaupt nicht gut.

»Sie erwähnen mit keinem Wort das Gericht«, erwiderte er trocken.

»Na ja, weil sie den Prozess verloren haben.«

Mitfühlend blickte er auf die schlafende Frau an seiner Seite herab. Als hätten sie im Moment nicht schon genug Probleme. War denn jetzt die ganze Welt gegen sie?

Wut brodelte in seiner Magengrube und beförderte beinahe das belegte Brötchen und die Chips, die er am Flughafen mit Keira verdrückt hatte, wieder zurück in seine Speiseröhre.

»Verdammte Scheiße noch eins.«

Die Augen der Stewardess, die soeben mit einer Schwimmweste und einem losen Sicherheitsgurt in den Händen an ihnen vorbeimarschierte, weiteten sich leicht. Thomas schenkte ihr ein entwaffnendes Lächeln.

»Mr. Atberry, dürften wir Sie bitten, Ihr Telefon jetzt in den Flugmodus zu schalten? Wir sind schon bereit zum Start.«

»Natürlich, entschuldigen Sie, ich bin sofort fertig.« Er seufzte überfordert in den Hörer und senkte die Stimme. »Kannst du sie anzeigen? Wegen Verleumdung? Rufmord? Irgendwas?«

Elias schnaubte verächtlich. »Das sind Klatschblätter, Tom. Wenn das so einfach wäre, würde in den Zeitungen nie wieder etwas Negatives über dich stehen.«

Zärtlich strich Thomas Keira mit dem Daumen über den Handrücken. Sie hatte im Schlaf seinen linken Unterarm umklammert. Seine eigenen Probleme außen vorgelassen, hatte sie im Augenblick genug Sorgen. Und daran war er nicht ganz unbeteiligt – auch in diesem Fall nicht.

»Schon klar. Kümmere dich um die Sache, bitte. Aber versuch, Keira da rauszuhalten. Wenn es Neuigkeiten gibt, rufst du mich an.«

Der PR-Agent brummte verstehend. »Wirst du's ihr nicht sagen?«

»Doch … Wenn sie es nicht von mir erfährt, dann spätestens von ihrem Bruder oder einer Zeitung oder von

Fans, die sie meinetwegen bedrängen.« Mit klammem Gefühl im Bauch erinnerte er sich daran, wie aufgelöst Keira nach ihrem Treffen mit Mayu und ihrer neugierigen Freundin gewesen war. Er schluckte erneut. »Und sobald das passiert, wird sie sich fragen, ob ich davon wusste und warum ich es ihr verschwiegen habe. Sie war sowieso gerade erst sauer auf mich.«

»Wieso das? Ist am Set noch etwas anderes passiert, von dem ich nicht schon weiß?«

»Das erzähle ich dir, wenn wir gelandet sind. Halt mich auf dem Laufenden. Ich muss jetzt auflegen.«

»Wird gemacht. Guten Flug, Tom.«

Thomas tippte auf den roten Hörer und starrte sein Handy an, als wären ihm acht haarige Beine gewachsen. Natürlich würde er es Keira sagen. Sie hatte ein Recht, es zu erfahren. Aber nicht sofort. Erst sollte sie in Ruhe ausschlafen und Kraft tanken, um diese nächste Hiobsbotschaft zu ertragen. Thomas hoffte bloß, dass er damit nicht noch einmal denselben Fehler begehen würde.

KAPITEL 21

Keira

Keira ließ sich ausreichend Zeit, sich zuhause in London wieder einzuleben. Kaum hatte sie sich von Natalie und Richard verabschiedet und kaum war Audrey nicht mehr in ihrer Nähe, prasselten trotz der immensen Erleichterung, die sie durchströmte, der Druck und Stress ihrer laufenden Uni-Kurse wieder auf sie ein. Nach einer langen und heißen Dusche hatte sie sich, während sie auf Thomas wartete, mit ihrem Notizblock an den Küchentisch gesetzt. Das Ergebnis war ernüchternd. Sie hatte in Frankreich abgesehen von den tollen Fotos der Lichterkettenkonstruktion nicht einmal ansatzweise so viel an ihren Skizzen gearbeitet, wie sie es sich vorgenommen hatte.

Immerhin würde Mayu ihren Anruf nicht vor Ende der Osterferien erwarten. Andererseits … je eher sie die Fertigstellung dieses Projekts hinter sich brachte, desto schneller konnte sie die baldigen Feiertage mit Thomas genießen … das bedeutete, sobald sie ihren Kummer endlich aus der Welt geschaffen hatten.

»Meine Mutter hat angerufen. Sie würde mit Carter, Marissa und der kleinen Jolie Ostern dieses Jahr gerne bei uns verbringen. Wärst du damit einverstanden?«

Jolie war Carters und Marissas Tochter. Letztes Jahr im Juli war die Ehefrau des jüngeren Atberry noch schwanger gewesen, inzwischen musste Jolie also schon ganz schön gewachsen sein.

Thomas schritt mit nur einem blauen Handtuch um die Hüften geschlungen auf sie zu und legte ihr seine Hände auf die Schultern. Sofort verspürte sie eine wohlige Geborgenheit, die sich von ihrem Scheitel bis in ihre Zehenspitzen ausbreitete. Sie hatte gar nicht bemerkt, dass er das Gespräch beendet und sich zu ihr gesellt hatte.

»Natürlich! Ich freue mich. Was ist mit deinem Vater, wirst du ihn auch einladen?«

Thomas presste die Lippen aufeinander. »Vielleicht«, antwortete er. »Aber dann vermutlich erst später, wenn Mum wieder abgereist ist. Du weißt ja, dass die beiden seit ihrer Scheidung nicht so gut aufeinander zu sprechen sind.«

Das wusste sie allerdings. Zu Victoria pflegte Thomas weitaus mehr Kontakt als zu seinem Vater, auch wenn die beiden sich gut verstanden. Aber Thomas' Karriere ließ ohnehin nicht allzu viel Zeit für Familie und Freunde zu, das hatten seine Verwandten schon zu Beginn seines Durchbruchs in der Filmindustrie akzeptieren müssen.

»Vielleicht hat Keith ja auch Zeit, nach England zu kommen?«, schlug er vor.

Keira nickte energisch. »Das wäre schön. Ich könnte für uns kochen und mit Carol einen Karottenkuchen backen.« Mit hingebungsvollem Blick schielte sie hinter sich. »Du hast dich rasiert«, stellte sie amüsiert fest.

Thomas reagierte mit einem kehligen Brummen. Seine Lippen fanden ihre Ohrmuschel und strichen so sanft darüber, dass sie erschauerte.

»Bis die Dreharbeiten weitergehen, sehe ich keinen Grund, ihn zu behalten. Außerdem dürfte ich dich jetzt nicht mehr so kitzeln, wenn ich dich mit der Zunge verwöhne«, fügte er verspielt hinzu, so als wartete er gierig darauf, sie zum Lachen zu bringen.

Keira scheiterte kläglich in dem Versuch, ihr Grinsen zu unterdrücken. Richtig. Der zärtliche Versöhnungssex stand noch aus. Doch nicht heute. Keine Sekunde lang würde sie im Moment abschalten können. Sex war nicht die Lösung.

»Ich bin schon müde … und mir tut der Nacken weh vom Flug. Bleibst du noch etwas auf oder kommst du mit ins Bett?«

Langsam lehnte sich der Schauspieler wieder zurück. Er schien verwundert über ihre indirekte Zurückweisung, nickte dann aber verständnisvoll. »Ich sehe mir noch schnell die … Spätnachrichten an, dann komme ich nach.«

Keira runzelte die Stirn. »Okay.«

Sie spürte seinen Blick heiß in ihrem Nacken, bis sie im Schlafzimmer verschwunden war, ohne sich noch einmal nach ihm umzudrehen.

***

Keira näherte sich dem Café nur ungerne. Sie hätte doch das *Beaning's* vorschlagen sollen, als Mayu ihr anbot, sie wieder – und dieses Mal ohne Publikum – zu treffen. Sie war nur deshalb spontan darauf eingegangen, weil Thomas sie dazu überredet hatte, nachdem Mayu ihr am darauffolgenden Morgen ein paar Fotos von ihren Ideen hatte zukommen lassen. Also hatte er Keira sanft dazu angehalten, gleich nach dem Frühstück zu antworten.

Etwas Positives hatte die Sache jedoch. Thomas hatte sie bei einer Tasse Kaffee nach dem Aufstehen darauf hingewiesen, dass Keiras Telefon zu keinem Zeitpunkt heiß gelaufen war, was bedeuten musste, dass Mayu ihre private Nummer an niemanden weitergegeben hatte. Ein gutes Zeichen, das dafürsprach, ihrer Studienkollegin eine zweite Chance einzuräumen.

Danach hatte Thomas den Kopf gesenkt und so gedankenverloren in seinem Kaffee gerührt, dass Keira befürchtete, er würde einen Schnorchel brauchen. Er wartete. Worauf, wusste Keira nicht so ganz. War es der richtige Zeitpunkt? Die richtigen Worte? Sie hatte Angst davor, selbst den ersten Schritt zu machen.

Ein »Bleibt nicht zu lange weg«, ein »Pass auf dich auf« und ein flüchtiger, aber ehrlicher Abschiedskuss waren fürs Erste allerdings das Einzige gewesen, das sie von ihm bekommen hatte, kurz bevor sie das Penthaus verließ.

Jetzt stand sie mit ihren Unterlagen direkt vor dem Eingang des Cafés, das angeblich Mayus Tante gehörte, und wagte sich mit einem tiefen Atemzug hinein.

Die Tische waren in etwa so vollbesetzt wie der *Starbucks* am Strand Campus des *King's College* in Temple. Das gratis WLAN-Angebot regte unzählige Studenten dazu an, konzentriert auf die Bildschirme ihrer Laptops und Smartphones zu starren, andere unterhielten sich leise. In einer ruhigeren Ecke, die von hohen Topfpflanzen nahezu gänzlich verdeckt wurde, strickte ein älterer Mann mit ergrautem Haar sorglos vor sich hin. Er passte zu der schlichten und altmodischen Inneneinrichtung, die dem viktorianischen Zeitalter Englands alle Ehre machte.

Keira fand Mayu hinter dem Tresen. Ihr geflochtenes Haar hatte sie zu einem schlampigen Knoten zusammengebunden, und auf der purpurroten Arbeitsschürze, die sie über ihrer Kleidung trug, prangten unzählige Flecken, die allem Anschein nach noch gar nicht eingetrocknet waren. Sichtlich gestresst fuhr sie sich mit der Hand über die Stirn.

»Oh, hi Keira! Gib mir eine Sekunde.«

»Ist es gerade schlecht?« Vor den Kopf gestoßen hob sie eine Augenbraue.

»Nein, nein! Es könnte aber durchaus sein, dass ich gerade ein wenig überfordert bin … mit meinem Leben. Ich bin sofort bei dir.« Hastig stellte sie eine volle Kaffeetasse unter die Milchschaummaschine und drückte auf den Knopf. Erst geschah nichts, dann sprühte der Zapfen ein lächerliches Häubchen auf den Kaffee – der Rest war abstoßender Milchschleim, der in der Maschine zurückgeblieben war und den ganzen Kaffee ruinierte.

»Oh Scheiße! Ich kriege hier noch die Krise! Ich pack das einfach nicht allein. Tisch vier will seit einer Viertelstunde zahlen, diese dumme Milchschaummaschine ist schon wieder kaputt und der *Strawberry Cheese Cake*, den zwei Gäste sicher schon vor einer halben Stunde bestellt haben, ist eigentlich auch schon aus!«

»Sie ist nicht kaputt. Dir ist nur die Milch ausgegangen. Wenn du den blauen Knopf an der Seite drückst, öffnet sich die Klappe des Behälters, dann kannst du sie nachfüllen«, stellte Keira mit Ruhe in der Stimme fest. Natalie hatte in ihrem Café die gleiche Milchschaummaschine stehen. Auch Keira war zu Beginn an ihr verzweifelt.

Überrascht blinzelte Mayu sie über den Tresen hinweg an.

»Es ist wirklich nicht schwierig.«

»Entschuldigen Sie? Wenn ich nicht bald zahlen kann, versäume ich meinen Zug!« Ein Mann hob seine Hand direkt hinter Keira. Sein Akzent war schottisch. Mit der anderen Hand klopfte er ungeduldig auf die glatte Oberfläche seines Tisches. Die gebrauchte Papierserviette zierte ein schwarzer Kaffeering, neben welchem seine leere Espressotasse stand.

»Ja, ja, ich komme schon! Tut mir wirklich leid, Sir! Oh, verfluchte Scheiße!« Mayu war Keiras Aufforderung nachgekommen, hatte dabei aber nicht bedacht, die Milchschaummaschine zunächst abzuschalten. Das Resultat war ein weißer Schleimregen, der quer durch die Luft alles vollspritzte, was sich hinter dem Tresen in seiner Nähe befand.

Keira seufzte. »Geh zu dem Kunden, ich mache das.«

»Wirklich? Oh, ich danke dir, ich bin sofort wieder da!«

Flink griff sie nach der dicken Brieftasche neben der Kasse und schlängelte sich an ihr vorbei zu dem ungeduldigen Mann vor dem Tresen, während Keira es mit einem Lappen, den sie in der Spüle fand, bewaffnet mit der Milchschaummaschine aufnahm und sich routiniert ans Werk machte. Kaum hatte sie sich um diese gekümmert, sprach sie ein erster hereinschneiender Kunde auf eine Kaffeebestellung an, als würde sie dazugehören.

Mayu löste sie ab, sobald der ungeduldige Herr von vorhin das Café verlassen hatte.

»Danke, danke, danke, vielen Dank. Heute ist das erste Mal, dass meine Tante mir allein die Verantwortung übertragen hat und ihre Kollegin macht gerade Mittagspause. Ich dachte, ich kriege das hin, aber da hab' ich mich wohl getäuscht. Sobald sie wieder da ist, setzen wir uns, trinken Kaffee und arbeiten an unserem Projekt, ja? Abgesehen davon schulde ich dir eine aufrichtige Entschuldigung für das, was letztes Mal passiert ist.«

Keira nickte und betätigte mit geübten Handgriffen die Kaffeemaschine.

»Du hast schon einmal als Barista gearbeitet, oder?«

»Ja, über mehrere Monate hinweg.«

»Verstehe.« Sie bemerkte sofort, dass Mayu noch eine weitere Frage auf der Zunge brannte, die sie sich wohl aufgrund ihres letzten Treffens höflicherweise verkniff. »Jedenfalls hilfst du mir gerade wirklich sehr, das kannst du dir gar nicht vorstellen. Du hast echt was gut bei mir.«

Keira lächelte sie an und erinnerte sich an Thomas' Worte. *»Sie hat deine private Handynummer wie es scheint an niemanden weitergegeben, das ist ein gutes Zeichen. Versuch, noch bis Semesterende mit ihr auszukommen, mein Engel. Vielleicht entpuppt sie sich ja doch noch als eine nette Freundin.«*

»Ist schon gut.«

Die nächste Dreiviertelstunde verbrachten die beiden Frauen damit, das Café zu managen, bis die besagte Angestellte von Mayus Tante wieder übernehmen konnte. Die Schlange war inzwischen so lang, dass Keira gar nicht mehr aufblickte, während sie Bestellungen aufnahm und wie noch ein paar Monate zuvor einen Kaffee nach dem anderen zubereitete. Sie erwartete von Mayu für ihre Hilfe außer vielleicht einem heißen Tee aufs Haus keine Bezahlung – außerdem war ihr eine Stunde lang Kaffee kochen weitaus lieber als eine weitere Konfrontation mit Mayus aufdringlicher Freundin Rebecca.

»Guten Tag. Was darf es sein?«, fragte sie monoton, als der nächste Kunde vortrat.

»Keira … was machst du denn da?«

Keira blickte auf. Ein sanft tadelnder Unterton schwang in Thomas' Stimme mit, seine blauen Augen funkelten verräterisch. Ihr Herz setzte einen Schlag aus.

»Thomas …« Ihre Stimme war ein schwaches Flüstern, allein, um nicht die Aufmerksamkeit der übrigen Gäste auf sie zu ziehen. »Ich … Mayu brauchte Hilfe, ich wollte nur …«

Der Schauspieler unterbrach sie mit einem liebevollen Lächeln.

»Was machst *du* hier?«, fragte Keira schließlich verwirrt.

Fünf langsame Sekunden verstrichen. Thomas sah Keira tief in die Augen, vielsagend und stumm. Dann, ohne sich von ihr abzuwenden, richtete er das Wort an Mayu, die soeben wieder mit der zweiten Aushilfe aus dem Aufenthaltsraum für Mitarbeiter spazierte, fluchend in dem Versuch, ihre schmutzige rote Schürze loszuwerden.

»Mayu, ich werde dir deine Aushilfe entführen müssen. Vielleicht … könnt ihr euch ein andermal wieder treffen. Es ist wirklich wichtig.«

Noch ehe Keira Luft holen konnte, um zu protestieren, klappte Mayus Mund entgeistert auf.

Richtig. Thomas war ja berühmt.

»Oh, hallo. Ich meine, äh … ja, klar. Oh Gott, ja, kein Problem … macht ihr nur … s-schaff ich schon. M-meine Kollegin ist ja jetzt wieder da.«

Seufzend strich Keira sich eine lose Haarsträhne aus dem Gesicht.

»Bitte …«, flüsterte Thomas leise.

Mayu zog neben ihr einen Schmollmund.

»Na … na schön. Gib mir eine Sekunde.« Nervös nestelte sie an der Schürze herum, die Mayu ihr ausgehändigt hatte, knüllte sie wie ein Blatt Papier achtlos zusammen und schnappte sich ihre Tasche.

»Was haben wir vor?«, fragte sie, sobald sie das Café verließen.

Frische Luft stieg Keira in die Nase und der Geruch von gerösteten Kaffeebohnen verflüchtigte sich.

»Ich hoffe, du hast Hunger?«

Sie nickte zögerlich und entlockte Thomas damit ein geheimnisvolles Lächeln, das er nicht ablegte, bis er ihr in seinen silbernen Mercedes geholfen hatte und geduldig darauf wartete, dass sie sich anschnallte. Sekunden später hatte er sich hinters Steuer gesetzt und lenkte seinen Wagen Richtung Nordlondon.

»Du bist so still«, bemerkte er nach ein paar schweigsamen Minuten.

»Ich ... weiß nur nicht so recht ... ach, vergiss es.«

Stille. Thomas nickte verständnisvoll. »Ja. Ich weiß auch nicht so recht.«

»Ich hätte dich heute nicht gehen lassen sollen ... ich dachte, die Zeit mit mir allein würde mir dabei helfen herauszufinden, wie ich mich am besten bei dir entschuldigen kann, aber das war falsch. Es tut mir wirklich leid, Keira. Als ich dich bestärkt habe, dieses Treffen mit Mayu hinter dich zu bringen, wollte ich dich damit nicht davonjagen, weil ich nicht wusste, was ich zu dir sagen sollte ... aber dich mit mir einsperren, bis wir beide den Mut gesammelt haben, uns unsere Fehler einzugestehen, wollte ich auch nicht.«

Keira dachte kurz über seine Worte nach. Verdammt, ihr ging es ganz genauso.

»Wo fahren wir hin?«

»Eine Überraschung. Aber so viel verrate ich dir – das Gutscheinglas, das mir meine Freundin zum Geburtstag geschenkt hat, hat mir heute ein köstliches Picknick versprochen. Der Korb liegt auf dem Rücksitz.« Er nickte hinter sich.

Keira hob die Augenbrauen und drehte sich um. Er quoll vor Köstlichkeiten, Obst, Snacks und einer Flasche Rotwein – ihre Lieblingssorte – nahezu über. Sie schmunzelte.

»Das Picknick zuzubereiten, wäre aber mein Job gewesen.«

»Ich glaube, das ist noch das Mindeste, das ich dir schuldig bin«, murmelte er zerknirscht. Er mied ihren Blick wie eine Katze, die sich in den Gassen von London durch die ersten Regentropfen an den nassen Pfützen vorbeischlängelte.

Nach einer kurzen Verzögerung durch den nahezu unmöglichen Verkehr in der Innenstadt parkte Thomas schließlich etwas abseits im Park Square, nur wenige Meter von einem der Zugänge zum Regent's Park entfernt.

Keiras Mundwinkel zogen sich nach oben. Sie liebte, wie das große Fleckchen Grün im Herzen Londons im Frühling neu zum Leben erwachte und die vielen Blumen ihre Köpfe aus der Erde reckten und bunt erblühten.

Trotz der beachtlichen Besucherzahl im Park – von Hundebesitzern bis hin zu Fotos knipsenden Touristen und Senioren, die mit Gehstöcken das heitere Wetter genossen – ergriff sie, ohne den Blick von den rosaroten Kirschbäumen abzuwenden, Thomas' Hand und verschränkte ihre Finger mit seinen.

Er drückte sie fest. Für gewöhnlich blieben die Leute im Park unter sich und achteten bei ihrer Platzwahl gierig nach Privatsphäre auf mehrere Meter Abstand zu ihren Mitmenschen. Hier würden sie ihre Ruhe haben – und die blühenden Büsche und Bäume um sie herum würden sie vor neugierigen und ungewollten Blicken schützen.

Stumm schlenderte das junge Paar durch die Baumallee. Keira hatte die Picknickdecke an sich genommen, die Thomas eingepackt hatte, er selbst trug den schweren Picknickkorb. Sobald sie sich auf einen ruhigen und abgelegenen Platz auf der Wiese geeinigt hatten, bereiteten sie ihre Mahlzeit auf dem Boden vor. Beide setzten sich auf die dicke dunkelblaue Tartandecke. Der Korb zwischen ihnen lockte sie, endlich ihren Hunger zu stillen.

Thomas blickte ihr tief in die Augen. »Es tut mir leid«, platzte er mit einem Mal heraus. Keira stockte der Atem. »Es tut mir so leid, Keira. Alles.«

»Thomas …«

»Die Rolle anzunehmen, war ein Fehler. Nachdem Nick mir erzählt hatte, dass Audrey die weibliche Hauptrolle übernehmen würde, hätte ich Robert absagen sollen, dann wäre nichts von alldem passiert und ich müsste jetzt nicht mit der Schuld leben, dir an den Kopf geworfen zu haben, dass du mich in meinen beruflichen Entscheidungen nicht unterstützt. Du bist nicht nur meine Partnerin, Keira, sondern auch die beste Freundin, die ich jemals hatte. Du hast diese Worte nicht verdient und das tut mir aufrichtig leid.«

Keira blinzelte energisch. Tränen brannten ihr in den Augen, verwandelten den Park um sie herum in einen schwindelerregenden Strudel verschiedener Grüntöne. Dieses Mal ließ sie sie ohne Zurückhaltung entwischen. Lautlos rollten sie ihre Wangen hinunter, als erwarteten sie, von Thomas' Daumen aufgefangen zu werden.

»Thomas …«, begann sie erneut. Sein Name aus ihrem Mund glich einem aufgebrachten Schluchzen. Es tat so unglaublich gut, diese Worte von ihm zu hören, auch wenn er nicht allein die Schuld an dem, was in Frankreich passiert war, trug. Keira hatte ebenfalls Fehler gemacht, hatte sich von dem Gefühl der Eifersucht so sehr verleiten lassen, dass es ihrer Beziehung geschadet hatte, und dafür schämte sie sich. Sie *hatte* versucht, mit Audrey auszukommen, ihre Aufgabe am Filmset zu akzeptieren, selbst wenn das bedeutete, dass sie Thomas vor der Kamera wieder näherkommen würde – und es war ihr kläglich misslungen.

»Ich weiß, was du denkst. Aber du lagst nie falsch, Keira. Du hattest Recht, die ganze Zeit über. Audrey hatte das alles geplant. Und die Presse … heute wären Reporter renommierter Filmzeitschriften gekommen, um uns und den Regisseur zu interviewen.« Er atmete tief durch und rieb sich die Nasenwurzel, ehe er weitersprach. »Sie hätte alles bloß noch schlimmer gemacht und ich … ich war zu *dumm* und verblendet, um zu begreifen, was sich direkt vor meinen Augen abspielte … und ich schwöre dir … ich habe dir nicht geglaubt. Zu keinem Zeitpunkt habe ich dich für eine Lügnerin gehalten, Keira, aber ich habe mich geweigert, dir zu glauben, und damit habe ich dir wehgetan – und das tut mir leid. Ich hätte dich nie anschreien dürfen.« Endlich holte er tief Luft. »Verzeihst du mir?«

Keira atmete hörbar aus. Das hatte sie schon. »Ich liebe dich, Thomas. Daran würde auch der Weltuntergang nichts ändern. Ich bin nur …« Sie war überwältigt von ihren eigenen Gefühlen, so sehr, dass sie noch nicht einmal vor Thomas in Worte fassen konnte, was in ihr vorging.

»Ich hätte von Anfang an auf dich hören sollen.«

Befangen nickte sie. »Mir … tut es auch leid. Ich habe mich zu sehr in die Sache hineingesteigert … so weit hätte ich es gar nicht erst kommen lassen dürfen.«

Seufzend ließ sie zu, dass der Schauspieler sie fest in die Arme schloss und ihren Kopf sanft gegen seine Brust bettete, sodass sie seinem schnellen Herzschlag lauschen konnte.

»Und es tut mir leid wegen des Films. Ich weiß, wie viel dir Robert de Limos Arbeit bedeutet …«

Thomas strich ihr besänftigend über das Haar. Ihr Blick schweifte abwesend zu den rosaroten Kirschblüten.

Er war verzweifelt, das merkte Keira ihm an. Nicht nur wegen des Films – sondern weil er nun wusste, wie sehr er ihr wehgetan hatte. Bewusst. *Sie* mochte ihm verziehen haben. Thomas selbst hingegen hatte sich dafür aber wohl noch längst nicht vergeben.

»Ich will dich auf Händen tragen, so sehr liebe ich dich«, murmelte er.

»Lass uns jetzt erst einmal essen und dann … dann verbringen wir einen entspannten Nachmittag miteinander, lenken uns ab. Wir könnten ins Museum gehen. Im *Tate Britain* gibt es eine tolle neue Ausstellung, die ich mir gerne ansehen würde.« Mit erwartungsvoller Miene blickte sie zu ihm auf.

Thomas lachte erleichtert auf und küsste ihren Scheitel. »Die Idee gefällt mir. Aber wenn wir die ganze Flasche Rotwein hier austrinken, werden wir mit der U-Bahn nach Pimlico fahren müssen, und ich muss Paulson anrufen, damit er meinen Wagen abholt.«

Keira zuckte mit den Schultern. Um ehrlich zu sein hatte sie auch dagegen nichts einzuwenden.

***

Daraus, nach dem Essen noch entspannt die ersten richtig warmen Sonnenstrahlen zu genießen, wurde nichts. Kaum hatte Thomas sich das letzte Stück Käse in den Mund gesteckt, waren dunkelgraue Wolken aufgezogen, die nicht nur Regen versprachen, sondern auch ein Frühlingsgewitter ankündigten. Es war der perfekte Moment, um sich ins trockene Museum zu flüchten. Die ersten Tropfen fielen auf den harten Asphalt, kurz bevor sie sich, nachdem sie den nun fast leeren Korb und die Decke wieder in Thomas' Auto verstaut hatten, auf den Weg zur U-Bahn machten.

Aber bereits eine Stunde nach ihrem Picknick wurde Thomas plötzlich erneut kühl und merkwürdig abwesend, fast so, als wäre ihm mit einmal Mal etwas eingefallen, das er zu verdrängen versucht hatte. Während Keira von Bild zu Bild wanderte, ihren Prospekt wieder und wieder bis aufs kleinste Detail studierte und dabei von den verschiedenen Fotos schwärmte, die komplexe Baukonstruktionen aus aller Welt zeigten, sprach er kaum ein Wort und bedachte ihre bereits an der Uni erworbenen Kenntnisse lediglich mit einem beeindruckten Lächeln.

»Thomas … ist alles in Ordnung? Ich sagte doch, ich bin dir nicht mehr böse.« *Und ich glaube, das war ich auch nie wirklich*, fügte sie stumm hinzu. *Enttäuscht und verletzt, ja, aber niemals wütend.*

»Das weiß ich. Bist du schon zu müde, um danach noch essen zu gehen? Oder sollen wir uns lieber etwas bestellen und zuhause essen?«, fragte er stattdessen. Zumindest sein Tonfall war sanft – nein, er war geradezu schwach.

Keira überlegte flüchtig und fuhr sich mit der Zunge über die Lippen. Thomas' Blick wanderte nahezu automatisch zu ihrem Mund.

»Zuhause«, entschied sie schließlich. »Ich will dich ganz für mich allein haben.«

Keira und Thomas wurden vor dem Ausgang des *Tate Britain* von strömendem Regen und eiskalter feuchter Frühlingsluft begrüßt. Keiner der beiden hatte an einen Regenschirm gedacht, also hechteten sie, wobei Thomas seine Jacke wie ein Stoffdach über sie beide hielt, zurück zur nächstgelegenen U-Bahn-Station. Keira lachte wie schon seit Wochen nicht mehr. Der Schauspieler musste sie stützen, nachdem ihr Bauch zu schmerzen begann und sie sich wie eine alte Dame krümmte. Sie hatte es vermisst, so unbeschwert an seiner Seite zu sein und nun, mehr und mehr, konnte sie sich mit einem Mal nicht länger erklären, weshalb sie einander so angegiftet und solch verletzende Worte an den Kopf geworfen hatten. Es schien nicht mehr der Rede wert – weil *das hier* – Thomas, der auf der Rolltreppe nach unten zum Bahnsteig klitschnass seine Arme um sie schlang, viel bedeutungsvoller war als die Fehden am Filmset.

Keira war bewusst, dass sie nicht zum letzten Mal gestritten hatten. Dass sie auch in Zukunft ab und an unterschiedlicher Meinung sein und mit lauter Stimme aneinandergeraten würden. Doch so ausarten wie in Frankreich würde es nicht – nie mehr. Das würde sie nicht zulassen. Momente wie diese waren es, die die Liebe so besonders machten. Es war leicht, jemanden zu lieben, wenn die ganze Welt wie ein bunter Blumengarten im Frühling erblühte, doch jemanden auch dann zu lieben, wenn sie zu zerbrechen drohte – wenn Fehler gemacht und Schwächen erkannt wurden – erst dann war Liebe wirklich stark und unzerstörbar. Dass sie das noch erleben durfte … dafür war sie dem Schicksal unendlich dankbar.

Keiras Lachen hatte Thomas inzwischen angesteckt. Seine Wangen waren von dem breiten Grinsen regelrecht gerötet, was sich erst auf der Rolltreppe langsam wieder verflüchtigte, und dennoch schien es fast so, als wollte er ihr ihre Freude und Unbeschwertheit nicht nehmen.

»Thomas. Du bist schon wieder so still. Was ist los? Irgendetwas verschweigst du mir doch.«

Der Schauspieler blinzelte. Inzwischen waren sie am Bahnsteig angekommen. Nur drei Stationen und einmal umsteigen würde es brauchen, bis sie sich zuhause im Trockenen endlich aufwärmen und mit Tee und einer weichen Decke ins Bett kuscheln konnten.

Thomas öffnete unschlüssig den Mund. »Ich weiß nicht, wir sind hier umgeben von Fremden, vielleicht sollten wir …« Seine Paranoia leise verfluchend, senkte er die Stimme.

»Es … gibt da noch etwas, das du wissen solltest. Ich wollte es dir nicht sofort sagen, die letzten Tage waren strapazierend genug – für uns beide – aber vor allem für dich.«

»Thomas?« Besorgt machte sie einen Schritt auf ihn zu und ergriff seinen Arm.

»Es geht um deinen leiblichen Vater und seine Freundin. Sie haben der Presse Lügengeschichten über dich erzählt, die zurzeit im Internet kursieren. Elias hat mich gebeten, uns in nächster Zeit bedeckt zu halten, aber ich wollte mich nicht mit dir verkriechen und dir noch mehr Angst machen … und schon gar nicht wollte ich dir diesen Tag ruinieren. Eben noch hast du heller gestrahlt als die Sonne, mein Engel.« Er hob die Hand und ließ seinen Daumen über ihren Mundwinkel gleiten, unwissend, dass seine beiläufige Berührung ihr in diesem Moment Halt gab.

Keira entglitten dennoch sämtliche Gesichtszüge. Ihr Lächeln verflog mit einem Schlag. »Ich … ich verstehe. Sie haben es also auch endlich erfahren. Aber warum genau jetzt?«, hauchte sie fassungslos.

Thomas seufzte. »Elias kümmert sich darum. Er und Hamley tun ihr Bestes, um die Gerüchte abzufedern. Es ist so, dass … Einige Journalisten zahlen den Angehörigen oder ehemaligen Freunden viel Geld, damit sie Informationen preisgeben. Nach allem, was du mit deiner Familie durchmachen musstest, ist es dabei kein Wunder, dass sie falsche Angaben gemacht haben.«

»Nein … nein, das meine ich nicht. Warum läuft in letzter Zeit alles schief? Das Jahr hat doch so gut angefangen. Müssen wir denn für irgendetwas büßen, das wir falsch gemacht haben?« Keira raufte sich die Haare. Ihre Wangen brannten und ihre Stimme brach – wie bereits so oft die letzten Tage.

Thomas umfasste mit einer Hand ihren Nacken und zog sie eng an sich, damit ihre Tränen ungeweint blieben. »Keira, so darfst du nicht denken. Schlimme Dinge passieren vielen guten Menschen. Und in meiner Welt … ist es hart. Es tut mir leid, dass du das meinetwegen alles durchmachen musst.«

Ohne Vorwarnung stürzte Keira sich in seine Arme und küsste ihn so stürmisch, dass ihr schon nach wenigen Sekunden die Luft ausging. Ein paar der Londoner drehten sich verstört und mit verurteilenden Blicken zu ihnen um, ganz abgesehen von jenen, die Thomas erkannten.

Ein starker Windzug wehte durch die Station, als die U-Bahn mit einem lauten Quietschen der Bremsen endlich einfuhr und die Leute um sie herum sich dafür wappneten, einzusteigen und sich die freien Sitzplätze zu krallen.

»Hör jetzt auf, dich zu entschuldigen.«

Thomas schmunzelte. »Du reagierst gelassener, als ich erwartet habe, mein Engel.«

»Das alles mit Audrey … war schlimmer. Ich glaube, es ist, wie du gesagt hast. Man fängt schnell damit an, eine große Schutzmauer um sich herum aufzubauen. Ich habe dich wieder. Alles andere ist nebensächlich. Mit Angus und Charlene befassen wir uns morgen.«

Erleichtert atmete er aus. »Dein Wort in Gottes Ohr.«

KAPITEL 22

Keira

Dass Thomas frühzeitig vom Set abgereist war, hatte auch etwas Gutes. Am nächsten Morgen, als die Sonne bereits eifrig durch den schmalen Spalt der Stoffvorhänge lugte, wachte Keira halbnackt und an ihn gekuschelt auf.

Genießerisch inhalierte sie seinen Duft und ließ ihre Hand langsam über seine Brust gleiten. Jeder einzelne Muskel zeichnete sich unter ihren Fingern ab, hinterließ eine wohlige Gänsehaut, wo immer sie ihn berührte.

»Guten Morgen, mein Engel«, brummte der Schauspieler mit noch geschlossenen Augen.

»Frühstück?«

»Wenn du glaubst, dass ich dich aus diesem Bett lasse, bevor ich *dich* gefrühstückt habe, irrst du dich gewaltig.«

Keira schmunzelte, lehnte ihren Kopf an seine Schulter und genoss, wie er ihr liebevoll über den Scheitel strich. Ein zufriedener Laut entfuhr ihrer Kehle. Sie fühlte sich wie eine tapfere Bergsteigerin, die nach einem heftigen und schmerzvollen Sturz endlich wieder den Mut und die Kraft gefunden hatte, sich aufzurichten und ihre Picke in den harten Stein zu schlagen, um zurück an die Spitze des massigen Gebirges vor ihr zu gelangen. Sie waren beide tief gefallen – und an diesem sonnigen Dienstagmorgen hatte sie nun endlich wieder das Gefühl, sich vorwärts zu bewegen und bergauf zu klettern. Thomas war ihre Sicherung und sie war die seine.

»Weißt du, was wir gestern vergessen haben?«, grummelte er heiser in ihr Ohr. Ein angenehmer Schauer überlief sie. Der Schauspieler wusste genau, was sein heißer und feuchter Atem und seine verführerische Stimme mit ihr anstellten.

Unwillkürlich drückte sie den Rücken durch und rieb dabei ungewollt ihre Hüfte an Thomas' Schritt.

Er sog scharf die Luft ein, ehe er weitersprach. »Den Versöhnungssex. Wir haben den Versöhnungssex vergessen.«

Keira grinste frech in sich hinein. Er hatte Recht. Etwas Gutes musste all der Stress und die vielen Tränen doch gehabt haben und jetzt – jetzt fühlte es sich endlich langsam wieder so an, als würde Thomas voll und ganz ihr gehören. Nicht, weil er den Dreh abbrechen und mit ihr nachhause kommen musste … sondern weil er wie sie erkannt hatte, warum das Seil, das ihnen beiden Halt gegeben hatte, gerissen war.

Sie hatten es gegen ein neues ausgetauscht, an das sie sich erst gewöhnen mussten, wie ein neues Paar Schuhe, das man ein paar Tage lang eintrug. Keira presste sich erregt an ihn. In ihrem Schoß pochte es. Rasch streifte sie unter der Bettdecke ihr Höschen ab, das sie unter Thomas' hungrigem Blick mit dem Fuß achtlos zu Boden beförderte.

»Was meinst du, befindet sich in diesem Gutscheinglas auch ein Blowjob?«

»Es gibt nur einen Weg, das herauszufinden, oder?«, säuselte sie. Kaum hatte sie die Worte ausgesprochen, fing Thomas ihre Lippen in einem langsamen und leidenschaftlichen Kuss ein, der ihr den Atem raubte. Hungrig drang seine Zunge in ihren Mund ein und umspielte neckisch die ihre, trieb sie immer weiter in einen Strudel der Lust, den nur er zu kontrollieren vermochte.

Sie seufzte, als Thomas sich auf sie rollte und zwischen ihre Beine schob. Seine weichen Hände erkundeten jeden Zentimeter ihres Körpers, strichen zärtlich über ihre Taille bis hinauf zu ihren Brüsten. Keira erschauerte erneut. Sie wimmerte wohlig, jedes Mal, wenn er mit dem Daumen über die sich härtenden Knospen strich und sanft hineinkniff. Einzig und allein ihr Keuchen und Thomas' schwerer Atem erfüllten den Raum, zusammen mit der überwältigenden Hitze, die sich wie ein Vulkan kurz vor dem Ausbruch in ihnen aufbaute.

Zu einem abrupten Ersticken der sich hochzüngelnden Flammen führte erst das rhythmische Vibrieren von Keiras Handy.

Thomas stöhnte genervt auf und drehte sich wieder auf den Rücken. Er wusste, dass Keira zumindest einen Blick auf das Display werfen würde, um herauszufinden, wer sie beide so früh morgens störte. Immerhin *könnte* es wichtig sein – ein alter Tick, der sie seit ihren Tagen als Thomas' persönliche Assistentin noch immer heimsuchte. Jederzeit erreichbar zu sein, war in ihrer Lage unabdingbar gewesen. Oftmals realisierte sie gar nicht, wie sehr dieser Job ihre berufliche Laufbahn und sogar ihren Alltag beeinflusst hatte – abgesehen davon, sich hoffnungslos in ihren Boss verliebt und ihm gleichermaßen den Kopf verdreht zu haben.

Auf dem Display prangte ein Foto von Natalie.

»Na los, leg es weg und stell auf stumm«, knurrte er mit dunkler Stimme. Keira biss sich keuchend auf die Unterlippe. Sie gehorchte. Kaum war sie seiner Aufforderung nachgekommen, lagen seine Lippen bereits wieder auf ihren.

***

Keira rief Natalie zurück, nachdem Thomas unter der Dusche verschwunden war. Sie blätterte in dem kleinen Tischabreißkalender mit Motivationssprüchen und Tierbabys auf der Kücheninsel, bis ihre beste Freundin abhob. Seit Keira das letzte Mal einen Zettel entfernt hatte, war einiges an Zeit vergangen. Sie schürzte die Lippen. Allzu lange, um zu backen und alles für das Familienfest, das Thomas vorgeschlagen hatte, einzukaufen, blieb ihr nach all der

Aufregung nicht mehr – zumindest nicht, wenn sie dazu noch bis zum Ende der Ferien ihre Arbeiten fertigstellen wollte. Schließlich mussten diese auch noch vor ihren Tutoren und Dozenten präsentiert werden und das verlangte sehr viel Zeit damit zu verbringen, ihre Nase in Büchern zu vergraben, um sich das nötige Wissen anzueignen.

Es tutete noch immer. Keira blickte auf die Uhr. Es war kurz nach neun. Bestimmt hatte sie alle Zutaten für ein paar Hot Cross Buns zuhause. Das Rezept kannte sie noch von früher auswendig, damals, als sie mit ihrer Mutter zusammen an Ostern gebacken hatte.

»Hallo?«, meldete Natalie sich zu Wort.

»Warte kurz, ich stelle dich auf Lautsprecher.«

»Alles klar.« Geduldig wartete ihre Freundin, bis Keira sämtliche Schränke durchwühlt und alles Notwendige auf die Theke gestellt hatte.

»Wie geht es euch?«

»Gut. Sehr gut. Es ist wieder alles klar mit uns.«

»Ja? Und das sagst du nicht nur so?«

»Nein.« Keira lächelte in sich hinein. Das sagte sie auf gar keinen Fall nur so. »Aus Frankreich wegzukommen hat uns gutgetan, glaube ich. Den Kopf freigeräumt.« Sie seufzte. »Ich habe England ziemlich vermisst.«

»Weißt du, ich auch. Trotzdem wollte ich dir und Tom noch einmal Danke sagen. Eigentlich wollte ich dich deswegen schon gestern anrufen, aber Richard meinte, ich sollte euch etwas Zeit für euch geben.«

»Im Endeffekt ist die Reise wohl ganz anders gelaufen, als ihr euch das erwartet habt …«

»Aber es war trotzdem der Wahnsinn. Danke, danke, danke und nochmals tausendmal danke dafür, Keira«, unterbrach Natalie sie energisch. »Weißt du schon, wann Tom wieder drehen wird?«

»Nein. Es gibt noch keine Neuigkeiten«, erwiderte sie. Routiniert mixte sie die ersten Zutaten in einer Schüssel zusammen. »Aber zumindest zu eurer Hochzeit dürfte er mich jetzt begleiten können.«

»Stimmt! Das ist schön. Apropos, meinst du, du hättest

Zeit, nächste Woche noch vor Ostern mit mir zum Braut-modengeschäft zu fahren? Richard und ich haben noch so viel zu planen, jetzt wo wir wieder hier sind.«

Keira hatte vollkommen ausgeblendet, wie aufgeregt Natalie sein musste. In weniger als einem Monat schon würde sie vor dem Traualter stehen und Richard in Weiß das Ja-Wort geben, außerdem hatte der verkorkste Dreh schließlich auch Natalie ihren Junggesellinnenabschied in Paris gekostet. Irgendwie würde sie das zeitlich schon unter einen Hut bekommen.

»Gerne. Schreib mir wann und wo. Soll ich Champagner besorgen?«

Natalie gluckste in den Hörer. »Ich glaube, den bekommen wir dort. Du weißt schon, wie in diesen Sendungen, wo Frauen mit krassen Schicksalsschlägen ihr Traumkleid finden.«

»So in etwa.« Ihr Handy vibrierte auf der Theke und übertönte Natalies letzte Worte. Dieses Mal war es ein Skype-Anruf von Keith.

»Natalie, können wir später weiterreden? Mein Bruder ruft an.«

»Kein Problem. Wir hören uns!«

Keira drückte auf das Display und lehnte ihr Smart-phone gegen die Zuckerdose, was mit Mehl an den Finger-spitzen gar nicht so einfach war. Sobald sie selbst zu sehen war, fand sie Keith konzentriert auf seinen Bildschirm starrend vor, bis er sie entdeckte.

»Keira, na endlich! Ich versuche seit Tagen, dich zu er-reichen! Was war denn los?«

Verdammt, richtig. Keira hatte die mobile Datenverbin-dung ihres Handys in Frankreich fast durchgehend abge-schaltet gelassen. Keiths Anrufe hatten sie gar nicht erst erreicht. Dabei hatte er ihr vor ein paar Wochen noch er-zählt, dass er Probleme mit seinem Netzanbieter hatte und in nächster Zeit nur übers Internet telefonieren konnte. Das hatte sie am Set komplett vergessen.

»Hallo, Keith. Es tut mir leid, wir hatten … es war ziem-lich viel los in letzter Zeit.« Und das war noch untertrieben.

»Das kann ich mir vorstellen … hast du vor kurzem mal durch ein paar Zeitungen geblättert? Es gibt unzählige Artikel über Tom und dich. Charlene und Angus …« Er hielt inne.

»Ja«, antwortete Keira leise. »Ich weiß. Thomas hat es mir erzählt. Seine PR-Agenten kümmern sich darum, die falschen Informationen ein wenig abzufedern.«

»Ah ja. Du reagierst aber ganz schön gelassen darauf. Haben deine Sitzungen mit Doktor Clementine dir so geholfen?«

»Das will ich doch hoffen. Nein, es … das ist eine lange Geschichte. Charlene und Angus sind da noch das geringere Übel.«

»Lass hören.«

Keira wollte gerade tief Luft holen, um ihm von Audreys Strapazen zu berichten, als sie Thomas hinter sich barfuß in die Küche tapsen hörte. Doch erst, nachdem sie sich umgedreht hatte, bemerkte sie, dass der Schauspieler *splitterfasernackt* war. Keith riss die Augen auf, im nächsten Moment hatte sie bereits stürmisch die Kameralinse mit ihren mit Mehl bedeckten Handflächen bedeckt.

»Thomas!«

Augenblicklich riss der Schauspieler die Jacke von dem Stuhl, der ihm am nächsten war, und wickelte sie sich um die Hüften. Keira unterdrückte ebenso wie Keith den Lachanfall, der sich ihren Bauch hinauf in ihre Kehle kämpfte.

»Guten Morgen, Keith«, begrüßte Thomas ihn höflich, nachdem Keira ihre Hände wieder weggenommen hatte.

Der Angesprochene sah aus, als wäre er kurz davor, doch noch loszuprusten. »Dir auch einen guten Morgen, Tom. Soll ich vielleicht später nochmal anrufen?«

»Schon in Ordnung.« Noch immer peinlich berührt drückte Thomas Keira einen Kuss auf den Scheitel. »Plaudert ihr nur. Ich ziehe mir in der Zwischenzeit etwas an.«

Puterrot richtete Keith den Blick auf seine Tastatur, bis Thomas wieder verschwunden war. Erst, als Keira sich räusperte, um ihm zu signalisieren, dass sie wieder allein waren, sah er auf und verschränkte die Arme vor der Brust.

Er hüstelte. »Also, du sagtest, du hättest mir einiges zu erzählen?«

***

Keira beendete das Gespräch eine halbe Stunde später mit der Aussicht, dass Keith es über die Feiertage tatsächlich nach England schaffen würde. Es hatte gutgetan, die Stimme ihres Bruders zu hören – und ein schlechtes Gewissen quälte sie, weil sie sich so lange nicht bei ihm gemeldet hatte.

»Möglicherweise sollten wir es noch einmal überdenken, deinen Bruder an Ostern zu uns einzuladen. Ich glaube nicht, dass ich ihm jemals wieder in die Augen sehen kann.« Thomas wartete dieses Mal, bis die Luft rein war, ehe er, inzwischen mit Jogginghose, die Küche betrat. Genießerisch sog er den köstlichen Duft von frischem Gebäck in die Nase, der sich im ganzen Raum ausgebreitet hatte.

Keira schmunzelte. »Ach was. Zwischen den Beinen hat er im Grunde auch nichts anderes als du.«

»Oh ja, das ist wirklich sehr komisch, mein Engel.« Tadelnd zog er eine Augenbraue nach oben.

»Jetzt frühstücke erst einmal. Sie sind noch warm.« Stolz zog Keira das Geschirrtuch vom schwarzen Backblech, präsentierte dem Schauspieler ihre frisch gebackenen Hot Cross Buns und drückte ihm Messer und Butter in die Hand.

»Hast du eigentlich vor, dir heute noch ein Shirt überzuziehen? Nicht, dass ich etwas daran auszusetzen hätte.« Auf ihrer Unterlippe kauend beäugte sie ihn. In dem künstlichen Licht des Dunstabzugs glich er einer griechischen Statue.

Thomas wackelte mit den Augenbrauen, während er sein Rosinenbrötchen bestrich. »Vermutlich nicht, nein«, sagte er und biss herzhaft hinein. »Hm … die schmecken wunderbar. Dieses kleine Teufelchen, das dir rät, in der

Küche ohne Vorwarnung drauflos zu backen, sollte es sich noch viel öfter auf deiner Schulter bequem machen.«

»Carol hat mich inzwischen wohl angesteckt.«

Thomas nickte und schluckte, ehe er ihr antwortete. »Das hat sie mit Sicherheit so geplant. Kommt Keith also nun?«

»Er wird es versuchen, aber ich habe ihm angeboten, dass wir die Kosten für das Flugticket übernehmen, falls er es finanziell nicht schafft. Wäre das in Ordnung?«

»Natürlich, mein Engel. Da gibt es gar keinen Grund, mich zu fragen.« Beschwichtigend strich er ihr über den Rücken.

Überhaupt hatte der Schauspieler sogar angeboten, Keiras Bruder regelmäßig ein wenig Geld zu überweisen, damit er seinen Brathähnchenstand am Leben erhalten konnte und nicht mit dem absoluten Minimum leben musste, doch er hatte dankend – und verlegen – abgelehnt. Er hatte Thomas allerdings versprechen müssen, ihn zu kontaktieren, sollte er jemals finanziellen Problemen gegenüberstehen.

Keira hatte sich damals augenblicklich an die Zeit zurückerinnert, als sie gerade erst angefangen hatte, für Thomas zu arbeiten. Gemeinsam waren sie auf seinem geräumigen Balkon gestanden und hatten bei einer Tasse Tee die Londoner Skyline bewundert, als er angeboten hatte, ihr noch vor ihrem ersten Gehalt Geld zu geben, um ihre Rechnungen zu begleichen. Bevor sie sich ineinander verliebt hatten ... bevor sie sich das erste Mal geküsst hatten. Verträumt lächelte sie in sich hinein.

»Ein Penny für deine Gedanken?«

Ertappt blickte sie in Thomas' grinsendes Gesicht. Seinen Hot Cross Bun hatte er längst verputzt.

»Ich habe nur gerade an unseren ersten Kuss gedacht.«

»In Aberdeen, nachts, auf dem Dach des *Cranston* Hotels.«

Keira nickte. »Das war schön.«

»Ja ... das war es. Und danach sind wir zusammen durch die Hölle gegangen. Als ob wir mit diesem Kuss eine Apokalypse ausgelöst hätten.«

»Aber das war es wert. Jede einzelne Sekunde, die ich jetzt mit dir verbringen darf.«

Thomas ließ sich am Küchentisch nieder und zog Keira auf seinen Schoß, sodass sie rittlings auf ihm zu sitzen kam und ihre Nasenspitzen sich berührten. »Hast du je daran gezweifelt?«

»Woran?«

»Dass ich mich in dich verlieben würde?«

»Natürlich … und das nicht nur wegen Audrey. Ich war schließlich lediglich deine Assistentin. Ich habe mich lange genug geweigert, meinen eigenen Gefühlen nachzugeben. Irgendwann … konnte dir mein Herz dann nicht mehr widerstehen. Ich glaube, insgeheim wusste ich es aber schon, als du mich damals nach Feierabend im *Beaning's* abgeholt hast.«

Thomas lächelte. Sein Mund streifte in einer zarten Andeutung eines Kusses ihre Wange. »Ich wusste es, als du mich damals im Krankenhaus umarmt hast. Da war ich mir sicher, dass du die Frau bist, mit der ich den Rest meines Lebens verbringen will. Ich wollte dich so sehr, dass es wehtat, in deiner Nähe zu sein. Aber noch mehr hat es wehgetan, wenn du nicht bei mir warst. Und so ist es auch jetzt noch. Ich lasse dich nie wieder gehen«, versprach er ihr neckend und schlang seine Arme um ihren Körper, sodass sie wehrlos an seine Brust gepresst wurde.

Sie erinnerte sich noch sehr gut daran, wie er ihr erzählt hatte, dass Padraigh ihn auf sein fast schon *zu* gutes Verhältnis mit Keira angesprochen hatte. Sogar sein Schauspielkollege und dessen Assistentin Yvi hatten schon damals die Flinte gerochen.

Thomas seufzte wohlig auf, als sie begann, seine nackte Brust mit federleichten Küssen zu bedecken.

»So ziemlich jeder um uns herum wusste vor uns, was da zwischen uns passiert. Sogar Audrey.« Er brummte zur Antwort. »Wir haben seit Frankreich überhaupt nichts mehr von ihr gehört. Meinst du, sie brütet wieder etwas aus?«

»Nein. Diesmal nicht«, sagte er. »Ich glaube eher, dass sie sich zurückgezogen hat und sich jetzt die Wunden leckt. Wenn es stimmt und dieser mysteriöse Bryan, von dem sie ständig gesprochen hat, existiert, wird er sie wieder aufbauen und trösten. Aber mach dir keine Sorgen. Jonathan behält sie mit Elias' und Hamleys Hilfe im Auge. Damit dürfte er dieses Mal nicht allzu überfordert sein.«

Letztes Jahr waren Elias und Hamley fast das ganze Jahr über beruflich in China gewesen. Keira hatte sie erst kurz nach Weihnachten persönlich kennengelernt und von ihrer Arbeit als Thomas' PR-Agenten erfahren. Es war also kein Wunder, dass Jonathan letztes Jahr so ausgeflippt war, nachdem Audrey ihm auf der Pressekonferenz vor ungefähr einhundert Journalisten und Fotografen ein Glas Wasser ins Gesicht gekippt hatte. PR-technisch war schließlich das schon das reinste Desaster gewesen. Elias und Hamley hatten beinahe einen Herzinfarkt bekommen und sich daraufhin geschworen, Jonathan nie wieder allein arbeiten zu lassen.

»Gehen wir ins Bett?«, flüsterte Thomas schließlich in ihr Ohr. Keira zog neckend eine Augenbraue nach oben.

»Wir sind doch gerade erst aufgestanden.«

»Ich weiß.«

Grinsend ließ sie sich von ihm hochheben und zurück ins Schlafzimmer tragen.

***

Mit Beginn des launischen Aprilwetters schmolz auch endlich das letzte bisschen Schnee, das die vielen Dachspitzen und schattigen Ecken in London noch geziert hatte. Keira und Thomas nutzten die warmen Sonnenstrahlen, um das Penthaus für ein schönes – wenn auch stressiges – Osterfest vorzubereiten, bevor Thomas' Mutter Victoria, sein Bruder Carter mit seiner Frau Marissa und ihrem Nachwuchs und Keith einfliegen würden.

Inzwischen zierten sämtliche Räume niedliche Osterhasen und Frühlingsgefühle erweckende Kunstblumen, in deren Töpfe Keira bunte Plastikostereier gesteckt hatte. Die letzten Tage über hatte sie sich ununterbrochen in die Arbeit gestürzt und sowohl mit Mayu als auch allein endlich die Aufgaben erledigt, für die sie hoffentlich gute Noten kassieren würde. Eine Verschnaufpause würde sie sich erst gönnen, sobald sie sicher war, gut auf ihre Kurse vorbereitet zu sein. Dazu gehörte in diesem Fall auch, Thomas stundenlang mit interessanten Fakten über die Geschichte der Architektur und Lichttechnik zuzutexten, bis er darin ertrank. Geduldig lauschte der Schauspieler stets jedem ihrer Worte und bot ihr am Mittwochabend sogar an, sich als Publikum für die baldige Präsentation der Lichtinstallation zur Verfügung zu stellen, die Keira über die letzte Woche hinweg fertiggebastelt hatte. Sie beide waren so stolz darauf gewesen, dass sie gemeinsam beschlossen, ihre Arbeit am Ende des Semesters ins Internet zu stellen. Laut Thomas wurde es ohnehin Zeit, dass Keira sich ihre eigene Webseite aufbaute, damit Architekturbüros in London auf sie aufmerksam wurden, noch während sie ihre Ausbildung absolvierte.

Mit einer Schüssel voll roter und weißer Trauben hatte Keira es sich nun auf dem Bett gemütlich gemacht, während Thomas auf dem wuchtigen Armsessel thronte, seine nackten Füße überkreuzt auf der Matratze abgelegt. Konzentriert folgte er ihrem Vortrag und warf wieder und wieder flüchtige Blicke auf ihre Notizen in seinen Händen, um sicherzugehen, dass sie auch keine Informationen, die sie erarbeitet hatte, ausließ.

» … im Zuge dessen würde ich noch gerne hervorheben, dass für dieses Projekt für eine größtmögliche Energieeffizienz ausschließlich LEDs verwendet wurden. Als lichtemittierendes Halbleiter-Bauelement verbrauchen sie bis zu achtzig Prozent weniger Strom als herkömmliche Glühbirnen und reduzieren durch die geringere Verlustleistung sowie die Erwärmung der Leuchtdioden auch ein mögliches Brandrisiko.«

»Und du musst wirklich so tun, als wäre dieses Häuschen lebensgroß? Deine Professoren werden allerhöchstens darum herumspazieren und von oben hineinspähen.«

Keira zuckte mit den Schultern und warf einen Blick auf ihre Arbeit, die sie vorsichtig auf seinem Schreibtisch deponiert hatten. Thomas hatte nicht ganz Unrecht. Es glich der Größe eines Playmobilhauses – ein aus Holz gebastelter White Cube mit weißer Verkleidung, um das Licht besser zu reflektieren, dazu ein komplexes, trapezförmiges Drahtgestell, das mehr oder weniger eine Art Kopie des Setdesigns in Frankreich war. Keira hatte Stunden damit zugebracht, die warmweißen Lichterketten, die sie im Baumarkt gekauft hatte, richtig zu arrangieren, miteinander zu verknoten und die Batterien so zu verstecken, dass sie kaum noch sichtbar waren, wenn man von oben ins Gehäuse blickte. Es war wunderschön, aber eben auch klein.

Allerhöchstens eine Mausfamilie würde das Lichterhaus betreten können. Aber das Modellbauen war für eine zukünftige Architektin nun einmal unabdinglich – oder, fürs Erste zumindest, für diesen Kurs.

»Ziel dieser Konstellation war es neben einem großen persönlichen Interesse an dem Kunstschaffen durch Lichtmanipulation also nicht nur, ein ästhetisches Projekt zu kreieren, sondern auch energie- und umweltfreundlich sowie kostensparend zu arbeiten.« Sie nickte.

»Du wolltest doch bestimmt noch erwähnen, dass Lettland für die vermeintliche Erfindung der Lichterkette verantwortlich ist?«, meinte Thomas mit einem gespielt vorwurfsvollen Blick und schielte sie über den Rand ihrer Notizen hinweg an.

Keira atmete laut aus. Also hatte sie doch etwas vergessen. Tatsächlich hatte sie wohl soeben auch die gesamte Vorgeschichte der Glühbirne übersprungen, an welcher sie so lange gearbeitet hatte, weil sie all das technische Geschwafel zu Beginn überhaupt nicht verstanden hatte. Immerhin studierte sie Architektur und nicht Physik.

»Oh, verdammt …« Frustriert vergrub sie das Gesicht in den Händen. Sie wollte sich gar nicht erst ausmalen, diese Präsentation vor einem halben Dutzend ihrer Professoren halten zu müssen.

»Willst du es dir noch einmal durchlesen?«

»Nein, das schaffe ich. Ich fange noch einmal von vorne an, ja?«

Thomas nickte.

»Also ... nicht nur der Baustil dieses Projekts obliegt einer Jahrzehnte alten Konstruktionsweise wie in diesem Fall der frühen Moderne aus dem 20. Jahrhundert, auch die-« Keira brach jäh ab, als Thomas' Handy zu klingeln begann. Sie wollte sich nicht beschweren – es war ein Wunder, dass es bisher den ganzen Tag über ruhig gewesen war, was bei seinem Beruf ja doch eher an Seltenheit grenzte.

Früher oder später würde Thomas diese neumodische Teufelserfindung wohl *selbst* mit Schwung aus dem Fenster werfen, so genervt, wie er es anstarrte, als er es aus seiner Hosentasche fischte. Seit das Jahr begonnen hatte, überbrachte dieses Telefon jedes Mal, wenn es geklingelt hatte, nur schlechte Nachrichten oder noch mehr Probleme.

Er warf Keira einen vielsagenden Blick zu und zeigte ihr das Display. Robert de Limo. Keira nickte ihm kurz verstehend zu und widmete sich in der Zwischenzeit ihren Notizen, die sie ihm stumm aus der Hand nahm. Thomas stellte den Regisseur trotzdem auf Lautsprecher.

»Hey, Tom! Störe ich?«

»Das kommt ganz darauf an. Hast du gute oder schlechte Neuigkeiten?«

Robert lachte heiser in den Hörer. »Das kommt ganz drauf an«, wiederholte er tadelnd. »Hör zu. Ich hatte gestern unter der Dusche einen genialen Einfall. Total verrückt, aber irgendwie genial.«

Thomas hob gespannt eine Augenbraue, während Keira ihn neugierig musterte. »Aha?«

»Ist Keira gerade bei dir?«

»Das ist sie. Willst du sie sprechen?«

»Ich bitte darum.«

Stumm deutete Keira auf sich. Was wollte Robert de Limo denn von *ihr*? Ihr etwa verspätet die Hölle heiß machen, weil sie zu dem Schlamassel mit der gefeuerten Hauptdarstellerin beigetragen hatte?

»Hallo, Keira. Wie läuft's?«

»Ganz gut … besser«, gab sie höflich zurück. Ein irritierter Unterton schwang in ihrer Stimme mit.

»Gut, gut … und dein Projekt? Die Lichter? Wie weit bist du damit?«

»Oh, ja, das … es ist diese Woche fertig geworden.«

»Wie schön! Tom muss mir unbedingt ein Foto davon schicken. Ich wäre gespannt zu wissen, was du mit unserem Set als Inspiration so gezaubert hast.« Er pausierte kurz, um seinen freundlichen Versuch, ein wenig Small Talk zu machen, auf sie wirken zu lassen. »Hör mal, Keira … ich hätte da so eine Idee. Das kommt jetzt sicher plötzlich, aber alles, worum ich dich bitte, ist, dass du darüber nachdenkst.«

»W-worum geht es?«

Keira blickte ernst zwischen dem Handy und Thomas hin und her. Sie hatte da so eine Vermutung. Eine Vermutung, die sie zu zwei völlig unterschiedlichen Reaktionen drang – entweder lauthals aufzulachen, weil die Vorstellung so unverhofft und ungewöhnlich, aber tatsächlich, wie Robert es formuliert hatte, *genial* war, oder aber den nun fünfzigjährigen Regisseur endgültig für verrückt zu erklären.

»Was würdest du davon halten, an Audreys Stelle die Rolle von Lizbeth zu übernehmen?«

KAPITEL 23

Keira

»Er ist wahnsinnig geworden, vollkommen überge-schnappt!« Keira raufte sich die Haare. Zwei Tassen Tee hatte sie bereits getrunken, doch selbst die dunkle Brühe mit Milch, die in England als Wundermittel für alles galt, beruhigte sie nach der wahnwitzigen Idee seitens eines weltweit gefeierten Regisseurs nur mäßig.

Etwa eine halbe Stunde nach Roberts Anruf war Jonathan als Antwort auf Thomas' Textnachricht spontan vorbeigekommen. Vorbei war es mit der Ruhe, die Keira gebraucht hätte, um ihre Präsentation vorzubereiten, aber darum würde sie sich später kümmern müssen.

Seit knapp zehn Minuten spazierte sie mit den Händen hinter dem Rücken verschränkt in der Küche auf und ab, umrundete wieder und wieder die Kücheninsel und würde früher oder später vermutlich noch tiefe Einkerbungen auf dem glänzenden Fußboden hinterlassen, wenn sie sich nicht bald abreagierte.

»Ganz so verrückt ist er gar nicht«, beschwichtigte Jonathan sie halb belustigt, halb ernst. Ihre Aufregung konnte er wohl allein deshalb schon verstehen, weil er die letzten Tage mit Unterstützung von Nick sowie Elias und Hamley damit zugebracht hatte, die falschen Ge-rüchte über Keiras Person aus dem Verkehr zu ziehen.

Keira hatte nach ihrem ersten öffentlichen Auftritt mit Thomas bei der Filmpremiere und Jonathans anschließendem Wutanfall nicht damit gerechnet, dass er sie bei ihrem Wiedersehen in die Arme schließen und ihr versichern würde, dass sie die Sache schon wieder geradebiegen würden – vor allem, falls Audrey einen Versuch starten sollte, mit den unangenehmen Vorfällen am Set hausieren zu gehen. Doch anders als bei der Pressekonferenz kurz nach ihrer Trennung damals, bezweifelte Jonathan dies, wie er ihnen kurz nach seiner Ankunft mitteilte. Audrey würde dieses Mal nur ihrer eigenen Karriere schaden, wenn sie den Journalisten Geschichten davon auftischte, weshalb sie den Dreh letztlich hatten abbrechen müssen.

Den Gedanken an Thomas' Exfreundin jedoch verdrängte Keira dieses Mal. Stattdessen schwirrten ihr wieder und wieder Roberts Worte wie ein Haufen lästiger Mücken im Kopf herum. Sie hatte noch nicht richtig verdaut, was für eine Gelegenheit das war, die Robert ihr hier bot. Trotz der harten Arbeit, die hinter Thomas' Beruf steckte, schien er nahezu immer Spaß an seinen Rollen zu haben. Wenn sie nun mit ihm zusammen vor der Kamera stehen und ein Liebespaar mimen würde, müsste sie sich im Grunde gar nicht verstellen. Ein Leben als Schauspielerin an Thomas' Seite. Es wäre genau so wie in ihrem Traum damals. Aber war sie all der Aufmerksamkeit gewachsen? Schon jetzt verunsicherte sie, wie viele Fans ihr Gesicht und ihren Namen kannten, bloß weil sie diejenige war, die Thomas' Herz im Sturm erobert hatte. Sie würde Robert den Gefallen tun und darüber nachdenken, auch wenn ihr Kopf längst ein leuchtend rotes Stoppschild aufgestellt hatte.

»Robert ist bekannt für seine verrückten Ideen. Deswegen sind seine Filme ja so erfolgreich und in aller Munde. Da ist es natürlich nicht verwunderlich, dass er nicht davor zurückschreckt, eine dahergelaufene Amateur-Schauspielerin ohne Ausbildung und Erfahrung zu casten. Nichts für ungut, Keira, aber genau das wärst du.«

»Verständlich.« Noch immer ungläubig schüttelte sie den Kopf. Robert konnte doch nicht ernsthaft davon ausgehen ... sie seufzte und ließ sich von Thomas auf den Schoß ziehen. Seine Hand auf ihrem Rücken beruhigte ihren schnellen Herzschlag.

Jonathan kräuselte die Lippen. Schon die ganze Zeit sah es so aus, als würde er sich seine Meinung zu diesem zugegeben unwirklichen Thema krampfhaft verkneifen.

»Ich weiß genau, was du denkst. Was das für meine Karriere und meinen Ruf bedeuten würde. Lass mich raten, Elias und Hamley haben ebenfalls ihre Bedenken geäußert? Ganz zu schweigen von Nick, der Keira gegenüber noch immer nicht ganz aufgetaut ist ...«

»Na komm, deswegen ist er doch kein schlechter Kerl. Ohne ihn stündest du heute nicht auf dem goldenen Treppchen der begehrtesten Schauspieler Großbritanniens. Und du weißt, dass das vor allem für Anfragen für große Hollywoodfilme gilt.« Jonathan wandte sich an Keira. »Nick ist eben durch und durch ein Workaholic, deswegen kommt er manchmal etwas schroff rüber.«

Thomas hob bloß eine Augenbraue und der Manager seufzte.

»Wir sind ... gemischter Gefühle. Einerseits hätten Elias und Hamley damit sämtlichen Spielraum für ein neues Hollywood-Vorzeigepaar, zumal Keira keine Berühmtheit ist ... andererseits ... finden sie, dass das Drama mit Audrey noch nicht lange genug her ist, als dass Keira in der Hauptrolle von de Limos Film nicht auch gehörig viel Ärger mit sich bringen würde. Ganz abgesehen davon, dass diejenigen, die Audrey und dich zusammen toll fanden, sie auseinandernehmen würden.«

Im Prinzip also konnte ihnen Thomas' Manager auch nicht zu einer Entscheidung verhelfen. War es denn absurd, dass sie überhaupt darüber nachdachte? Sie hatte noch nie vor der Kamera gestanden, geschweige denn ihre Schauspielkünste richtig unter Beweis gestellt. Womöglich wäre sie, wenn es darauf ankam, sogar so schlecht, dass Robert seinen glorreichen Einfall selbst noch einmal überdenken würde.

»Schlaft am besten eine Nacht darüber«, schlug Jonathan schließlich vor und erhob sich. Rasch leerte er den restlichen Inhalt seiner Teetasse und griff nach seiner Aktentasche. »Aber etwas muss ich dir noch sagen, Tom. Robert de Limo greift nach Strohhalmen. Wenn er bis Ende Mai keine verfügbare – und geeignete – Schauspielerin mehr findet, wird die Produktion des Budgets wegen auf unbestimmte Zeit auf Eis gelegt.«

Und dann würde sein Traum von einem Film mit dem Regisseur, dessen Arbeit er so vergötterte, doch noch platzen. Keira schluckte schwer. Ihr Tee schmeckte ihr plötzlich überhaupt nicht mehr.

Nachdem Jonathan verschwunden war, kehrte einige Minuten lang eine bedrückende Stille ein. Seine letzten Worte hatten Thomas einen so gewaltigen Dämpfer verpasst, dass Keira befürchtete, er würde seine Teetasse samt Teekanne gegen die Wand pfeffern. Schluckend stellte sie sich vor, wie sie mit einem lauten Klirren zerbarst und sich in ein nasses Scherbenmeer auf dem Boden verwandelte.

»Was denkst du, Keira?« Er bemühte sich hörbar um einen Tonfall, der ihr wohl nicht unmittelbar vermitteln sollte, dass die Entstehung dieses Films mit einem Mal möglicherweise von ihrer Entscheidung abhing. Aber die Schauspielerei verlangte großes Engagement, Ambition und ein gesundes Selbstbewusstsein, das nicht so leicht bröckelte, wenn es im Internet Negativkritik rieselte. Ob sie das auf sich nehmen könnte? Sie seufzte.

»Ich weiß nicht, Thomas … ich … ich will meinen Studienplatz nicht verlieren. Architektin zu werden, war immer mein Traum. Ich … weiß nicht, ob die Schauspielerei überhaupt das Richtige für mich ist. Darüber habe ich noch nie nachgedacht! Ich weiß, was für eine unglaubliche Karrierechance das wäre. Sowohl für mich als auch für dich. Aber … ich habe mich nie als gefeierten Filmstar gesehen. Bevor ich dich getroffen habe, hatte ich mit der Filmindustrie noch nicht einmal etwas am Hut, verstehst du?«

Thomas nickte. »Natürlich verstehe ich. Lass dein Herz entscheiden, Keira. Ich liebe dich, egal, welchen Weg du gehst und ob du eine atemberaubende Schauspielerin oder eine begabte Diplomingenieurin wirst, die Städte errichtet.«

Liebevoll drückte er ihre Hand – die angespannte Stille zwischen den beiden verwandelte sich sehr zu ihrer Erleichterung in eine friedliche Ruhe.

»Es ist schon fast Mitternacht. Na komm, gehen wir schlafen. Sonst triffst du Natalie morgen mit dunklen Ringen unter den Augen.«

Erschrocken sah Keira auf die Uhr. Thomas hatte Recht. Morgen um Punkt neun Uhr hatte sie sich mit ihrer besten Freundin in einem Brautmodengeschäft in Knightsbridge verabredet. Sie würde danach weiterlernen müssen … wenn sie dann noch die nötige Motivation dafür aufbringen konnte. Keira schürzte die Lippen. Sie wollte Natalie morgen nicht die Schau stehlen, doch sie hatte im Gefühl, dass sie ihrer besten Freundin von dem verrückten Angebot des Regisseurs erzählen musste. Ein Glas Champagner war allemal perfekt dafür.

***

»Soll Paulson dich hinbringen?«

Keira schüttelte den Kopf, als sie sich am nächsten Tag müde in ihre Jacke hüllte und gähnte. »Ich fahre mit der U-Bahn.«

»Ist gut. Ruf mich an, wenn ihr fertig seid, dann komme ich nach.«

»Wozu? Willst du noch etwas unternehmen?«

»Wozu wohl? Du wirst für die Hochzeit auch ein Kleid brauchen, mein Engel. Sagt man nicht immer, dass gegen Kummer und Aufregung ein ausgiebiger Shoppingtrip hilft?«

Keira lachte in sich hinein. »Ja, ja. Das sagt *Mann*. Besonders *Mann* mit dicker Brieftasche.«

»So oder so. Wenn wir uns schon in der Innenstadt herumtreiben, können wir genauso gut einkaufen gehen.«

Amüsiert schloss sie die Augen. »Wir *sind* doch in der Innenstadt.«

»Das ist etwas anderes. Hier habe ich dich ganz für mich allein.« Thomas zwinkerte und schickte mit der frechen Geste augenblicklich einen Stromschlag durch ihren gesamten Körper. Sie würde sich wohl nie an die intensive Wirkung, die er auf sie hatte, gewöhnen. Die Schmetterlinge jagten wie aufgehetzt in ihrer Magengrube hin und her, auch noch, als sie sich ihre Schuhe anzog und mit ihrer Oystercard in der Tasche in den Aufzug stellte.

Etwa eine halbe Stunde später hatte sie das Brautmodengeschäft gefunden.

Natalie hatte, wie von Keira bereits vermutet, sofort wissen wollen, ob es an der Atberry-Front Neuigkeiten gab und das, obwohl sie sich gerade mühselig in ein Korsett zwängen ließ. Auf ihr Nicken hin, das ihr versicherte, dass Natalies anwesende Familienmitglieder nicht plaudern würden, holte Keira tief Luft und berichtete.

Die Augen ihrer besten Freundin weiteten sich erschrocken, was aber gewiss nicht an dem Korsett lag, das die Angestellte hinter ihrem Rücken mit aller Körperkraft gerade noch etwas enger schnürte. Ihr Name war Nora und sie war, wie sich herausstellte, Natalies Cousine und Trauzeugin, die hier Teilzeit arbeitete. Sobald sie ihr Werk vollendet hatte, unternahm sie einen Versuch, Natalies Haare hochzustecken, um gleich noch einen weißen Schleier anbringen zu können. Ein nervenaufreibender Prozess, den Natalies Mutter und deren Schwester, die sie ebenfalls zur Anprobe mitgebracht hatte, prüfend beäugten.

»Du verscheißerst mich, oder?«

»Absolut nicht.« Keira seufzte und nippte an ihrem Sektglas.

»Meine beste Freundin wird eine weltberühmte Schauspielerin, ich glaub's einfach nicht.«

»Freu dich nicht zu früh … ich bin mir ganz und gar nicht sicher, ob ich mich darauf einlassen soll«, gab sie schuldbewusst zurück.

Nora räusperte sich. Sie war genauso blond wie Natalie und mit gerade einmal neunzehn Jahren genauso quirlig und aufgeweckt wie Keiras beste Freundin selbst. Nora hatte zwei

Jahre lang heimlich einen schottischen Musiker gedatet, wovon Natalie bis zu ihrer Trennung nie etwas gewusst hatte – Grund genug, auch ihr zu vertrauen, nichts auszuplaudern, was die Öffentlichkeit nicht erfahren durfte. Zumindest noch nicht – je nachdem, wie Keira schließlich entschied. »Wollt ihr meine Meinung dazu hören?«

»Nur, wenn du mir dabei nicht diese Anstecknadeln in den Schädel stichst.«

»Natürlich nicht, sei keine Brautzilla. Keira, wenn du dir vorstellst, als Schauspielerin über den roten Teppich zu stolzieren … stellst du es dir dann vor, weil es schon immer dein Traum war, oder stellst du es dir vor, weil du mit Tom Atberry am Arm stolzieren würdest?«

»Tom stolziert doch nicht!«, warf Natalies Tante Rachel empört ein. Keira jedoch hielt inne und überlegte. Noras Denkweise machte durchaus Sinn, bloß dass Keira selbst es durch all die Aufregung noch nicht fertiggebracht hatte, mit einem kühlen Kopf an die Sache heranzugehen. Abgesehen davon war da ja auch noch all der Medienschrott, der dank Charlene und Angus überall über sie kursierte. Auch Robert de Limo musste inzwischen davon erfahren haben.

»Ohne Thomas würde ich mir so ein Leben nicht einmal ansatzweise vorstellen«, antwortete sie schließlich. Erst als sie die Worte aussprach, realisierte sie, wie sehr sie der Wahrheit entsprachen. Hier ging es nicht um eine millionenschwere Karriere, um Ruhm oder Aufmerksamkeit. Keira ging es einzig und allein darum, mit Thomas zusammen zu sein und ihm seinen Robert de Limo Film zu ermöglichen, selbst wenn das bedeutete, dass sie dafür Schauspielerin werden und ihren Traumberuf als Architektin – wieder einmal – an den Nagel hängen musste. Aber anders als ihr Ex-Verlobter Marc drängte Thomas sie zu nicht zu dieser Entscheidung – ganz im Gegenteil. Er ermutigte sie dazu, zu tun, was *sie* für richtig hielt, und dafür war sie ihm so unglaublich dankbar, dass es schmerzte.

Vermutlich hatte sie diesen Entschluss schon gefasst, als sie das Gespräch mit Robert gestern Abend beendet hatte. Es wäre der reinste Irrsinn, diese Rolle anzunehmen ... oder?

»Da hast du deine Antwort«, mutmaßte Nora mit einem selbstgefälligen Grinsen.

Natalie gluckste. »Schlaues Cousinchen.«

»Danke, Nora«, sagte Keira lächelnd. »Jetzt vergesst, dass ich etwas gesagt habe, denn ich will Natalie in weißen Kleidern sehen, bis wir alle in Tränen ausbrechen, weil wir uns so für sie freuen.«

Keiras Worten folgten Taten. Nahezu dreieinhalb Stunden verbrachten die Damen im Brautmodengeschäft und tranken dabei zwei volle Flaschen Champagner leer, sodass Keira dankend verneinte, als Nora ihnen noch eine dritte anbot. Aber was noch viel wichtiger war – Natalie hatte, zum Glück auch ohne dazugehöriges Korsett, ihr Kleid gefunden. Wie der Schwanz einer jungen Meerjungfrau betonte es ihre Kurven und schlanken Beine, bis es sich knapp unter den Knien wie ein Fächer entfaltete und durch die vielen Glitzerperlen auf den weißen Rüschen magisch funkelte, wenn sie sich drehte. Natalie würde ihre Haare nun doch offen tragen, damit der herzförmige Ausschnitt des ärmellosen Kleides noch besser zur Geltung kam.

Mit einem Mal wünschte Keira sich, an ihrer Stelle zu sein. Thomas und sie hatten noch nie über eine Hochzeit gesprochen. Gerade einmal ein Jahr war es nun her, dass sie sich kennen und lieben gelernt hatten, und obwohl sie bereits zusammenwohnten, fragte Keira sich, ob sie für einen solchen Schritt ebenfalls schon bereit wären, besonders nach Frankreich. Wenn sie es sich genau überlegte, dann waren Natalie und Richard auch noch gar nicht so lange zusammen – tatsächlich kannten die beiden sich erst seit knapp elf Monaten.

Was wäre, wenn Thomas sie heute Abend mit einem Verlobungsring überraschen würde? Wenn er nach einem langen und erholsamen Spaziergang die Themse entlang am Südufer vor ihr auf die Knie gehen und um ihre Hand anhalten würde? Hinter ihnen würde das dunkle Wasser durch die vielen Lichter auf der anderen Seite des Flusses geheimnisvoll glitzern und einzig und allein der Mond würde Zeuge ihres Versprechens, einander immer treu zu bleiben.

Verträumt blickte sie aus dem Fenster und räusperte sich. Es dämmerte bereits. Thomas müsste jeden Augenblick hier auftauchen und sie abholen.

Natalie hatte ihnen heute erst mitgeteilt, dass sie sich als Farbe für die Brautjungfern passend zur Dekoration für ein kräftiges Gelb entschieden hatte. Das wäre zwar nicht Keiras erste Wahl, aber immerhin auffällig genug, um ein passendes Kleid zu finden. Sie vertraute darauf, dass ihre beste Freundin die grelle Farbe weise einsetzen und sowohl die Kirche als auch den Festsaal für das anschließende Essen atemberaubend schön schmücken würde – und das würde ihr auch die Suche nach dem richtigen Kleid um einiges erleichtern.

Keiras Gesicht hellte sich merklich auf, als sie Thomas wenig später endlich auf dem belebten Gehweg entdeckte, wie er zielstrebig auf das Brautmodengeschäft zusteuerte. Mit den Händen in den Hosentaschen und einer dunklen Übergangsjacke fiel er in der Menge kaum auf. Das goldene Glöckchen über der weißen Eingangstür klingelte, sobald er die Tür aufstieß und sich suchend nach ihr umsah.

Mit einem erleichterten Lächeln winkte Keira ihn zu sich und sprang auf, um ihn mit einem langen Kuss zu begrüßen – und in dem Moment, in dem sich ihre Lippen berührten, blitzten vor ihrem geistigen Auge erneut Bilder davon auf, wie er vor ihr auf die Knie ging. Theatralisch seufzte sie gegen seinen Mund und vergrub ihre Hände in den hinteren Taschen seiner Jeans, nachdem sie sich voneinander gelöst hatten.

Auf dem Sofa stieß Rachel einen verzückten Schrei aus.

»In echt sieht er ja noch viel hübscher aus als auf der Leinwand!«

Thomas lachte peinlich berührt. »Hallo. Ich bin …«

»Ich weiß natürlich, wer du bist, du musst dich nicht vorstellen. Ich bin Rachel, Natalies Tante.«

Höflich reichte der Schauspieler ihr die Hand und begrüßte die übrigen Anwesenden mit einem freundlichen Lächeln.

»Gibst du Autogramme, wenn du privat unterwegs bist? Irgendwo hier muss ich meinen Notizblock haben ...« Sie wandte sich ab, um in ihrer Handtasche zu wühlen, noch bevor Thomas etwas erwidern konnte. Keira drückte sich schmunzelnd an ihn. Zumindest waren nicht *alle* seine Fans nur mäßig von den noch recht frischen Entwicklungen seines Beziehungsstatus begeistert. Rachel schien sogar regelrecht euphorisch, so wie sie die beiden eng umschlungen vor sich stehen sah.

Das Lächeln des Schauspielers war mild und aufrichtig, als er ihr den Notizblock aus der Hand nahm, um mit dem schwarzen Edding, den sie beigelegt hatte, seine Unterschrift auf eine der leeren Seiten zu setzen.

»Für Rachel, ja?«

»Oh, ja. Ich danke dir vielmals. Du kommst doch zu Natalies Hochzeit?«

»Ich werde da sein.«

Rachel stieß ein verzücktes Keuchen aus. »Dann freue ich mich, dich dort wiederzusehen. Ein echter Filmstar, dass ich das noch erleben darf ...«

Natalie prustete leise. »Geht lieber, bevor sie Tom mit nachhause nimmt und mit Keksen mästet.«

***

»*Hier?* Hier willst du mir ein Kleid kaufen?« Ungläubig reckte Keira das Kinn und blieb wie angewurzelt vor einem der hübsch verzierten Schaufenster stehen. Die eleganten Kleider, die die gesichtslosen Plastikpuppen trugen, hatten keine Preisschilder, doch das mussten sie auch nicht. Ein Blick auf die noble Fassade genügte ebenso wie ihre Umgebung, um zu erkennen, um welches Kaufhaus es sich handelte – und dass sie unter normalen Umständen nicht einmal in ihren kühnsten Träumen auf die Idee gekommen wäre, auch nur einen Blick auf die teuren Waren hier zu werfen.

Thomas verschränkte seine Finger galant mit ihren und schob sich geschickt an ein paar Touristen vorbei, die vor dem Haupteingang grinsend Fotos schossen. Keira folgte ihm hastig über den grünen Teppich mit dem goldenen *Harrods*-Schriftzug, direkt in Richtung Kleiderabteilung, ehe sie die Chance dazu hatte, es sich anders zu überlegen und Thomas stattdessen zu bitten, sie zu H&M oder Zara zu bringen. Inzwischen sollte sie wissen, dass er nie eine Gelegenheit vergeudete, um sie zu verwöhnen.

»Guten Abend.« Die Verkäuferin – jung und mit blutrot geschminkten Lippen – trat hinter einem gläsernen Pult hervor. Ihr Anzug passte zu der luxuriösen Inneneinrichtung und der teuren Kleidung, die hier verkauft wurde. Knapp über ihrer Brust funkelte ein goldenes Namensschild mit geschwungener Serifenschrift. *Beverly.* »Kann ich Ihnen helfen, Mr. Atberry?«

Die Angestellten hier waren wohl darauf geschult, Prominente zu erkennen und namentlich anzusprechen. Schließlich kauften hier nicht nur Schauspieler ein, die privat wie Thomas tickten, sondern auch Stars, die sich, wenn sie beraten wurden, wie Könige fühlen wollten. Keira presste fest die Lippen aufeinander, als Beverly sie von oben bis unten prüfend beäugte.

»Hallo …« Thomas schielte auf ihr Namensschild. »Beverly. Ich suche ein Kleid für meine Freundin, für eine Hochzeit.«

»Die Braut hat sich für Gelb entschieden«, fügte Keira schnell hinzu, damit die Angestellte nicht auf falsche Gedanken kam. »Ein natürliches Gelb, wie die Farbe von Sonnenblumen.«

Beverlys Augen blitzten auf. »Oh ja, warten Sie, da habe ich etwas Passendes, von *Camilla und Marc.*« Mit einer flinken Handbewegung bedeutete sie ihnen, ihr zu folgen und blieb zwei Kleidungsständer später vor einem bodenlangen Kleid stehen, das durch und durch aus Satin gefertigt war. Hauchdünne Träger garantierten ihr Halt auf den Schultern, für die Betonung ihrer Beine würde ein Schlitz im Stoff sorgen, der sich bis knapp über das Knie entlang zog.

Keira wagte erst gar nicht, Beverly nach dem Preis zu fragen. Bestimmt hätte die Verkäuferin sie daraufhin verdutzt angestarrt oder ausgelacht. In einem Kaufhaus wie diesem gehörte sich das einfach nicht. Wenn sie nach dem Preis fragen musste, würde sie es sich ohnehin nicht leisten können – nicht, wenn Thomas ihr nicht wie so oft seine Kreditkarte aufzwang.

»Welche Größe tragen Sie?«

»Zehn … sofern das Kleid nicht zu eng geschnitten ist.«

»Nein, nein, das sollte Ihnen in dem Fall wie angegossen passen. Selbstverständlich können wir aber auch Änderungen vornehmen. Kommen Sie, ich zeige Ihnen noch eines. Dieses hier …« Beverly stolzierte mit ihren schwarz glänzenden Pumps ein wenig nach vorne. » … ist zwar nicht direkt gelb, sondern mehr an einen dezenten Goldton angelehnt, aber ich denke, farblich würden Sie trotzdem noch richtig liegen. Das hier ist von *Dolce & Gabbana*, es kam erst letzte Woche rein. Damit stehlen Sie sogar der Braut die Show!«

Keira blinzelte. *Dolce & Gabbana* verkaufte Kleider nicht unter tausend Pfund. »Möchten Sie die beiden gerne anprobieren?«

»Ähm, gerne.«

»Ich bringe sie Ihnen in die Umkleidekabine, da können Sie sich in Ruhe umziehen. Falls Sie Hilfe brauchen, geben Sie mir einfach Bescheid. Würde Sie gerne etwas trinken? Ein Glas Champagner oder Wein?«

Beverly lotste die beiden mit Selbstverständlichkeit in den verspiegelten Umkleidebereich. Schwere schwarze Holztüren zierten die einzelnen Kabinen, sodass nur noch Keiras Füße zu sehen sein würden, sobald sie darin verschwand.

»Nur ein Glas Wasser für uns beide, Beverly, danke.« Thomas schenkte ihr sein dreihundertsechzig Watt-Lächeln, das Reporter, Fotografen und seine Fans erst recht vor Verzückung um den Verstand brachte.

In Keiras Bauch kribbelte es wohlig. Erst nachdem die enthusiastische Angestellte verschwunden war und Keira sich vergewissert hatte, dass sie auch wirklich allein waren, stieß sie überfordert die Luft aus. »Ich kann nicht glauben, dass du mich zu *Harrods* gebracht hast.«

»Es gibt für alles ein erstes Mal, mein Engel.« Stromschläge jagten durch ihren Körper und kitzelten sie direkt zwischen den Beinen, als er ihr zuzwinkerte und sich nonchalant auf einem der butterweichen schwarzen Ledersofas vor der Umkleidekabine fallen ließ. Doch anstatt sich endlich mit den Kleidern, die Beverly für sie zum Anprobieren bereitgelegt hatte, zu befassen, bedachte sie den Schauspieler mit einem gespielt vorwurfsvollen Blick.

»Die Kleider hier kosten alle ein Vermögen, Thomas.«

»Nicht für mich – zumindest nicht, wenn ich sie an dir sehe. Keira, eine Hochzeit ist ein besonderer Anlass. Das ist in Ordnung. Wenn du glaubst, dass die beiden Kleider hier zu teuer sind, was auch immer sie am Ende kosten mögen, wie wirst du dich dann erst bei unserer eigenen Hochzeit anstellen? Ich werde dich in eine *Prinzessin* verwandeln, dessen kannst du dir sicher sein.«

Keiras Herz machte einen Hüpfer. *Bei unserer eigenen Hochzeit.* Aufregung bohrte sich wie heiße Nadeln in ihren Magen, als ihr erwartungsvoller Blick den seinen traf. Schmunzelnd deutete er mit dem Kinn auf die Umkleidekabine, die sie nach einem kurzen Zögern auch brav ansteuerte.

Keira schloss die schwarze Holztür hinter sich und machte sich mit einem halbherzigen Kopfschütteln daran, T-Shirt, Jeans und Schuhe loszuwerden, um die Kleider anzuprobieren. Wie erwartet, gestaltete sich das gar nicht so einfach.

»Uff …« Das quietschgelbe Kleid von *Priscilla und Lars* … nein, wie hatte Beverly die Designer genannt? Jedenfalls mussten die beiden, wer auch immer sie waren, bei der Konstruktion ihrer Kleider überwiegend Miniatur-Models zur Anprobe genötigt haben. Sie bekam es kaum über die Hüften.

»Alles in Ordnung da drinnen? Brauchst du eventuell meine Hilfe?« Ein frecher Unterton schwang in Thomas'

Stimme mit – verspielt genug, damit Keira den Wink mit dem Zaunpfahl verstand.

»Untersteh dich, Thomas! Einen Augenblick noch, ich bin fast fertig.« Mit geröteten Wangen grinste sie in sich hinein. So gut gelaunt hatte sie Thomas seit Jonathan mit dem de Limo-Skript im Aufzug erschienen war, nicht mehr erlebt.

Dann also *Dolce & Gabbana*. Keira schürzte die Lippen und nickte sich in dem riesigen Ganzkörperspiegel entschlossen zu, ehe sie sich daran machte, das zweite Kleid anzuprobieren.

Den Reißverschluss hinten am Rücken allein hochzuziehen, war überraschend leicht, doch noch als sie die Tür wieder öffnete und barfuß nach draußen trat, um dem Schauspieler das teure Stück Stoff an ihrem Körper zu zeigen, schielte sie zurück in den Spiegel und schnappte mit großen Augen nach Atem. Sie sah ... sie sah *umwerfend* aus.

Kameralichter blitzten vor ihrem inneren Auge auf. Mit einem so teuren Kleid fühlte sie sich augenblicklich in den Moment zurückversetzt, in dem sie Thomas zur Filmpremiere begleitet hatte und in hochhackigen Schuhen über einen roten Teppich spaziert war, während Hunderte von Augenpaaren begierig jede ihrer Bewegungen aufgesogen hatten.

Im Nachhinein betrachtet war sie erleichtert, dass Thomas sich nicht darüber beschwert hatte, dass sie ihm vor Nervosität fast die Hand abgequetscht hatte.

Ihr Lächeln entglitt ihr so schnell, wie es gekommen war, noch während ihre Handflächen den leichten Stoff an ihrem Körper befühlten. *Filmpremiere. Der Dreh ... Robert de Limos Angebot* ... Ein Seufzen entfuhr ihrer Kehle.

»Keira ... du siehst wunderschön aus. Drehst du dich für ... was ist denn los?« Der Schauspieler hielt augenblicklich inne, als er ihren besorgten Gesichtsausdruck bemerkte. »Hast du ein Preisschild entdeckt? Keira ...« Vorwurfsvoll funkelte er sie an und strich mit den Handflächen sanft über ihre nackten Oberarme, bis sie mit einer zarten Gänsehaut überzogen waren.

»Das ist es nicht. Ich bekomme nur Roberts Worte nicht aus dem Kopf, ich ...« *Ohne Thomas würde ich mir so ein Leben nicht einmal ansatzweise vorstellen,* hatte sie im Brautmodengeschäft gesagt. Ihre Lippen teilten sich stumm. Mit einem Mal verstand sie. Wenn es nach ihr ginge, hätte sie niemals in Erwägung gezogen, eine Schauspielkarriere im Rampenlicht einzuschlagen, ganz zu schweigen von ihrer mangelnden Erfahrung. Sie haderte nur deshalb mit sich, die Rolle abzulehnen, weil sie *Thomas* damit eine Chance verderben könnte, mit einem Regisseur zu arbeiten, dessen Arbeit er seit Beginn seiner eigenen Karriere bewunderte.

»Du bist eine so starke Frau, Keira«, unterbrach Thomas die taumelnden Gedanken in ihrem Kopf. »Lass bitte nicht zu, dass Robert dich alles in Frage stellen lässt, worauf du die letzten Monate hingearbeitet hast. Versprich mir das.«

Keira seufzte. Sie hatte mit ihrer Familie und den wiederholten Gerichtsterminen so viel Schlimmeres durchgemacht. Nun darüber entscheiden zu müssen, ob sie die weibliche Hauptrolle in einem Film spielen wollte, der ihr Leben verändern könnte, kam ihr im Vergleich dazu beinahe absurd vor. Sie anzunehmen, bedeutete zwar noch lange nicht, dass sie danach zu einer Schauspielkarriere gezwungen war und ihren Wunsch, Architektin zu werden, erneut an den Nagel hängen musste ... ob sie aber nach einem so großen Film mit Thomas Atberry an ihrer Seite noch ein normales Leben führen konnte, war fragwürdig. Schon jetzt war ihr die Aufmerksamkeit, die ihr als seine Freundin zuteilwurde, oft unangenehm. Keira wollte sich gar nicht ausmalen, wie es sein würde, sobald sie mit ihm auf der Leinwand erschien und für die Promo zum Film durch die halbe Welt reisen würde.

Allerdings ging es hier auch um ihre Liebe zu Thomas. Sie würde *alles* für ihn tun, diese Erkenntnis war weder erschreckend noch überraschend. Sie erklärte lediglich die Zerrissenheit, die sie wie ein trockenes Ahornblatt im Herbst wild durch die Luft fegte.

»Ich …«

»Versprich es mir«, beteuerte Thomas strenger und warf ihr einen ernsten Blick zu.

»Okay. Ich verspreche es, aber …«

»Aber was?«

»Ich weiß doch auch nicht … Thomas, ich glaube, es geht mir bei der Sache gar nicht um mich, sondern um dich.« Ein schlechtes Gewissen, erkannte sie siedend heiß. »Ich habe irgendwie Schuldgefühle.«

»Schuldgefühle?«, wiederholte er entsetzt. »Weshalb um alles in der Welt hast du Schuldgefühle?«

»Na ja … wenn ich mitspielen würde, wärst du womöglich schon wieder am Set.«

»Keira … so darfst du nicht denken. Und wenn der Dreh abgesagt wird, dann …« Er hielt inne, als müsste er genügend Kraft für seine nächsten Worte sammeln. » … dann ist das eben so und es hat einfach nicht sein sollen. Egal, wie die Sache mit de Limo am Ende ausgeht, es wird nicht deine Schuld gewesen sein, ja?«

»Brauchen Sie noch etwas?« Beverly streckte ihren Kopf mit einem fast schon furchteinflößenden Lächeln und zwei Gläsern Wasser in den Händen um die Ecke, was Keira zusammenzucken ließ. Ob sie etwas gehört hatte? Sie belauscht hatte? Keira biss sich auf die Unterlippe. Paranoia schlich sich in ihre Eingeweide. Sie hätten dieses Gespräch lieber auf später verschieben sollen, für zuhause, wenn sie ungestört und ohne ein zusätzliches Paar Ohren offen darüber reden konnten.

»Danke, Beverly, wir kommen klar.« Thomas' Tonfall war regelrecht scharf, doch die Verkäuferin schien sein Missfallen nicht zu bemerken.

»Sie sehen hinreißend aus. Haben Sie schon beide Kleider anprobiert?«

»Ja, das andere Kleid passt mir nicht, aber das hier gefällt mir tatsächlich auch viel besser.«

Beverly lächelte zufrieden. »Tja, *Dolce & Gabbana* kann man eben nicht widerstehen.«

»Möchtest du es haben?«, fragte Thomas an Keira gewandt.

Keira lächelte ihn schüchtern an. »Sicher?«

Schmunzelnd hob er die Augenbrauen. »Dann nehmen wir es.«

»Ausgezeichnet. Ich lasse gleich ein fabrikneues für Sie einpacken. Ziehen Sie sich ruhig in Ruhe um.«

Keira wandte sich ab, während Thomas der aufdringlichen Angestellten die Gläser aus den Händen nahm und ihr stattdessen seine Kreditkarte in die Hand drückte.

***

London hatte bei Nacht einen ganz besonderen Charme. Direkt im Zentrum herrschte auch nach Einbruch der Dunkelheit noch ein reges Treiben, als Thomas seinen silbernen Mercedes an den vielen Fußgängern vorbei nachhause lenkte. Erst nachdem sie in ihre Straße abgebogen waren, wurde es wieder ruhiger – zumal sich in der Camden Street trotz des renommierten Namens nur selten Touristen aufhielten. Und da glücklicherweise auch nur die wenigsten wussten, wo der berühmte Thomas Atberry wohnte, machte sie der überraschende Empfang, der sie zuhause erwartete, nervös. Etwa ein Paparazzo? War ihnen im Supermarkt, den sie nach *Harrods* noch rasch aufgesucht hatten, jemand gefolgt?

Direkt vor dem abgeriegelten Gebäude parkte ein weißer SUV mit getönten Scheiben, der zweifelsohne keinem der Anwohner gehörte. Thomas' Blick verfinsterte sich merklich, als er das Gefährt zu Gesicht bekam.

Sobald er geparkt hatte und sie beide ausgestiegen waren, drückte er Keira eng an sich. Mit einer flüchtigen Handbewegung schloss er sein Auto ab und bewegte sich direkt auf den SUV zu.

»Erwartest du heute noch jemanden?«

»Eigentlich nicht …«

»Ist das Jonathan?«, fragte sie mit gerunzelter Stirn und umklammerte verunsichert die frische Milch, die sie besorgt hatten, während Thomas das Kleid trug.

Thomas schüttelte den Kopf. »Nein. Das ist Nick. Unter anderen Umständen würde ich mich freuen, wenn mein

Agent mich persönlich besucht. Das bedeutet dann meistens, dass er mir eine bombastische Rolle geangelt oder ein großes Interview in einer Fernsehsendung oder so etwas ergattert hat – solche Neuigkeiten überbringt er mir gerne selbst. Außerdem tut es gut, hin und wieder von Angesicht zu Angesicht mit dem Mann zu sprechen, der zusammen mit Jonathan dafür sorgt, dass meine Karriere läuft.«

Just in dem Moment stieg der besagte Agent aus dem SUV aus und verriegelte per Knopfdruck die Türen.

»Hey, Tom.« Er begrüßte ihn mit einem freundlichen Schulterklopfen, Keira reichte er höflich die Hand. »Hallo, Keira. Nick. Wir kennen uns bisher ja nur vom Hörensagen.«

Keira rang sich ein Lächeln ab. »Freut mich, dich endlich kennenzulernen, Nick.«

»Dann lass uns reingehen. Du hast bestimmt viel zu erzählen, wenn du vorher nicht angerufen hast.«

Nick lachte künstlich in sich hinein – und aus irgendeinem seltsamen Grund jagte das Geräusch Keira Schauder über den Rücken.

»Tja, wo soll ich da überhaupt anfangen? Du hast dir PR-technisch in letzter Zeit ziemlich was geleistet, Tom.«

KAPITEL 24

Keira

Keiras Tee wollte ihr nicht so richtig schmecken. Die Milch war frisch, der Teebeutel nicht älter als zwei Wochen, weil Amira aufgefallen war, dass ihre Vorräte langsam zuneige gingen, und doch schmeckte das typisch britische Heißgetränk bitter und fahl, jetzt, wo Thomas' Agent ihnen mit vorwurfsvoller Miene gegenübersaß und seine eigene Tasse pausenlos auf dem Glastisch drehte, ohne daraus zu trinken.

»Hast du irgendetwas von Audrey gehört?«, fragte er geradeheraus.

Keira schielte auf Nicks Hände. Ein goldener Ehering zierte seinen rechten Ringfinger.

Thomas runzelte die Stirn. »Nein. Nicht ein Wort. Warum?« Mit anderen Worten: *Was hat sie nun schon wieder getan?*

Sie wappnete sich für das Schlimmste, überraschenderweise jedoch schürzte Nick lediglich die Lippen.

»Nichts. Ich hätte mich nur gewundert, wenn sie versucht hätte, dich zu kontaktieren. Hauptsächlich bin ich hier, um mit Keira und dir über Roberts Film zu sprechen«, sagte er trocken. Seine kurzen Fingernägel klopften ungeduldig auf seiner Teetasse herum. Offenbar wollte er dieses Gespräch genauso schnell hinter sich bringen wie Keira und Thomas.

»Ich dachte, Jonathan hätte uns schon alles gesagt, was wir wissen müssten.«

»Ja, nun ja, ich wollte lieber mit euch persönlich sprechen. Vor allem mit dir, Keira.«

»Er hat gesagt, ihr seid gemischter Gefühle, was Keiras Beteiligung an dem Film angeht. Dass sich Elias und Hamley nicht sicher sind, wie sie am besten mit den möglichen Folgen umgehen werden«, entgegnete Thomas.

»Das hat Jonathan gesagt?« Er gluckste amüsiert. »Das ist noch freundlich formuliert. Er hat dich gern, Keira. Er traut sich nicht, dir das zu sagen, was du hören musst. Elias und Hamley tun *nichts* ohne meine Zustimmung, verstehst du? Ich habe die Fäden in der Hand. Ich bin der Puppenmeister«, gab er ihnen mit einem Grinsen zu verstehen.

Keira kniff verstört die Augen zusammen. »Wie bitte?«

»So war das nicht gemeint, Keira. Das war nur ein Scherz. Okay, hör zu. Jonathan hat schon Recht. Dieser Film ist eine Wahnsinnschance für Tom, ganz abgesehen davon, dass die Medien es lieben werden, dass er mit seinem Mauerblümchen die Kinosäle im Sturm erobert. Aber wir sprechen hier nicht nur von einer Filmpremiere, auf der ihr beiden verliebt Händchen haltet, als ob ihr Angst hättet, euch auf dem roten Teppich zu verlieren. Ich bin hier, um sicherzugehen, dass du der Aufmerksamkeit gewachsen bist. Wenn du erst einmal oben angekommen bist, gibt es kein Zurück mehr und du darfst dir keine Fehler leisten, andernfalls könnte das fatale Folgen für Toms Image und Karriere haben. Wir wollen uns doch nur an die kleine Szene zurückerinnern, die Audrey uns bei der Pressekonferenz letztes Jahr geliefert hat.« Er wandte sich Thomas zu. »Du hast ausgesehen wie ein begossener Pudel. Von deiner spontanen und ausgesprochen, verzeih, *törichten* Aktion bei der Premiere von *Aghast* ganz zu schweigen. Du hättest mir sagen müssen, was du vorhast, das weißt du, ja?« Nick nörgelte, bis ihm der Atem ausging, und würgte dann ein paar Schlucke Tee hinunter.

»Du scheinst ziemlich entschlossen zu sein, dass ich die Rolle annehmen werde«, warf Keira schließlich nach einem Moment unangenehmer Stille ein.

Nick zuckte nur unbeteiligt mit den Schultern. »Kannst du der Versuchung denn widerstehen? Dir wird wohl auch klar sein, dass ich dich gerne unter Vertrag nehmen und betreuen würde, wenn es dazu kommt. Und seien wir mal ehrlich – das ist es doch auch, was du dir wünschst, Tom, oder?«

Der Schauspieler schwieg und fixierte seine Tasse, als wäre der Tee an dem ganzen Schlamassel schuld.

»Ja, ja … Blicke sagen eben mehr als tausend Worte. Ich will dir damit nur klarmachen, dass das deine einzige Chance ist und du in der Lage sein musst, mit den Konsequenzen zu leben. Nicht alle Fans werden begeistert sein, sobald ihr das neue Hollywood-Vorzeigepärchen mimt.«

»Das hat Jonathan auch gesagt. Aber selbst wenn ich diese Rolle annehme, heißt das noch lange nicht, dass ich auch im Filmgeschäft bleiben werde.«

»Das nicht – aber dir muss im Klaren sein, dass du damit eine große Verantwortung übernimmst. Du wirst in der Öffentlichkeit stehen. Journalisten und Fans werden deine Online-Präsenz auseinandernehmen und sie werden ausfindig machen wollen, wie die neue Freundin von Thomas Atberry hinter der Kamera tickt. Sie werden dir die Worte im Mund umdrehen und dein Privatleben analysieren. Weißt du, auch eine Eintagsfliege kann in diesem Business viel Aufmerksamkeit erhaschen. Vor allem, wenn sie eine Beziehung mit einem millionenschweren berühmten Schauspieler führt.«

Keira biss sich auf die Unterlippe. Nick hatte Recht. Das war genau das, was sie befürchtet hatte. Es könnte Monate, wenn nicht sogar Jahre dauern, bis man sie nach diesem Film wieder vergessen hatte. Dass sie bis dahin in Ruhe in der Bibliothek sitzen und für ihre Architekturprüfungen lernen könnte, war äußerst unwahrscheinlich, ohne dabei von Paparazzi oder gar Fans belagert zu werden; ganz zu schweigen davon, was passieren würde, sollte sie sich dazu entscheiden, die Schauspielkarriere weiter fortzuführen.

»Wie auch immer, Nick. Früher oder später werden sie es akzeptieren, ob Keira die Rolle annimmt oder nicht«, schaltete Thomas sich dazwischen.

Nick gluckste erneut. »Das hoffe ich für euch, von ganzem Herzen. Ein anderer meiner Schützlinge hat auch gedacht, dass seine Fans sich schon wieder beruhigen würden. Bis zu dem Mordversuch in Derby jedenfalls. Seitdem haben sie sich gehütet, noch einmal öffentlich über ihre Beziehung zu sprechen oder in der Gegenwart von Kameras und Fans Zuneigung zu zeigen. Wenn ich mich recht entsinne, hat Audrey über ihre Social Media Accounts ebenfalls nicht nur einmal Morddrohungen bekommen, nachdem *Ferocious Beasts* in die Kinos kam.«

Keira richtete sich kerzengerade auf. Morddrohungen?

»Hör auf, ihr Angst zu machen, Nick. Das wird uns nicht passieren. Keira und ich halten uns bedeckt und Social Media ist kein Thema für mich und so wird es auch weiterhin bleiben. Soweit ich Keira trotz meines Berufs ein normales Leben ermöglichen kann, werde ich auch dafür sorgen. Das ist das Mindeste, was ich für sie tun kann.«

Berührt biss Keira sich auf die Unterlippe und legte ihre Hand unter dem Tisch auf Thomas', wo sich ihre Finger nach Halt suchend miteinander verschränkten, noch ehe Nick genügend Luft holen konnte, um ihm zu widersprechen.

»Du weißt so gut wie ich, dass ein ›normales Leben‹ der reinste Witz sein wird, sobald Keira diese Rolle annimmt.« Er massierte sich ungeduldig die Nasenwurzel. »Hör zu, ich *will* ihr ja gar keine Angst machen. Ich will dir nur ganz genau klarmachen, Keira, was dich erwartet, wenn du Ja sagst. Du kannst dir sicher selbst vorstellen, dass sich dein Leben von Grund auf verändern wird – viel mehr noch, als es das jetzt schon getan hat. Danach kannst du keinen Rückzieher mehr machen«, wiederholte er eindringlich. »Tom ist mein bester und erfolgreichster Klient. Nimm es nicht persönlich, aber ich kann nicht zulassen, dass du seinem Ruf noch mehr schadest, als du das sowieso schon getan hast.«

»Nick!« Thomas funkelte ihn wütend an.

»Es ist die Wahrheit. Ich weiß, dass du das nicht hören willst, aber du warst dir dessen bewusst, als ich dich unter meine Fittiche genommen habe. Du hast einen Vertrag unterschrieben, du erinnerst dich?«

»Meine Karriere wird *nicht* unter meiner Beziehung leiden«, beteuerte er gefährlich langsam.

»Hm … dasselbe hast du auch bei Audrey gesagt.«

Was? Keiras Kopf fuhr herum.

»Das war etwas anderes. Audrey steht selbst in der Öffentlichkeit.«

»Nicht in deinem Ausmaß. Audrey hat sich in ein gemachtes Nest gelegt; das wissen die Medien so gut wie wir beide.«

Keiras Lippen teilten sich empört. »Du glaubst also, dass ich dasselbe vorhabe?«

Nick taxierte sie beschwichtigend. »Um Himmels Willen, das habe ich nicht gesagt.«

Nervös nestelte sie an dem kleinen Papier herum, das am Ende ihres Teebeutels befestigt war, bis es abriss und sie es in kleine Stückchen zerlegen konnte.

»Nick, ich finde, du solltest jetzt gehen.« Thomas' Stimme war kontrolliert und kühl – sein Unbehagen brodelte nur knapp unter der Oberfläche. Keira kannte ihn gut genug, um zu wissen, dass er explodieren würde, wenn Nick noch ein falsches Wort sagte.

»Schmeißt du mich etwa raus?«

»Nein. Aber du weißt, was ich von Unaufrichtigkeit halte und ich werde nicht länger zuhören, wie du meiner Freundin unterschwellige Beleidigungen an den Kopf wirfst. Und ich will vermeiden, etwas zu dir zu sagen, was ich nachher bereue.«

Nick schnalzte mit der Zunge und erhob sich widerwillig. »Das tut mir leid, Tom. Ich habe nicht die Absicht, Keira oder sonst irgendjemanden zu beleidigen, aber mein Job verlangt nun einmal, dass ich ehrlich mit dir bin.« Sein

Tonfall *war* aufrichtig, seine Miene jedoch blieb vollkommen ausdruckslos.

»Nicht auf diese Art und Weise, Nick. Ich begleite dich noch zum Aufzug.«

Keira folgte den beiden stumm, bis der Agent den Lift betreten hatte und sich noch einmal zu ihnen umdrehte. »Schöne Feiertage euch beiden.«

Thomas nickte. »Danke. Dir auch, Nick.«

»Ich verstehe ihn nicht«, platzte sie heraus, sobald die Aufzugtüren sich geschlossen hatten. Thomas drehte sich mit einem tiefen Atemzug zu ihr um und sie umschlang ihre nackten Oberarme. Es war nicht unbedingt kalt im Penthaus. Trotzdem konnte sie praktisch spüren, wie ihr Adrenalinspiegel nach ihrem Gespräch mit Nick wieder sank und sie frösteln ließ.

»Er will, dass ich spiele, weil er unsere ›Liebesgeschichte‹ …« – atemlos malte sie mit den Fingern Anführungszeichen in die Luft – » … zu PR-Zwecken vermarkten will, andererseits wäre es ihm am liebsten, wenn ich mich komplett aus deinem Leben – und zwar nicht nur deinem beruflichen Leben – heraushalte, weil die Sache sogar *tödlich* ausgehen könnte? Thomas, was bildet er sich überhaupt ein?« Geladen stapfte sie auf und ab und widerstand dem Drang, ihre Faust mit Wucht in dem Kissen zu vergraben, das unbeteiligt und zerknautscht auf Thomas' Couch herumlag. Aber warum eigentlich nicht? Kurzerhand steuerte sie darauf zu und boxte mit einem Schrei, der einer Todesfee Konkurrenz machen könnte, in die weiche Füllung, bis Thomas sich direkt daraufsetzte, um sie wieder zu beruhigen – so wie er dabei guckte, hätte er aber bestimmt selbst gute Lust, das Kissen mit Schwung aus dem Fenster zu werfen, um seiner eigenen Wut etwas Abhilfe zu verschaffen.

Kraftlos vergrub der Schauspieler das Gesicht in den Händen und schnaubte. »Er mag dich nicht. Er mochte auch Audrey nicht, auch wenn er das so niemals zugeben würde. Er mag ganz einfach niemanden, der mich von meiner Arbeit ablenken könnte. Also macht er das Beste aus der Situation. Er hat mittlerweile erkannt, dass er dich nicht mehr loswird.«

»Er … wird doch nicht etwa versuchen, uns auseinanderzubringen, oder?«

Erschrocken sah Thomas auf. »Nein. Das würde er nicht wagen. Nick ist kein schlechter Mensch. Er hat vielleicht wenig Skrupel und ist sehr direkt, was seine und meine Karriere angeht, aber er ist nicht herzlos.«

Keira schürzte die Lippen und ließ zu, dass er sie auf seinen Schoß zog. Sofort vergrub sie das Gesicht in seiner warmen Halsbeuge. »Seine barmherzige Seite hat er mir heute nicht unbedingt gezeigt«, teilte sie ihm mit gekräuselten Lippen mit. Mutig biss sie sich auf die Unterlippe. »Hast du … hast du schon einmal darüber nachgedacht, deinen … dir einen anderen Agenten zu suchen? Mit deinem … Status könntest du das doch, oder?«

Thomas drückte sie ein Stück zurück und blickte sie perplex an.

»Nicht weil … nicht weil Nick mich ganz offensichtlich nicht ausstehen kann, es ist nur …«

»Er hat mich so weit gebracht, Keira. Ich verstehe dich, aber … für gewöhnlich kommen Nick und ich gut miteinander klar. Ich verspreche dir aber, dass ich darüber nachdenken werde, sollte sich sein Verhalten dir gegenüber nicht bessern.«

Keira schluckte. »Was hat er damit gemeint, dass du behauptet hättest, deine Beziehung mit Audrey würde deiner Karriere nicht schaden?«

»Nun ja … du weißt selbst, wie Audrey ist. Himmel, bevor ich dich kennengelernt habe, habe ich fast in Erwägung gezogen, mit ihr in eine riesige Villa mit Pool in Los Angeles zu ziehen. Ich war anfangs so verliebt, dass ich nicht gemerkt habe, dass sie mir schadet – und folglich auch meiner Karriere.« Seine Lippen umspielte ein trauriges Lächeln, als er ihre Wange streichelte.

»Thomas … ich kann das nicht. Auch ohne Nick. Die Schauspielerei, das Rampenlicht, der Druck … das alles ist nichts für mich.«

Seufzend zog er sie in seine Arme.

»Ich weiß«, besänftigte er sie mit leiser Stimme, sein Herzschlag an ihrer Wange. »Ich weiß.«

KAPITEL 25

Keira

Das Gurren, das Skype beim Aufbau eines Anrufs von sich gab, drillte wie eine Bohrmaschine auf Keiras Nerven ein und obwohl sie sich sicher war, dass Robert sie für ihre Entscheidung nicht lynchen würde, war sie so aufgeregt wie bei einem Bewerbungsgespräch. Egal, wie sie sich letzten Endes entschieden hätte, so hatte Nick in einem Punkt zumindest Recht gehabt – es würde Konsequenzen nach sich ziehen.

Keira hatte Thomas' bedrückten Gesichtsausdruck nicht vergessen. Wie eine heiße Flamme hatte er sich in ihr Gedächtnis eingebrannt und schürte das schlechte Gewissen, das noch immer in ihr schlummerte. Selbstverständlich hätte es den Schauspieler gefreut, wenn sie zusammen mit ihm vor der Kamera gestanden und einen seiner größten Träume gelebt hätte, selbst wenn Thomas das nicht zugeben wollte, damit sie sich seinetwegen nicht schlecht fühlte. Aber er hatte es selbst gesagt: Es wäre ihr gegenüber nicht fair, sie in etwas hineinzuzwingen, das sie auf Dauer unglücklich machen würde, auch wenn es, wie er hinzugefügt hatte, unglaublich gewesen wäre, seine Liebe zur Schauspielerei fortan mit ihr zu teilen. Es hatte noch eine ganze Weile gedauert, bis er sie beschwichtigt und ihr klargemacht hatte, dass er ihre Entscheidung von ganzem Herzen unterstützte.

Mit verschwitzten Handflächen klopfte sie auf die Tischplatte und wartete, dass Robert de Limo abnahm – da half noch nicht einmal der Duft des gefüllten Lammbratens, der im Backrohr in der Küche vor sich hin schmorte.

Ein Geräusch, das dem fröhlichen Plätschern eines Gewässers glich, unterbrach das Gurren schließlich und präsentierte den beiden ein verpixeltes Bild des Regisseurs. Er winkte ihnen heiter.

»Hallo, ihr beiden. Frohe Ostern! Schon ein paar Eier die Hügel hinuntergerollt?«

Thomas grinste verlegen. »Frohe Ostern auch dir. Noch nicht. Aber unsere Familien reisen heute an.«

»Richtig so. Feiert schön. Ich gehe mal davon aus, dass es einen Grund für euren Anruf gibt. Wie sieht es aus, Keira, hast du dich entschieden?«

»Ja, das habe ich«, begann sie mutig. »Robert, es tut mir wirklich leid, aber ich kann deine Protagonistin nicht spielen.«

Robert blieb einen Moment lang still. Keira spürte förmlich, dass er um die richtigen Worten rang und dabei auf seiner Zunge herumkaute wie auf einem Kaugummi.

»Ich verstehe. Das ist sehr schade«, entgegnete er letztendlich mit einem Seufzen. »Aber ich kann dich natürlich nicht dazu zwingen. Bist du auch ganz sicher? Wenn du Angst davor hast, deine Sache nicht gut zu machen, kann ich dich nämlich beruhigen. Tom und ich können dich coachen.«

Keira schüttelte entschlossen den Kopf. »Das ist es nicht. Es fühlt sich einfach nicht richtig an, meine Ausbildung so schnell wieder zu pausieren, um etwas zu werden, als das ich mich nie gesehen habe. Wer weiß, wann sich mein Leben wieder normalisieren würde, wenn ich diese Rolle annehme.«

»Ich verstehe … tja. Was mache ich denn jetzt?« Nachdenklich kratzte er sich am Kinn.

»Hat sich noch niemand bei dir gemeldet?«, warf Thomas nervös ein. »Bestimmt seid ihr doch noch auf der Suche?«

»Das sind wir, aber bisher war niemand Passendes dabei. Du weißt, wie pingelig ich sein kann. Deine Keira wäre nach Audrey die perfekte Besetzung gewesen. Wie Arsch auf Eimer, weißt du?« Robert grinste, doch sein Lächeln wirkte aufgesetzt, abwesend.

»Wir werden jemanden finden, Robert«, bekräftigte der Schauspieler entschlossen.

»Das müssen wir wohl. Andernfalls haben wir mehrere Millionen Dollar in den Sand gesetzt.«

Thomas presste die Lippen zu einer dünnen Linie zusammen. Er wollte gerade etwas erwidern, als sich die Aufzugtüren mit einem leisen *Pling* zu Wort meldeten.

»Das ist bestimmt Victoria, ich gehe schon. Es tut mir wirklich sehr leid, Robert.«

»Das ist schon in Ordnung, Keira. Schließt sich eine Tür im Leben, öffnen sich meist zwei neue.« Er zwinkerte zuversichtlich, als sie sich erhob, um Victoria zu begrüßen, die sie sogleich in eine überschwängliche Umarmung zog, noch bevor sie überhaupt Hallo gesagt hatte.

Als sie zu Thomas zurückkehrte, klappte dieser soeben den Laptop etwas aggressiver als notwendig zu.

»Alles in Ordnung, Thomas?«

»Verflucht nochmal. Ich bin schon so weit gekommen. Ich sollte stolz darauf sein, was ich schon alles erreicht habe, und stattdessen könnte ich vor Wut Bäume ausreißen, weil mir ausgerechnet die Chance auf einen Film mit dem Regisseur, dessen Filme ich wie Edelsteine auf Blu-ray sammle, so kurz vorm Ziel genommen wird. Ich fühle mich wie ein Hund, dem man eine Angel mit einem saftigen Steak vor der Nase umgeschnürt hat.«

»Na, also für gewöhnlich ziehen Söhne nicht so ein Gesicht, wenn sie ihre Mutter nach Monaten kompletter Funkstille wiedersehen.« Victoria schmunzelte, als sie auf ihn zu schritt und in eine innige Umarmung schloss.

Thomas rang sich ein schwaches Lächeln ab. »Wir haben vor zwei Wochen über zwei Stunden lang telefoniert. Als komplette Funkstille würde ich das nicht bezeichnen.« Er seufzte. »Es ist schön, dich zu sehen, Mum. Frohe Ostern.«

Victoria schielte ihn gespielt tadelnd an. »Noch immer kein Glück mit dem de Limo Film?«

»Nichts. Es könnte definitiv besser laufen.«

»Das Ganze wird sich schon wieder einrenken, mein Schatz. Bleib optimistisch.« Neugierig sah sie sich in dem geräumigen Penthaus um. »Bin ich die Erste?«

»Carter und Marissa brauchen mit Baby doppelt so lange wie sonst. Paulson ist so nett und holt sie und Keiras Bruder Keith am Flughafen ab, sie müssten also bald hier sein, und Grandma dreht wahrscheinlich gerade noch in aller Ruhe ihre Runde im Hyde Park.«

Vor allem Keith war sie für seine Geduld sehr dankbar. Er war nämlich längst in London angekommen und wartete seit ungefähr dreieinhalb Stunden darauf, dass auch Carters und Marissas Maschine landete, damit Paulson nicht zweimal fahren musste.

»Es ist ja auch noch sehr früh. Wisst ihr was? Wir decken schon einmal den Tisch. Dann könnt ihr mich in Ruhe in alles einweihen, das in den letzten zwei Wochen passiert ist.«

Zu erzählen gab es da ja genug. Keira ließ lediglich aus, wie leidenschaftlich sie sich nach ihrer Versöhnung geliebt hatten – und dass sie seither nicht mehr genug voneinander bekommen hatten. Hätte nicht das Osterfest vor der Tür gestanden, wären sie wohl auch heute splitternackt und eng aneinander gekuschelt bis zum Mittagessen, wo sie sich bequem etwas vom Lieferservice bestellt hätten, im Bett geblieben und hätten all die Probleme um den de Limo Film einfach ausgeblendet.

»Du, Keira … sag mal … hast du … bitte versteh meine Frage auf keinen Fall falsch, aber ich habe mich gewundert … Thomas hat mir erzählt, dass du in Therapie warst«, sagte Victoria, während sie das Besteck am Tisch verteilte.

»Oh. Ja, ich … nach meiner geplatzten Verlobung mit meinem Exfreund, den Gerichtsverhandlungen und der Sache mit meinem leiblichen Vater … ich war ganz allein. Ich habe jemandem zum Reden gebraucht. Keith war zu weit weg und damals konnte ich es mir nicht leisten, zurück nach Irland zu fliegen.« Ironisch an der Sache war bloß, dass sie auch die Arztrechnungen monatelang nicht hatte bezahlen können – nicht, bis Thomas plötzlich in ihr Leben getreten war und es auf den Kopf gestellt hatte.

»Ich verstehe.« Victoria presste fest die Lippen aufeinander. »Ich frage nur, weil ich mir gedacht habe, ob es eventuell eine gute Idee wäre, noch einmal seelische Unterstützung in Betracht zu ziehen … du weißt schon, die Last, die du auf deinen Schultern zu tragen hast, besonders seit du mit Thomas zur Premiere gegangen bist und ihr eure Beziehung öffentlich gemacht habt. Am besten wäre es nämlich, du nimmst Thomas gleich mit.«

Keira winkte höflich ab. »Nein. Ich habe Doktor Clementine viel zu verdanken, aber … ich brauche ihn nicht mehr. Mir geht es gut. *Uns* geht es gut«, betonte sie. Sorgfältig rückte sie das letzte Platzdeckchen zurecht und beäugte zufrieden den festlich gedeckten Tisch, gerade als Tom mit Carol am Arm in die Küche spazierte. Direkt hinter ihnen standen Carter, Marissa, die einen rosaroten Maxi-Cosi bei sich trug, und Keith.

Sie stolperte fast über einen der Stühle, während sie nach vorne stob, um sich ihrem Bruder in die Arme zu werfen. So vertieft in ihr Gespräch mit Victoria hatte sie weder die Aufzugtüren gehört noch mitbekommen, dass Thomas sich kurz von ihnen entfernt hatte.

»Oh Mann, ich habe dich so vermisst.« Keith vergrub das Gesicht in ihren Haaren.

»Ich dich auch …«

»Wie geht's dir?«

»Besser. Es geht mir ganz ehrlich besser«, entgegnete sie mit einem aufrichtigen Lächeln. Sie wandte sich Carter und Marissa zu, sobald diese sich wieder von Victoria gelöst hatten.

»Keira, es ist so schön, dich zu sehen.«

»Gleichfalls, Marissa.« Keira umarmte erst Marissa, danach Carter und Carol und begrüßte schließlich die schlafende Jolie in ihrer Babyschale. Sanft strich sie ihr über die Wange. »Sie ist wirklich zuckersüß!«

»Das hat sie von ihrem Vater«, bestätigte Carter mit einem frechen Grinsen.

»Ich habe mein Babyfon dabei, kann ich sie in euer Schlafzimmer bringen? Dann helfe ich euch in der Küche.«

Euer Schlafzimmer. Keira wurde ganz flattrig im Magen – fast so, als ob sie gerade zum ersten Mal realisierte, dass sie mit Thomas zusammenlebte.

»Natürlich. Wir haben Amira gestern gebeten, das Gästezimmer für euch herzurichten. Da könnt ihr euch nach dem Essen auch gerne ein wenig ausruhen. Ihr müsst vom Flug sehr kaputt sein, vor allem mit Baby.«

Marissa seufzte. »Und wie! Wir wären gerne ein paar Tage früher gekommen, aber der Termin beim Arzt ging vor. Jolie ist so tapfer – sie hat kaum geweint und das, obwohl sie gleich zwei Impfungen hintereinander bekommen hat!«

Nur den Bruchteil einer Sekunde darauf ging das Gespräch in einem wilden Durcheinander unter – ganz so, wie man es von einem Familientreffen eben erwartete.

»Hier riecht es ja auch schon köstlich! Ich bin am Verhungern. Vater sein ist sowas von anstrengend, das sage ich euch«, teilte Carter ihnen noch immer grinsend mit.

Keira hatte schon fast vergessen, wie die Feiertage sein konnten, wenn man sich nicht einsam fühlte. Erst an Weihnachten letztes Jahr, mit Thomas an ihrer Seite, hatte sich das Blatt wieder gewendet. Sie würde weder Keith noch Thomas' Familie jemals wieder missen wollen – und beizeiten sollten sie auf jeden Fall auch Thomas' Vater wieder zu sich einladen.

»Ach wirklich, ja? Na, dann versuch doch mal, Mutter zu sein und das Kind erst einmal zu gebären«, erwiderte Victoria mit hochgezogenen Augenbrauen.

»Mum, bitte, ich leide an einem Jetlag.«

»Ja, so in etwa fühlt sich das Muttersein an.« Lachend warf sie den Kopf in den Nacken.

Keira lächelte. »Ich freue mich wirklich, euch alle zu sehen. Macht es euch gerne gemütlich. Das Essen ist bald fertig.«

Sie war nervös gewesen, um es gelinde auszudrücken. Ein gefüllter Lammbraten war nicht unbedingt das einfachste Gericht. Keira hatte den ganzen Morgen mit Carol telefoniert und nach ihren Anweisungen und Tipps gehandelt. Jetzt fehlten nur noch der Tomatensalat und das Abschmecken der Suppe, die auf dem Gasherd leise brodelte. Mit Victorias und Marissas Hilfe würden sie im Nu am Tisch sitzen.

Keith und Carter verbrachten die meiste Zeit im Wohnzimmer vor dem Fernseher, um einander besser kennenzulernen. Marissa hatte eben die noch dampfende Schüssel mit den Kartoffeln zum Tisch getragen, als es um die beiden Männer auf dem Sofa plötzlich still wurde.

»Hey … hey, Leute. Schaut doch mal.«

»Carter, wir haben Ostern, jetzt hör doch auf, ständig in die Glotze zu gucken.«

»Nein, ihr solltet euch das anhören. Hier!« Carter drückte energisch auf dem Lautstärkeregler der Fernbedienung herum.

Neugierig wanderten sämtliche Blicke auf den großen Fernseher in Thomas' Wohnzimmer. Gerade lief eine Wiederholung der *Graham Norton Show*. Zu Gast war ausgerechnet niemand Geringeres als Audrey Stinson, zusammen mit ihrem vermeintlichen Lover. Groß gebaut, mit Lederjacke und kurz geschorenen Haaren, vielleicht ein bisschen jünger als Audrey selbst.

»Es gibt ihn also doch …«, murmelte Thomas leise vor sich hin.

Keira lehnte sich mit einem mulmigem Gefühl in der Magengrube an ihn, ohne den Blick vom Bildschirm abzuwenden.

»Du hast vor der Sendung angekündigt, dass es etwas gibt, das du gerne loswerden möchtest, Audrey«, sagte der Moderator gerade. Mit verschränkten Fingern und einem Bein über das andere geschlagen lehnte er sich neugierig in ihre Richtung. Das Publikum im Hintergrund schien förmlich den Atem anzuhalten – sowie auch die versammelte Gruppe vor Thomas' Fernseher.

»Na ja, wo soll ich da anfangen, Graham? Ja. Es gibt da etwas, das ich gerne loswerden möchte. Es … es gibt da ein paar Personen, bei denen ich mich entschuldigen möchte. Ich habe in den letzten Monaten … einige Dinge gesagt und getan, von denen ich inzwischen weiß, dass sie falsch waren, und damit habe ich Menschen verletzt, die mir noch immer sehr wichtig sind.«

Das Interesse des Moderators war geweckt. Mit großen Augen beugte er sich nach vorne. »Du redest nicht zufällig von deinem Exfreund Tom Atberry?«

»Ich rede vor allem von meinem Exfreund Tom Atberry ... und seiner neuen Freundin Keira«, betonte sie mit einem verschlagenen Lächeln. Keira ballte die Hände zu Fäusten und wappnete sich für das Schlimmste.

»Weißt du, Graham, ich habe dem Hass in dieser Welt alle Ehre gemacht. Ich habe betrogen, Lügen erzählt und den Menschen, die mir nahestehen, damit sehr wehgetan. Aber dass ich all diese sehr gemeinen und hinterhältigen Dinge getan habe, ist mir erst richtig klar geworden, als Bryan gedroht hat, mich zu verlassen.«

»Du hast ihr ein Ultimatum gestellt?«, bohrte der Moderator geschockt nach. Bryan nickte und umschloss Audreys Hand noch fester.

»Sie hat sich selbst so kaputt gemacht, das wollte ich nicht länger mitansehen. Ich habe gehofft, dass sie mich genauso sehr liebt wie ich und verstehen wird, warum ich das tun muss – und das hat sie, zum Glück.«

»Und das hat mich endlich wachgerüttelt«, fügte Audrey hinzu. »Bryan und ich nehmen uns jetzt ein bisschen Zeit für uns, weswegen ich sämtliche meiner Projekte für das restliche Jahr abgesagt habe.«

»Sogar die Weihnachtstanzveranstaltung in Malta?«

»Ja. Eine gute Freundin von mir wird die Leitung übernehmen.« Als das Gespräch schließlich wieder auf Audreys Arbeit gelenkt wurde, drückte Carter kurzerhand auf die Stummtaste.

»Glaubst du, sie will nach dem Drama mit de Limo ihren Ruf retten?«, fragte er Thomas, ohne aufzublicken.

»Gut möglich. Ich glaube ihr auch nicht.«

»Wäre ja nicht das erste Mal, dass sie sich vor laufender Kamera einen Heiligenschein aufsetzt«, warf Keith mit angewiderter Miene ein.

»Schon …« Carter zuckte mit den Schultern. »Aber als ihr euch getrennt habt, hat sie nach der Pressekonferenz auch kein Sterbenswörtchen mehr über euch verloren, oder?«

»Damals wäre sie ja auch fast verhaftet worden. Das hätte ihre Karriere für immer ruiniert«, gab Thomas zu bedenken.

Der jüngere Atberry seufzte. »Schade, dass sie so ein Miststück war. Lass Keira bloß nie wieder gehen, ja?«

Schmunzelnd zog er Keira an sich und drückte ihr einen Kuss auf den Scheitel. »Würde mir nicht im Traum einfallen.« Dann wandte er sich wieder ihr zu. »Ich könnte Elias und Hamley darum bitten, der Sache auf den Grund zu gehen.«

Keira sah vielsagend zu ihm auf. »Nein. Weißt du was? Ich will es gar nicht wissen. Ich glaube ihr sogar. Dass sie es endlich eingesehen hat. Aber Audrey ist für mich ein für alle Mal Geschichte. Meinetwegen kann sie uns Blumen und Schokolade schicken, trotzdem will ich dieser Frau nie wieder begegnen.« Nach Angus und Charlene hatte sie darin wenigstens schon ziemlich viel Übung – und seit es Thomas gab, war es schlagartig erschreckend leicht für sie geworden, die Menschen, die sie verletzt hatten, strikt aus ihrem Leben zu verbannen.

Thomas' Familie und auch Keiras Bruder stimmten in das unbehagliche Schweigen mit ein. Es war Carol, die sie alle schließlich aus ihrer Starre riss. »Na, kommt. Das Essen wird kalt, wenn wir noch länger in den Fernseher starren.« Sie hatte ja Recht. Audrey war es nicht mehr länger wert, dass sie sich ihretwegen den Kopf zerbrachen.

KAPITEL 26

Keira

»Carter und ich haben übrigens auch Neuigkeiten«, begann Marissa geheimniskrämerisch und schob sich dabei eine mit Thymian bestreute Jersey Royal Kartoffel in den Mund.

Victoria hob aufgeregt die Augenbrauen »Zieht ihr zurück nach England?«

Der jüngere Atberry schüttelte belustigt den Kopf. »Nein, Mum, wir ziehen fürs Erste noch lange nicht zurück nach England.« Er warf Marissa einen kurzen Blick zu.

»Ich bin wieder schwanger«, ließ sie die Bombe platzen.

Die Reaktion sämtlicher Anwesenden am Tisch folgte wie aus einem Mund. »Was?«

»Seit wann?«, kam es prompt von Carol. Ihre Augen traten so weit hervor, dass Keira Sorge hatte, sie würden ihr direkt aus dem Kopf fallen.

»Vierzehn Wochen.« Ein stolzes Lächeln umspielte ihre Lippen. Ihre Hand umschloss Carters auf dem Tisch. »Wir wollten dich, Tom, fragen, ob du sein Taufpate werden willst. Das hätten wir schon bei Jolie gemacht, wenn ich es nicht schon vor Jahren hoch und heilig meiner Cousine versprochen hätte!«

»Es wäre mir eine Ehre, ihr beiden.«

»Das will ich auch hoffen!«, fuhr Carter grinsend dazwischen. »Außerdem solltet ihr beiden euch mal besser etwas sputen, damit Jolie eine kleine Spielkameradin oder einen kleinen Spielkameraden bekommt.«

Carol schüttelte gespielt empört den Kopf. »Also, Carter!«

»Na was denn, ich will auch endlich Onkel werden!«

Kinder kriegen. Himmel, an so etwas hatte Keira noch gar nicht gedacht. Im Augenblick war sie vor allem durch Natalie noch immer viel zu schwer damit beschäftigt, sich wieder und wieder in einem traumhaft schönen Brautkleid vorzustellen, wie sie auf den Traualtar zuschritt, wo Thomas in einem maßgeschneiderten Anzug und Tränen in den Augen auf sie warten würde. Keith würde sich dazu bereit erklären, sie zu begleiten und schließlich würde Carol den Brautstrauß fangen, woraufhin alle in Gelächter ausbrechen und der reisebegeisterten alten Dame mit ihren Ansteckhüten prophezeien würden, dass sie sich auf ihren alten Tagen noch einmal verlieben und heiraten würde. Keira errötete, als Thomas sie beim Tagträumen erwischte und tadelnd eine Augenbraue hob.

»Ich, ähm … ich glaube, dafür ist noch ein wenig Zeit«, gab sie Carter kleinlaut zu verstehen. Thomas verkniff sich lediglich ein Grinsen, fast so, als ob er jeden Augenblick vor ihr auf die Knie fallen und um ihre Hand anhalten würde. Keiras Herz setzte bei dem Gedanken daran einen Schlag aus. Errötend räusperte sie sich.

»Was ist mit dir, Keith? Was macht die Liebe?«

»Ich hatte Anfang des Jahres kurz etwas mit einer Waliserin am Laufen«, gab er ihr schulterzuckend zu verstehen.

»Aber?«

»Aber sie war Vegetarierin und wollte meinen Brathähnchenstand in eine vegane Imbissbude verwandeln.« Er steckte sich eine Kartoffel in den Mund und zwinkerte. »Na, egal. Vielleicht habe ich das nächste Mal mehr Glück und angle mir eine berühmte Schauspielerin. Übrigens soll ich dir von Trace und William liebe Grüße ausrichten. Ihr beiden solltet mich in Irland mal wieder besuchen kommen, sie würden sich sicher freuen, was mit uns trinken zu gehen.«

Trace war eine gute Freundin von Keira, diejenige, deren Freund William sie vor Gericht als Anwalt unterstützt und ihr zur Seite gestanden hatte. Sie verdankte den beiden viel – es war durchaus traurig, dass sie aufgrund der Entfernung zwischen ihnen nur selten dazu kamen, überhaupt noch zu telefonieren.

Keira seufzte. »Ein Sommerurlaub in Irland würde uns sicher guttun.«

Thomas nickte zustimmend. »Ich sehe zu, was sich machen lässt«, fügte er optimistisch hinzu und wandte sich dann mit seiner vollen Gabel in der Hand an Keira. »Sofern ich nicht gerade drehe, bitte ich Jonathan, im Juli zwei Wochen in meinem Terminkalender freizulassen. Etwas außerhalb von Dublin gibt es ein abgelegenes Urlaubsresort. Mit Poolanlagen, Saunen und einem Spa ... einer Dachterrasse.« Grinsend legte er seine Hand auf ihren Oberschenkel und drückte ihn leicht. »Klingt das nach all dem Stress verlockend?«

»Das Resort kenne ich. Das klingt sogar sehr verlockend.« Thomas' Lippen schmeckten nach Bratsoße, als Keira sie in einen süßen Kuss einfing.

Nach dem Essen und dem halbherzigen Versuch, sämtliches Geschirr wieder in der Küche unterzubringen, öffneten Thomas und Carter die ersten Dosen Bier. Sie alle versprachen sich einen ruhigen Nachmittag fernab von der Presse, unterbrochenen Dreharbeiten und rachsüchtigen Exfreundinnen und genossen, einander in aller Ruhe auf den neusten Stand zu bringen.

Umso überraschter waren sie, als zwei Stunden und insgesamt anderthalb Sechserpackungen Bier später das leise *Pling* des Aufzugs ertönte und ein schnaufender Jonathan zum Vorschein kam. Thomas riss überrascht die Augen auf.

»Jonathan! Was machst du denn hier?«

»Hey, Tom. Frohe Ostern. Keira, hübsch siehst du aus. Hallo, alle miteinander, entschuldigt bitte die Störung am Feiertag. Normalerweise würde ich unten klingeln.« Atemlos lehnte er sich gegen den metallenen Rahmen des Aufzugs, ehe sich dieser wieder schloss und holte ein Stofftaschentuch aus seiner Anzugtasche, mit dem er sich über die glänzende Stirn wischte.

»Ihr habt es noch nicht gehört, oder? Gut, dann bin ich nicht umsonst wie ein Irrer hierher gerast. Ich glaube, ich hab' drei rote Ampeln überfahren.«

»Jonathan, sag mal, was ist denn nun los?«

»Du hast Glück im Unglück, Junge. Jedes verdammte Mal, du bist wie eine Goldmiene.«

»Jonathan …«

»Los Angeles. Achtzehnter Mai.«

Keira richtete sich kerzengerade auf. »Das ist zwei Tage nach der Hochzeit.«

»Hochzeit? Welche Hochzeit?« Carters Augen nahmen die Größe zweier Teller an. Energisch hob er Keiras linke Hand und starrte sie einige Atemzüge lang an. Dann runzelte er entgeistert die Stirn. »Ich sehe gar keinen Ring an deinem Finger.«

Thomas klopfte ihm gutmütig auf die Schulter. »Nicht unsere Hochzeit. Keiras beste Freundin heiratet. Also«, fuhr er fort und drehte sich wieder zu Jonathan. »Was … was genau heißt das?«

»Die Nachricht kam heute Vormittag. *Stargaze Studios* produzieren ein Reboot eines Siebzigerjahre-Actionstreifens aus Kasachstan mit Jasmine Sinns.«

Jasmine Sinns … das war die Tochter eines berühmten Laufstegmodels, soweit Keira Bescheid wusste, und eine der besten Schauspielerinnen dieses Jahrhunderts. Letztes Jahr hatte sie gleich drei Oscars abgestaubt.

»Und?«, bohrte Thomas nach.

»Und sie haben Nick heute eine Mail geschickt. Sie wollen dich in der Hauptrolle. Jetzt frag mich, wer Regie führen wird.«

Thomas' Antwort kam wie aus der Pistole geschossen. »Wer?«

»Robert de Limo!«, verkündete Jonathan voller Stolz.

»Du veräppelst mich.«

»Nein. Sie wollen ihn unbedingt als Regisseur. *Stargaze Studios* haben inzwischen genauso wie der Rest der Welt mitbekommen, warum sein derzeitiger Film wohl vorerst auf Eis gelegt werden muss. Nachdem Keira ihm nun abgesagt hat, die weibliche Hauptrolle zu ersetzen, hat er zugesagt und die Chance ergriffen, während sein Team und der Casting Director nach einer neuen Schauspielerin für einen neuen Produktionsversuch übernächstes Jahr suchen.«

»Aber das war doch erst heute. Heute Vormittag«, warf Thomas irritiert ein.

»Eben. Ich sagte doch, ich bin hierher gerast wie ein Irrer.« Jonathan war noch immer aus der Puste. Keuchend wischte er sich mit seinem Stofftaschentuch ein weiteres Mal den Schweiß von der Stirn und schluckte heftig, ehe er weitersprach. »Nick wollte dich anrufen, aber ganz zu meinem Triumph war ich schneller. Ich gebe ihm gleich Bescheid. Pack besser deine Sachen, Tom, denn dieser Film wird deinen Namen direkt auf einen Stern auf dem *Walk of Fame* katapultieren.«

Thomas' Kinnlade klappte wie in Zeitlupe herunter. Doch noch bevor er das Wort ergreifen und Jonathan von seiner Begeisterung berichten konnte, die Keira ihm zweifelsohne ansah, nietete Carter seinen älteren Bruder beinahe um und verschluckte sich dabei an dem Bier, das er lässig in der Hand hielt.

»Moment mal, wie war das? Robert de Limo hat *Keira* die Hauptrolle in seinem neuen Film angeboten?« Mit Augen so groß wie zwei Teller wandte er sich an sie. »Und du hast *abgelehnt*?«

»Das habe ich. Es gab viele Gründe, weshalb …«

»Machst du Witze?«, unterbrach er sie leicht angetrunken. »Hör mal, Keira, wie oft im Leben passiert es schon, dass ein weltberühmter Regisseur mit einem riesigen Rollenangebot auf dich zukommt und dich mit nur einem einzigen Film zu einem Weltstar macht? So gut wie nie!«

»Das weiß ich, Carter, aber darum ging es mir nicht. Schauspielerei, das … das ist Thomas' Ding, nicht meins.« Keira könnte sich höchstens vorstellen, einmal als Architektin am Set einer seiner Filme beteiligt zu sein. Um genau zu sein, klang das sogar richtig interessant.

Carter zuckte tief ausatmend mit den Schultern. »Also, ich würde es machen.«

Thomas schüttelte grinsend den Kopf. »Das glaube ich dir gerne, Bruderherz. Weißt du, du musst mich nur lieb darum bitten und ich verschaffe dir eine kleine Rolle in meinem nächsten Film.«

»Auf gar keinen Fall!«, schnaubte Marissa gespielt aufgebracht. »Solange die Kleine nicht zumindest aufs College geht, bleibst du schön zuhause und begnügst dich mit deinem Vollzeitjob als Vater!«

Keira lachte leise und auch der Rest der Familie, der das Spektakel stumm beobachtete, wirkte äußerst amüsiert von der ulkigen Situation.

»Wie auch immer«, fuhr Thomas schließlich fort. »Das sind fantastische Neuigkeiten, Jonathan. Was hat das Ganze mit Los Angeles zu tun?«

»Na ja, der Dreh findet direkt in Kalifornien statt, weil Jasmine Sinns im Moment noch in ein zweites Filmprojekt involviert ist und schlecht an zwei Orten zur selben Zeit sein kann.«

»Zwei Wochen ...«, begann Keira dann gedankenverloren. »Das ist wirklich ziemlich bald.« Und bis dahin würden auch ihre Osterferien zu Ende gegangen sein. Sie seufzte stumm. Wieder getrennt. Aber zumindest würde Thomas sie trotzdem zu Natalies Hochzeit begleiten können und er würde am Ende doch noch dazu kommen, nächstes Jahr mit Robert de Limo auf dem roten Teppich zu posieren. Energisch fiel sie ihm in die Arme und drückte ihn fest an sich, woraufhin der Schauspieler ihr einen hörbaren Kuss auf den Scheitel drückte.

»Wird das gehen? Kalifornien ist verglichen mit Frankreich ziemlich weit weg.«

Keira schmunzelte. »Natürlich wird das gehen, was ist das überhaupt für eine Frage?«

»Ich verstehe«, erwiderte Thomas grinsend.

»Ich werde dich auch vermissen, versprochen. Denk gar nicht erst daran, darauf zu verzichten. Das ist deine Chance, nutze sie.«

»Keira hat Recht, Tom. Ich habe das Gefühl, das hier wird etwas ganz Großes. Vielleicht will das Schicksal jetzt endlich wieder gutmachen, was in den letzten Wochen alles schiefgelaufen ist.«

»Wie könnte ich da noch absagen? Ich danke dir, Jonathan. Hast du Hunger? Keira hat für dreiunddreißig Familien gekocht.«

Gespielt empört blickte Keira zu ihm hoch und knuffte ihn in die Seite. Jonathan atmete tief durch. »Tatsächlich … würde ich wirklich gerne kurz zu Atem kommen und ein Glas Wasser trinken.«

Thomas lachte leise. Wenn ihn ein Polizist oder ein Radar an den roten Ampeln erwischt hatte, würde der darauffolgende Strafzettel mit Sicherheit noch in die Geschichte eingehen.

KAPITEL 27

Keira

»Ich bin nach wie vor nicht unbedingt ein Fan der Farbe Gelb, aber ich denke, das wird funktionieren.«

Ermutigt schritt Keira mit nackten Füßen aus dem Badezimmer und stellte sich neben Thomas vor den großen Ganzkörperspiegel. Nachdem sie die mit Sonnenblumen und gelben Schleifen bestückten Räumlichkeiten auf den Fotos, die ihre ehemalige Chefin ihr am Tag zuvor geschickt hatte, zu Gesicht bekommen hatte, war sie überzeugt gewesen.

Kombiniert hatte sie das sündhaft teure Kleid, das Thomas ihr gekauft hatte, mit pastellgelbem Nagellack und einer funkelnden goldenen Kette, die Keith ihr einmal zum Geburtstag geschenkt hatte. Auf gelben Lidschatten hatte sie dann aber doch verzichtet und sich stattdessen für einen hauchdünnen Eyelinerstrich entschieden, den sie dank Thomas' enthusiastischen Stylisten inzwischen geradezu zur Perfektion hinbekam.

»Das wird es ganz bestimmt. Abgesehen davon könntest du einen Jutesack tragen und würdest dabei noch immer atemberaubend aussehen, mein Engel.« Lächelnd schlang Thomas von hinten seine Arme um ihren Körper und küsste sie liebevoll auf den Scheitel.

Keira seufzte unverhohlen und schloss mit einem wohligen Lächeln auf den Lippen die Augen, ehe sie zu ihm herumfuhr und ihr Blick die gelbe Krawatte traf, die sie ihm besten Gewissens noch gekauft hatte, und die völlig lose herabhing. Ohne seine Aufforderung abzuwarten, fuhr sie herum und zauberte einen schicken Krawattenknoten hinein.

Thomas war in einen navyblauen Anzug mit weißem Hemd und schwarze, auf Hochglanz polierte Schuhe gehüllt. Optisch passten sie heute perfekt zueinander. Ihre Blicke trafen sich, lösten ein angenehmes Kribbeln in ihrer Brust aus.

»Bereit für die Trauung?«

Strahlend nickte sie ihm zu. Ihr Herz klopfte ihr bis zum Hals, fast so, als ob sie selbst jeden Moment in einem weißen Brautkleid auf den Traualter zuschreiten würde – vorbei an duftendem Blumenschmuck, Freunden und Familie in ein neues Leben.

Sie konnte sich noch gut an ihren eigenen ersten Heiratsantrag erinnern. Damals, bevor Marc sich als egoistisches Arschloch entpuppt hatte. Inzwischen war sie förmlich dankbar, dass ihre Beziehung ziemlich bald darauf komplett den Bach hinuntergegangen war, denn ansonsten hätte sie nie angefangen, für Natalie im *Beaning's* zu arbeiten, wäre nie Carol Valough begegnet und hätte niemals Thomas kennengelernt – und dann hätte sie nie herausgefunden, was Liebe und eine auf Respekt und Hingabe beruhende Beziehung wirklich bedeutete.

»Bereit.«

***

Ihr schwammen Tränen in den Augen, als Richard und Natalie sich nach einer rührenden Ansprache des Pfarrers das Ja-Wort gaben und sich küssten. Sie lachte herzhaft, als Richard die verrücktesten Trinksprüche durch die festlich geschmückte Halle posaunte, die sie für nach der Trauung in einem Restaurant gemietet hatten, und klatschte begeistert, nachdem Lucas – Natalies Vater – das frisch vermählte Brautpaar durch ein paar lustige Spiele jagte, die damit endeten, dass Natalie ihre hohen Schuhe erst mehrmals verlor und sich schließlich dazu entschloss, barfuß weiter zu feiern.

Beseelt ließ Keira ihren Blick durch die Halle schweifen. Laute Tanzmusik drang an ihre Ohren, rund um sie herum klirrten Gläser und Besteck. Hin und wieder wurde von der dreistöckigen Torte geschwärmt, deren fruchtiger Geschmack ihr noch immer auf der Zunge lag. Gerade, als Lucas sich nach einer ausgiebigen Tanzrunde schnaufend und mit einem schimmernden Schweißfilm auf der Stirn neben ihr niederließ und gierig einen Schluck Champagner trank, vernahm sie den Geruch von Seifenblasen, die die vierjährige Tochter einer ehemaligen Studienkollegin von Natalie in ihrem bezaubernden Sonnenblumenkleid mit einer kleinen Plastikpistole in die Luft beförderte. Sie rieselten zwischen all den erheitert tanzenden Gästen zu Boden, wo sie schließlich tonlos auf dem blank polierten Parkettboden zerplatzten.

»Na, Keira? Hat man dich noch nicht zum Tanzen aufgefordert?«

Thomas regte sich, als hätte man vor einer schlafenden Katze mit einer Futterdose geraschelt. »Diesen Job übernehme ich.«

Lucas stieß ein herzhaftes Lachen aus. »Das dachte ich mir. Sie sind dann also Keiras Freund?« Lucas streckte Thomas höflich die leicht verschwitzte Hand entgegen, welcher sie über Keira hinweg ergriff und schüttelte. »Ja. Freut mich, Sie kennenzulernen. Ich bin Tom.«

»Tom also. Ich könnte schwören, wir haben uns schon einmal getroffen. Waren Sie zufällig am Pembroke College? Ich habe da dreieinhalb Semester lang Vorträge über das Verhalten von Raubvögeln gehalten.« Sein Gesicht hellte sich merklich auf.

»Nein, ich wurde ein Jahr lang am King's College in Cambridge unterrichtet und dann anderthalb Jahre für eine Lehre in Oxford untergebracht.«

Keira sah erstaunt auf. Thomas hatte ihr bisher nur erzählt, dass er nie studieren wollte, weil er sich in Vorlesungssälen schlichtweg nicht wohlfühlte. Damals, als er sie in seinem Trailer am Set von *Aghast* beinahe zum ersten Mal geküsst hätte. Ein Seufzen entfuhr ihr.

»Also nicht? Was machen Sie denn beruflich?«, hakte Lucas verwirrt nach.

»Ich bin Schauspieler.«

»Schauspieler!«, keuchte er. »Natürlich! Ich Dummerchen, Rachel hat mir davon erzählt. Mein Gedächtnis ist manchmal wie ein Sieb. Na, das ist dann doch eine ganz andere Branche. Irgendwelche Filme, die ich kenne?«

»Das kommt ganz darauf an, wofür Sie sich interessieren.« Thomas zögerte. Keira wusste, dass er sich nur viel zu selten ohne Bedenken mit Fremden unterhalten konnte, ohne dass diese seine keineswegs unbekannten Filmrollen vor ihnen sahen und ihn über sein Leben und seine berühmten Kollegen ausfragten. Außerdem hatte er so die Möglichkeit, wie jeder andere auch von seinem Beruf zu schwärmen, ohne sich vor einem Reporter, einem neugierigen Fan oder Filmproduzenten behaupten zu müssen und dabei pingelig darauf zu achten, sich so auszudrücken, dass sie ihm später nicht die Worte im Mund umdrehen konnten. Es war zum Haare raufen.

»Ich war unter anderem in *Pflicht und Kühe* und *Ein Singlemann verliebt sich nicht* zu sehen. Danach habe ich mit Regisseuren wie Almino Klein und Serena Jacksons gearbeitet und in *Der Mongole* und *Treacherous Worlds* mitgewirkt. Letzteres war meine erste Hauptrolle. Nun und Anfang des Jahres ist *Aghast – Im Auge der Rache* in den Kinos erschienen«, erklärte er mit einem leidenschaftlichen Funkeln in den blauen Augen.

Lucas' Aufregung wuchs wie ein Wirbelsturm.

»*Treacherous Worlds*! Dann habe ich Sie also auf der Leinwand bewundert! Meinen Respekt, meine Nichte hat zu der Zeit, als der Streifen rauskam, im Kino gearbeitet. Der Film ist durch die Decke gegangen wie eine russische Rakete. Ich wusste doch gleich, dass mir Ihr Gesicht irgendwie bekannt vorkommt.«

Thomas nickte dankend. »Ich reise übermorgen nach L.A. und drehe einen Film mit Robert de Limo.«

»De Limo, ja? Ein fabelhafter Regisseur.«

»Ich bin ganz Ihrer Meinung.«

»Wie, übermorgen schon? Keira hat mir erzählt, dass du wieder zu drehen anfängst, aber gleich zwei Tage nach meiner Hochzeit? Na, wenn dir das kein Glück bringt, mein Lieber!« Natalie kam mit Nora im Schlepptau in einem Meer aus schneeweißem Stoff herangerauscht. Ihr Brautkleid ließ sie wie eine Göttin wirken, die auf der schäumenden Gischt des Wassers über den Boden schwebte.

Thomas grinste peinlich berührt. »Etwas Glück können wir sicher gut gebrauchen.«

Währenddessen fuhr Lucas wie ferngesteuert zu Keira herum. »Wie angelt man sich denn einen weltberühmten Filmschauspieler?«

»Das war viel mehr Zufall als Absicht«, gab sie mit einem amüsierten Schulterzucken zu. »Ich habe einige Zeit lang als seine Assistentin gearbeitet und dabei haben wir uns verliebt.«

»Ach was! Das ist in der Tat romantisch! Und wie wird man bitte schön die Assistentin eines berühmten Schauspielers?«

»Dad, jetzt stell doch nicht schon wieder so viele neugierige Fragen!« Natalie boxte ihrem Vater spielerisch gegen den Arm.

Thomas winkte ab, als sie die Mundwinkel leicht nach unten zog und mit den Lippen eine stumme Entschuldigung formte, und griff unter dem Tischtuch zeitgleich nach Keiras Oberschenkel. Die unauffällige Geste war ein Anker für die beiden geworden und der leichte Druck seiner warmen Handfläche auf ihrer nackten Haut sowie das aufregende Kribbeln, das sie auslöste, entlockten ihr ein wohliges Seufzen. Sie tauschten einen vielsagenden Blick, den Natalie mit einem wissenden Lächeln quittierte, sich den üppigen Brautstrauß auf dem Tisch krallte und mit einer bis über beide Ohren grinsenden Nora wieder von dannen zog.

Beide teilten sie ein und denselben Gedanken, den sie zwar stets im Hinterkopf hatten, sich jedoch inzwischen nur noch selten vor Augen hielten. Carol hatte ganze Arbeit geleistet. Keiras Job als Assistenz war ein Auf und Ab der Gefühle gewesen, von der Presse und Audrey ganz zu schweigen. Ein verspieltes Lachen entfuhr ihrer Kehle.

»Was ist so lustig?« Thomas' Nase strich verspielt über ihre Schläfe.

»Mir ist nur gerade eingefallen, dass ich mir nie Gedanken darüber gemacht habe, wie viel Zeit ich mit dir verbracht habe. Rio habe ich schon seit Wochen nicht mehr zu Gesicht bekommen.«

»Da hast du wohl Recht. Ich glaube, ich habe damals selbst kaum begriffen, wie sehr ich dich um mich haben wollte. Wenn gerade keine Interviews oder sonstiger PR-Firlefanz stattfinden, kommunizieren Rio und ich hauptsächlich über E-Mails.« Federleicht hauchte er ihr einen Kuss auf die Wange und jagte ihr einen angenehmen Schauer über den Rücken. Das Bedürfnis, sich von ihm ungestüm in die Arme ziehen zu lassen, das Geschirr von der Tischdecke zu fegen und ihn zur Besinnungslosigkeit zu küssen, bis sämtliche Hochzeitsgäste das Interesse am Brautpaar verloren, wuchs mit jeder einzelnen Sekunde, die verstrich. Doch ehe sie diesem primitiven und ohne Zweifel Konsequenzen mit sich ziehenden Drang nachkommen konnte, hallte glücklicherweise Natalies aufgeweckte Stimme aus den Lautsprechern durch den gesamten Raum und übertönte dabei sogar den neuesten Hit von Adam Lambert, der gerade lief.

»Alle unverheirateten Gäste auf die Tanzfläche, bitte!« Zusammen mit Richard hatte sie sich mit ihrem Hochzeitskleid etwas ungeschickt auf die kleine Bühne gekämpft und drehte sich erwartungsvoll um. Keira erkannte sofort, was sie vorhatte, denn in ihren Händen hielt sie ihren mit Sonnenblumen, Veilchen und roten und gelben Rosen bestückten Brautstrauß mit der gelben Schleife.

Es dauerte nur wenige Augenblicke, bis sich um sie herum eine kleine Menschentraube gebildet hatte, die sich trotz der steigenden Aufregung und der vielen Hände, die sich mit einem Mal nach dem begehrten Blumenstrauß ausstreckten, nicht davon abhielten ließ, ihre Körper weiterhin rhythmisch zur Musik zu bewegen.

»Ich glaube, da gehörst du auch dazu«, säuselte Thomas verspielt in ihr Ohr. Mit der Nase stupste er ihre Wange an. »Geh schon.«

Schließlich stand sie auf und gesellte sich zu den anderen – wenn auch etwas zu energisch als beabsichtigt.

»Drei … zwei … eins!« Richard klatschte im Takt mit, bis Natalie ihren Brautstrauß mit Schwung hinter sich beförderte. Wie ein Vogel flog er kurz durch die Luft und erreichte begleitet von heiterem Lachen, lautem Aufschreien und stürmischem Applaus sein Ziel weit hinter Keira, die ihre Arme nur halbherzig gehoben hatte, obwohl der Wunsch, dass Thomas vor ihr auf die Knie gehen würde, sich inzwischen wie ein Vögelchen in ihrem Herzen eingenistet hatte und dort offenbar zu verweilen gedachte, bis er sich erfüllte. Nun, einen Versuch war es wert gewesen. Nur, weil sie diesen Brautstrauß nicht gefangen hatte, hieß das ja noch lange nicht, dass sie Thomas nicht dennoch in baldiger Zukunft heiraten würde, oder? Wie ihre Großmutter ihr als Kind einst erzählt hatte, gab es Aberglauben, an die man sich lieber klammerte als andere.

Applaus und amüsierte Zurufe wurden um Keira herum laut. Ihre plötzliche Enttäuschung ärgerte sie so sehr, dass sie sich gar nicht erst nach der Glücklichen, die den Brautstrauß an ihrer Stelle gefangen hatte, umdrehte.

Natalies Mund formte ein perfektes O, ehe sie begann, wie auf Knopfdruck zu grinsen. Vorsichtig und mit Richards Hilfe kletterte sie wieder von der Bühne und rang sich durch die noch immer klatschenden Gäste zu Keira durch.

»Weißt du, ich hatte es ja eigentlich darauf angelegt, dass *du* ihn fängst!«, brüllte sie ihr durch den Trubel ins Ohr.

Keira setzte mutig zu einer Antwort an. Tausende von Gedanken schwirrten ihr durch den Kopf – wie gerne sie das Blütenbündel tatsächlich aufgefangen und sich in dem Rausch geaalt hätte, mit Zusprüchen und Augenzwinkern überhäuft zu werden. *Oh, Keira, du bist also die Nächste … lange kann es nicht mehr dauern …*

»Aber so geht es natürlich auch«, fuhr Natalie unbekümmert fort, ohne auf ihren irritierten Gesichtsausdruck zu achten. Mit einem Kopfnicken bedeutete sie ihr, sich umzudrehen. Keira gehorchte. Thomas, der noch immer an seinem Platz saß, blickte sie mit einem unschuldigen Grinsen auf den Lippen an – in seinen Händen hielt er den hübschen Brautstrauß.

Ihr Herz machte einen Hüpfer, dann begann sie lauthals zu lachen.

***

Natalie und Richard hatten sich auf eine liebevolle Art und Weise beschwert, nachdem Thomas und Keira ihnen ein zweites Hochzeitsgeschenk – ein hübscher Geldbaum mit Pralinen – überreicht hatten, Thomas aber wollte von den nett gemeinten Vorwürfen nichts hören, zumal ihr Aufenthalt in Frankreich so frühzeitig und abrupt geendet hatte. Bis sich die ersten Gäste verabschiedeten, war es bereits nach Mitternacht und inzwischen floss der Alkohol in Strömen. Leere Gläser und Schnapsfläschchen lagen auf den Tischen herum, weil die Kellner mit dem Abräumen kaum noch hinterherkamen. Die Stimmung wurde immer ausgelassener und obwohl Keira und Thomas sich bewusst im Hintergrund hielten und nur noch ab und an in ein Gespräch verwickelt wurden, fiel es ihnen schwer, sich kurz nach halb zwei Uhr morgens ebenfalls von dem feiernden Brautpaar zu trennen und durch ein etwas ruhigeres, nächtliches London nachhause zurückzukehren.

Außerdem wollte Keira noch etwas Zeit mit ihm allein verbringen, bevor sie – schon wieder – mehrere Wochen voneinander getrennt sein würden.

Dünne Lichtfäden rauschten an Keira vorbei, als sie aus dem Fenster sah. Thomas' heimeliger Duft stieg ihr in die Nase – eine betörende Mischung aus seinem Parfüm und seinem Aftershave. Entgegen den Verkehrsregeln hatte sie sich im Taxi auf dem Rücksitz kurzerhand auf seinen Schoß gesetzt und genoss seine Nähe, indem sie das

Gesicht in seiner Halsbeuge vergrub. Thomas hatte eine Hand auf ihren Oberschenkel gelegt, strich mit dem Daumen sanft über ihre nackte Haut. Wohlige Schauer liefen ihr über den Rücken. Sie seufzte schwer.

Sobald Thomas abgereist war, würde sie sich einfach wieder in ihre Projekte stürzen und ihrem Herzen gar nicht erst den Hauch einer Chance geben, ihn zu vermissen. Zumindest würde er dieses Mal nicht mit Audrey zusammenarbeiten. Genau genommen würde er nach all der Aufregung ganz bestimmt nie wieder mit ihr arbeiten.

»So, da wären wir.« Leichthändig lenkte der Taxifahrer den Wagen in eine Parklücke in der Camden Street und blickte kurz in den Rückspiegel. Thomas zögerte keine Sekunde lang, als er ihm einen Fünfzigpfundschein reichte und darauf bestand, dass er das Wechselgeld behielt, und stieg schließlich aus, um Keira die Hand zu reichen. Sie hatten den Brautstrauß, so wie die Tradition es verlangte, mit nachhause genommen, um ihn in einer Vase mit frischem Wasser so lange wie möglich am Leben zu erhalten.

Kaum hatte der Fahrstuhl sie beide nach oben gebracht, kickte sie sich mit einem erleichterten Stöhnen die Schuhe von den Füßen und spazierte barfuß und in völliger Dunkelheit in die Küche. Einzig und allein der Mond, der sein fahles Licht durch die Fenster warf, beschien den Fußboden vor ihr, damit sie nicht stolperte.

Der bunte Strauß duftete wunderbar. Das perfekte Symbol dafür, dass sie beide zusammengehörten – ob sie nun schon verheiratet waren oder nicht.

Keira schaffte es gerade noch, den Inhalt der Vase nicht quer über der Theke zu verschütten, als sie sie abstellte, weil Thomas sie bereits im nächsten Moment energisch an die Wand gepresst hatte und ihr mit einem innigen Kuss den Atem raubte. Er nahm ihr regelrecht den Boden unter den Füßen weg, indem er ihre Beine um seine Hüften schlang, sodass nicht einmal ein Blatt Papier noch zwischen sie gepasst hätte. Ihr überraschtes Quieken entlockte ihm ein heiseres und tiefes Lachen, während er sie in sein Schlafzimmer trug und sich dabei an dem Reißverschluss ihres Kleides zu schaffen machte, bis er es ihr ausziehen konnte und einen Augenblick lang ihren nackten Körper bewunderte. Schon den Bruchteil einer Sekunde später hatte er seine Lippen wieder auf ihre gedrückt. Ihr Lippenstift würde schon bald ihre Wangen und seinen Mund zieren, doch daran konnte Keira sich im Augenblick nicht stören.

Himmel, dieser Brautstrauß hatte Thomas scheinbar ganz verrückt gemacht, fast so, als ob der Duft der frischen Blumen eine manipulative Wirkung auf ihn hatte, der seine primitivste Seite zum Vorschein brachte. Es schien fast so, als wollte er Keira jetzt sofort heiraten, gleich hier auf dem Bett.

»Ich bin verdammt nochmal verrückt nach dir. Verrückt nach deiner Nähe … verrückt nach deinem Körper … ich lasse dich nie wieder gehen.«

Ein regelrecht animalisches Knurren entfuhr ihm, als er seine Finger zwischen ihre Beine und unter den dünnen Stoff ihres Höschens schob, und sie nass und bereit für ihn vorfand. Kurzerhand dirigierte er sie mit sanfter Gewalt auf das Bett, sodass sie unter ihm zu liegen kam.

Keira warf ihren Kopf in den Nacken, krallte ihre Fingernägel in seine Schultern und bog den Rücken durch, erlaubte ihm, ihr auch noch das letzte Stückchen Stoff vom Körper zu streifen.

Nackt wandte sie sich unter ihm, beobachtete erregt, wie er sich hastig an den Knöpfen seines Hemdes, und sobald er sich dessen entledigt hatte, dem Knopf seiner Hose zu schaffen machte. Mit einem Ruck zog er sie nach unten und machte sich gar nicht erst die Mühe, aus den Hosenbeinen zu klettern, sondern legte sich rittlings auf sie. Keira öffnete begierig ihre Beine, stöhnte wohlig auf, als sie die bereits feuchte Spitze seines harten Glieds an ihrem Eingang spürte. Behutsam drang Thomas in sie ein, verschränkte seine Finger mit den ihren und ließ sie dabei nicht eine Sekunde lang aus den Augen, während er sich Zentimeter für Zentimeter in ihr versenkte und schließlich in sie zu stoßen begann. Erst langsam und leidenschaftlich, dann immer schneller und wilder liebte er sie auf dem weichen Bett, fing ihre Lippen wieder und wieder in liebevolle Küsse ein, bis er sich schließlich mit einem unkontrollierten Aufseufzen in ihr ergoss.

Thomas zuckte stöhnend in ihr, pumpte seinen Samen bis auf den letzten Tropfen in sie hinein und brach schließlich erschöpft auf ihr zusammen. Mehrere friedliche Minuten verstrichen in völliger Stille, ehe er Anstalten machte, sich wieder aufzurichten.

»Nicht bewegen …«, beschwerte sie sich leise. Keira seufzte tief, als Thomas sich dennoch aus ihr zurückzog und ihre Beine spreizte.

»Ich bin noch lange nicht fertig mit dir.«

Ein tonloses Lachen entfuhr ihr. Sie liebte seine heisere Sexstimme, so sehr, dass sie befürchtete, auch ganz ohne sein Zutun zum Orgasmus zu kommen. Umso lauter stöhnte sie auf, sobald er weiter nach unten gerutscht sein Gesicht kurzerhand zwischen ihren Beinen vergraben hatte und ihre Klitoris mit seiner Zunge zu verwöhnen begann, ohne sich an seinem Sperma zu stören. Geschickt massierte er ihre Lustperle, trieb sie dazu, wimmernd den Kopf in den Nacken zu werfen. Keira erkletterte die himmlische Leiter hinauf zu ihrem Höhepunkt so schnell, dass sie einen Moment lang vergaß zu atmen und genoss in purer Ekstase die überwältigenden Wellen der Erregung, die sie überschwemmten.

»Hör … nicht auf …«, brachte sie keuchend hervor. Thomas brummte, jagte dabei köstliche Vibrationen durch ihre Klitoris.

Sie kam, als er zwei Finger in sie hineinschob und mit geübtem Handgriff ihren G-Punkt reizte. Das Schlafzimmer, in dem sie sich befanden, explodierte. Helle Sterne tanzten vor ihrem Sichtfeld, während ihr Orgasmus ihr sämtliche Sinne auf einmal stahl. Gierig hob sie die Hüften und drängte sich Thomas' Mund entgegen, bis auch die letzte Woge der Lust wieder verklungen war.

Thomas lachte in sich hinein – ein verführerisches Geräusch, das ihr erneut ein leises Wimmern entlockte. Er zog seine Finger aus ihr heraus, benetzt mit seinem Samen und Keiras Erregung, und legte sich schweratmend neben sie.

Sie machten sich gerade noch die Mühe, unter die Bettdecke zu kriechen, bevor sie eng umschlungen einschliefen.

KAPITEL 28

Keira

»Na? Kommst du ohne mich zurecht, schöne Frau?« Thomas zauberte ihr ein Lächeln auf die Lippen, sobald sie den Anruf angenommen hatte. Sein Trailer war hübsch eingerichtet – der verpixelte Hintergrund war eine spöttische Erinnerung daran, dass sie an der Uni festsaß, während Thomas mit seinem Lieblingsregisseur endlich den neuesten Blockbuster drehte.

Was Thomas aber nicht wusste war, dass sie bereits heute selbst im Flugzeug nach L.A. sitzen und ihn am Set überraschen würde. Dank ihrer herausragenden Leistungen in ihren Kursen und genügend Disziplin, sämtliche ihrer Arbeiten trotz all des Dramas um Mayu und ihre Freundin am Ende doch noch zeitgerecht fertiggestellt zu haben, konnte sie es sich nun ohne Reue leisten, die letzte Woche ausfallen zu lassen und stattdessen nach Amerika zu fliegen. Rio hatte ihr dabei geholfen, ein Visum zu besorgen, ihr das Flugticket gebucht und würde sie in ein paar Stunden persönlich am Flughafen abholen. Sie hatte ihn schwören lassen, Thomas kein Sterbenswörtchen davon zu erzählen und ihm im Gegenzug dafür einen Kuchen nach einem von Carols Rezepten versprochen.

Gerade saß sie auf einer Parkbank in der Nähe der Universität und grinste in die Kamera ihres Handys, die freie Hand hielt sie sich an die Stirn und blinzelte gegen die überraschend warmen Sonnenstrahlen an, die sie heute Morgen überrascht hatten. Einen Regenschirm hatte sie trotzdem eingepackt. In London wusste man bekanntlich ja nie. Direkt neben ihr – und außer Thomas' Sichtweite – wartete ihr silberner Hartschalenkoffer darauf, sich am Flughafen zu den restlichen Gepäckstücken in den Frachtraum zu gesellen.

In weniger als vier Stunden würde sie im Flieger sitzen. Ihr Grinsen wurde breiter, je lebhafter sie sich Thomas' Gesichtsausdruck vorstellte, wenn er sie erst am Set entdeckte.

»Bestens. Aber ich vermisse dich.«

»Ich dich auch, mein Engel. Gab es irgendwelche Zwischenfälle? Mit Paparazzi oder dergleichen?«

Keira schüttelte betont energisch den Kopf. »Zum Glück nicht. Es ist alles in Ordnung hier. Ich freue mich auf mein erstes Abschlusszeugnis, aber alles, woran ich im Augenblick denken kann, ist, zu dir zu fliegen.«

»Und ich kann es kaum erwarten, dich wieder bei mir zu haben.«

Und dieses Mal würde alles anders werden – dessen war sie sich sicher.

***

Der LAX-Airport in Kalifornien machte seinen unzähligen Erwähnungen in Filmen und Büchern alle Ehre. Wohin Keira auch blickte, sie vermutete, dass sich hinter jedem Reisenden mit dunkler Sonnenbrille der nächste Schauspieler oder der nächste Rockstar versteckte – von den vielen privaten Mitfahrgelegenheiten und Chauffeuren, die ihren Fahrgästen die Türen öffneten, ganz zu schweigen. Rio wartete bereits im Ankunftsbereich auf sie und nahm ihr das Gepäck ab. Noch bevor er es im Kofferraum verstaut hatte, reichte er ihr ein ihr nur allzu bekanntes, laminiertes Kärtchen an einem neongelben Bändchen, das sie sich um den Hals hängen konnte. *Clearance*, stand dort fettgedruckt und in Großbuchstaben darauf, auf der

Rückseite Details zu ihrer Aufenthaltsbefugnis am Set. In ihrem Magen kribbelte es voller Vorfreude.

Das erste Mal, als sie ein Filmset betreten hatte, hatte Thomas ihr erzählt, dass es sich jedes Mal so anfühlte, als würde er nachhause kommen. Heute konnte sie zum ersten Mal richtig nachvollziehen, wie er empfand.

»Wie lange wird heute gedreht, Rio?«

»Wenn alles glatt läuft, sind sie schon gegen siebzehn Uhr fertig – sozusagen als Kompensation, weil gestern ein paar Nachtszenen anstanden. Tom trinkt ziemlich viel Kaffee, das ist mir erst um halb vier Uhr morgens klargeworden.«

Beseelt dachte sie an die Zeit zurück, in der es ihre Aufgabe gewesen war, Thomas seinen Kaffee zu bringen. Inzwischen schmuggelte sie mit Amiras Unterstützung regelmäßig koffeinfreien Kaffee nachhause und tatsächlich war es ihm bisher noch nicht aufgefallen. Früher oder später würde sie den Tipp an Rio weitergeben, bei so langen Arbeitszeiten aber sah sie ihm seine Kaffeesucht sogar nach. Noch im Auto tippte sie eine kurze Nachricht an Thomas' Haushälterin, damit sie in ihrer Abwesenheit Nachschub besorgte.

Nach einer weiteren halben Stunde nervenaufreibendem Verkehr, die Keira nutzte, um die Stadt zu bewundern, und einem fluchenden Rio am Steuer vor ihr, winkte die Security am Set sie durch die geöffneten Schranken und sie stieg erleichtert aus.

»Geh nur, ich bringe dein Gepäck schon in Toms Trailer.«

»Danke, Rio.« Sie winkte ihm zum Abschied und machte auf dem Absatz kehrt, geradewegs auf die Film-Location zu.

»Keira! Das ist ja eine Überraschung!« Als Robert de Limo sie entdeckte, erhob er sich aus einem schwarzen Klappstuhl und drückte leicht ihren Oberarm – neben ihm schielte eine dunkelhaarige Frau mit Pony, Stirnfransen und vielen Sommersprossen auf der Nase zu ihnen nach hinten. Keira zwang sich, ihren Blick von Thomas abzuwenden, der nahezu majestätisch vor den vielen Kameras stand und so sehr in eine Art Rehearsal mit seinen Schauspielkollegen vertieft war, dass er ihre Ankunft gar nicht bemerkte.

»Ich freue mich, dich wiederzusehen. Tom bespricht gerade die nächste Szene mit Jasmine und ihrem Stuntdouble, wenn du dich noch kurz geduldest. Ich bin sofort wieder bei dir. Fühl dich wie zuhause!«

Und das würde sie. Zuhause war, wo auch immer Thomas sich aufhielt.

»Ich heiße Clara. Rio hat mir erzählt, dass Tom gar nicht weiß, dass du schon heute angereist bist?«, stellte sich die dunkelhaarige Frau schließlich vor.

»Nein.«

Sie grinste. »Wie du siehst, wird es nicht schwer werden, ihn zu überraschen. Ganz ehrlich? Ich arbeite seit über zehn Jahren als Regieassistentin, aber ich habe noch nie einen Schauspieler erlebt, der so engagiert und leidenschaftlich bei der Sache ist wie Tom.«

»Ich weiß. Er liebt seinen Beruf über alles.« Heiß und innig – und das war auch einer der vielen Gründe, aus denen sie sich Hals über Kopf in ihn verliebt hatte.

»Das glaube ich dir aufs Wort. Hier, setz dich ruhig«, sagte sie und deutete auf den Regiestuhl mit Roberts Nachnamen – ein weißer Schriftzug in Großbuchstaben – auf der Rückseite. »Robert wird nichts dagegen haben. Möchtest du ›Action‹ rufen? Wahrscheinlich bekäme Tom einen Herzinfarkt, wenn er deine Stimme hört.«

Keira wagte einen weiteren Blick in Thomas' Richtung. »Lieber nicht. Am Ende versetze ich noch die ganze Produktion in Aufruhr.«

Clara lachte. »Stimmt auch wieder. Ich erkläre dir mal, was eine meiner Aufgaben am Set ist. Während des Drehs sitze ich meistens hier und stelle sicher, dass die Schauspieler dem Skript folgen. Manchmal machen Abkürzungen oder Synonyme einen enorm großen Unterschied, weißt du. Möchtest du?« Ohne auf Keiras Antwort abzuwarten, reichte Clara ihr das dicke Drehbuch und schlug die markierte Seite auf. »Da. Szene zweiundsiebzig. Es geht gleich los.«

Robert tauchte keine dreißig Sekunden später nahezu unbemerkt wieder hinter Keira auf. Als sie Anstalten machte, ihm seinen Sitzplatz zurückzugeben, hielt er sie sanft an den Schultern zurück.

»Bleib nur«, sagte er und hob seine Stimme. »Seid ihr alle bereit? Ruhe am Set bitte!«

»Kamera läuft!«, kam es von einem Crewmitglied, während ein anderer mit einem Clapboard vor die Kamera trat.

»Sound läuft!«

Thomas rollte mit den Schultern und atmete tief durch. Seine Schauspielkollegin, Jasmine Sinns, lächelte verschmitzt.

»Und – Action!«, kam es von Robert.

Es war, als hätte er einen Schalter umgelegt. Keira bewunderte wie schon so oft, wie Thomas sich voll und ganz in seine Rolle hineinversetzte. Augenblicklich setzte er ein angespanntes Gesicht auf, während Jasmine mit langsamen Schritten auf ihn zukam.

»*Verstehst du es denn immer noch nicht?*«, sagte Jasmine. Keira schielte auf das Skript und las mit.

»*Nein. Es gibt viele Dinge, die ich nicht verstehe.*« Thomas grinste unschuldig. »*Du gehörst definitiv dazu.*«

»Ich liebe dich.«

Ich dich doch auch, las Keira.

»Ich weiß. Aber … ich liebe eine andere.«

Huch? Hatte er seinen Text vergessen oder etwas verwechselt? Irritiert zog Keira die Augenbrauen zusammen, doch obwohl Clara ebenfalls immer wieder einen Blick auf das Skript warf, schienen weder sie noch Robert im Begriff, die Szene mit einem lauten »Cut« zu stoppen. Gespannt hörte sie weiter zu. Wenn Thomas tatsächlich seinen Text vergessen hatte und die beiden nun improvisierten, wollte sie jedes Wort mitbekommen.

»Eine andere?«, hauchte Jasmine erbost.

»Die für mich schönste Frau, die ich kenne. Sie ist liebevoll, leidenschaftlich, gutherzig … witzig, selbstlos und bescheiden. Ich kann mir kein Leben mehr ohne sie vorstellen, Veronica.« Nun hob Thomas das Kinn und drehte den Kopf – direkt in ihre Richtung. Ihre Blicke trafen sich.

Eine Sekunde lang glaubte sie, es würde ihn aus dem Konzept werfen, sie am Set zu entdecken, doch anstatt freudiger Überraschung breitete sich auf seinen Lippen ein wissendes Lächeln aus. Keiras Lippen teilten sich fassungslos.

»Sie heißt Keira«, fuhr er fort und ließ sie dabei nicht mehr aus den Augen. Jasmine verschränkte schmunzelnd die Arme vor der Brust.

»Ein schöner Name«, antwortete sie, als Thomas direkt auf die Kamera zuschritt. Nein, nicht auf die Kamera, realisierte Keira, sondern auf sie. Seine rechte Hand verschwand in seiner Hosentasche. Als er sie wieder hervorzog, hielt er ein kleines blaues Samtkästchen zwischen den Fingern.

Keira klappte die Kinnlade herunter. Mit klopfendem Herzen und Tränen in den Augen lauschte sie Thomas' Worten.

»Und ich will sie heiraten. Den Rest meines Lebens mit ihr verbringen. Keira …« Er sank auf ein Knie, klappte das Samtkästchen auf. Keira entfuhr ein Schluchzen.

»Keira … meine schöne, bezaubernde Keira … willst du meine Frau werden?«

Es schien, als hielten alle einschließlich des Regisseurs gespannt den Atem an. Am ganzen Set war es totenstill geworden. Sie bemerkte geistesabwesend, dass die vielen Kameras nicht länger auf die Szene, sondern auf Thomas und sie gerichtet waren – also mussten auch die Crewmitglieder von seinem Antrag gewusst haben.

Sie nickte energisch. Freudentränen liefen ihr über das Gesicht. »Ja! Ja, ich will!«

Wie auf Knopfdruck begann der Schauspieler zu grinsen, als hätte er soeben einen Oscar gewonnen. Er erhob sich in just dem Moment, um ihr den mit einem funkelnden Diamanten besetzten Verlobungsring anzustecken, in dem Keira sich in seine Arme warf. Die gesamte Filmproduktion um sie herum klatschte, und auch Rio hatte sich inzwischen wieder zu ihnen gesellt und bejubelte sie laut.

Er hat es gewusst, dachte sie. Die ganze Zeit über hatte er gewusst, dass sie früher kommen würde, und aus ihrer Überraschung eine noch viel größere für sie gemacht. Seine rührende Liebeserklärung vor dem versammelten Filmteam war eines der schönsten Geschenke, das er ihr hatte machen können.

Das Klatschen um sie herum wurde noch lauter und Thomas nutzte den Augenblick für einen wilden Kuss.

»Gratuliere euch beiden!« Robert de Limo klopfte dem Schauspieler freundschaftlich auf die Schulter, nachdem er sich endlich wieder von Keira gelöst hatte und sämtliche Anwesende mit leuchtenden Augen Zeuge wurden, wie er ihr den zierlichen Diamantring an den Finger steckte. Keira beäugte verträumt ihre linke Hand.

»In unserer kleinen Cafeteria warten Kuchen und Torten darauf, gegessen zu werden. Es gibt Champagner und ein köstliches Buffet – Tom hat es höchstpersönlich zusammengestellt.«

Ungläubig blickte sie zu ihm auf. »Aber was ist mit dem Dreh? Wie lange war das schon geplant?«

»Wir sind schon fertig für heute. Ich konnte erst alles vorbereiten, als Rio mir erzählt hat, dass du früher kommen würdest.«

Keira schielte ihn vorwurfsvoll von der Seite an. Der Jamaikaner grinste. »Rio, das solltest du doch nicht!«

»Ich musste aber! Tom hätte mir die Hölle heiß gemacht. Er hat schon, seitdem Natalie euch auf ihre Hochzeit eingeladen hat, auf die perfekte Gelegenheit gewartet, dir endlich einen Antrag zu machen.«

Robert verfolgte das Gespräch mit einem schiefen Grinsen auf dem Gesicht. »Kommt. Wir haben viel zu feiern. Da gäbe es nämlich auch noch etwas, worüber ich gerne mit dir sprechen würde, Keira.«

»Ja? Was gibt es denn?«

»Kein Rollenangebot diesmal, versprochen. Tom hat mir vor ein paar Tagen die Fotos von deinen Arbeiten gezeigt, allen voran deine kleine Lichtbox. Eine junge Architektin wie dich könnte ich gut in meinem Team gebrauchen. Tom beteuert zwar, dass deine Ausbildung gerade erst angefangen hat, aber wenn du Lust hättest, ließe sich bestimmt ein Weg finden, wie du aushelfen kannst, ohne deine Kurse zu versäumen – selbstverständlich wäre das auch ein bezahlter Job. Ich entlohne großzügig, nicht wahr, Clara?«

»Mehr als gut.« Clara zwinkerte ihm verschlagen zu.

»Ich kenne da eine gute Firma, die dich im Geschäft unterbringen und auch für zukünftige Filme empfehlen könnte. Wie sieht's aus? Wärst du interessiert, selbst ins Filmgeschäft einzusteigen?«

Wieder klappte Keira die Kinnlade herunter. Robert de Limo wollte sie im Szenenbild? Bedeutete das, dass sie tatsächlich bald wieder an Thomas' Seite arbeiten könnte?

»Im Ernst?« Thomas schlang einen Arm um ihre Taille.

»Todernst. Ich mag dich, Keira. Du wirst es noch weit bringen. Und ich will dir dabei helfen.«

»Ich würde mich wahnsinnig darüber freuen.«

Als sie die improvisierte Cafeteria des Sets erreicht hatten, begrüßten sie silberne und goldene Luftballons und Luftschlangen auf den mit frischen Blumen verzierten Tischen, die in dem künstlichen Licht des riesigen Zelts funkelten. Kuchen, Torten, Kaffee, Tee und sogar Champagner und Plätzchen gab es in so großer Fülle, dass sie damit wohl eine ganze Armee durchfüttern konnten. Robert hatte nicht zu viel versprochen.

»Wie dir vielleicht bereits aufgefallen ist, liebe ich schöne Feiern«, teilte der Regisseur ihr mit einem Augenzwinkern mit. »Außerdem hatte ich nach meiner Geburtstagsfeier noch etwas gutzumachen. Du wirst es mir wahrscheinlich nicht glauben, aber ich war noch nie auf einer Verlobungsparty.«

»Es ist wunderbar, Robert. Ich danke dir.«

»Dank Tom. Ich war hier nur der Bootsmann.«

Keira drehte sich zu Thomas um, der sie noch immer eng umschlungen hielt, während sich die Cafeteria nach und nach mit dem gesamten Filmteam füllte. Sie küsste ihn zärtlich und spürte das leichte Gewicht ihres Verlobungsrings an ihrem Finger, als sich ihre Hand sanft um seinen Nacken schloss. Bestimmt würden sie beide noch eine ganze Weile brauchen, bis sie sich daran gewöhnt hatten. Ganz abgesehen davon hatten sie nun eine Hochzeit zu planen. Schmetterlinge drehten bei dem Gedanken daran Loopings in ihrem Bauch.

»Kuchen?«

»Kuchen«, bestätigte sie schmunzelnd. Händchenhaltend steuerten sie das Buffet an, wo Clara bereits fleißig Champagnerflöten verteilte. Dann nahmen die Festlichkeiten wie von allein ihren Lauf. Die Bäuche füllten sich mit dem köstlichen Gebäck, der Alkoholpegel stieg an, Musik wurde angeschafft und schließlich fand Keira sich in Thomas' Armen inmitten der viereckigen Tanzfläche wieder, die Clara und Rio aus Bierbänken im Zelt aufgebaut hatten. Kalifornien gönnte ihnen das lauwarme Wetter, das den perfekten Ausklang für den ausgelassenen Abend versprach, und sowohl Keira als auch Thomas knüpften neue Freundschaften mit der Filmcrew.

Gerade hatten sich Robert und Clara zu ihnen zum Tanzen gesellt. So körperlich nahe, wie sie einander dabei kamen, vermutete Keira inzwischen, dass auch sie weit mehr als nur Arbeitskollegen waren.

»Hey, wisst ihr was? Gerüchten zufolge soll Tom nächstes Jahr für einen Oscar nominiert werden«, bemerkte Clara über die laute Musik hinweg.

»Tatsache? Für welchen Film denn?«

»*Aghast!*«

»Wow. Gerüchte von Klatschblättern?«

Clara schüttelte den Kopf. »Meine Schwester hat Kontakte zur *Academy Of Motion Picture Arts And Sciences*.«

»Wenn das stimmt, gäbe es gleich noch etwas zu feiern. Verdient hättest du es allemal, Tom«, fügte Robert hinzu.

Der Schauspieler grinste wissend in sich hinein und drückte Keira noch enger an sich. Das Feedback für den Film war großartig ausgefallen, dabei hatte er den Großteil der Dreharbeiten von *Aghast* damit zugebracht, sich in Keira zu verlieben. Wenn ihm das nun kein Glück brachte …

»Danke. Das weiß ich sehr zu schätzen.« *Himmel*, ein Oscar. Auch Carter würde ausflippen, sobald sie ihm von diesem Gerücht erzählten – ganz zu schweigen von Thomas' eigener Reaktion, sollte es sich bewahrheiten. Womöglich würden sie bis dahin sogar schon verheiratet sein … Keira drückte sich noch enger an ihn.

»Weißt du … gestern war in dem Glas, das du mir geschenkt hast, endlich der heißersehnte Gutschein für einen Blowjob«, flüsterte er ihr heiser ins Ohr. Ihr Unterleib zog sich vorfreudig zusammen.

»Oh? Dann … den solltest du wohl am besten sofort einlösen.«

»Was meinst du? Verschwinden wir von hier?«

Sie nickte. Am besten noch, bevor sie vor aller Augen wie zwei wilde Tiere auf der provisorischen Tanzfläche und im Fokus sehr vieler Kameras übereinander herfielen. Ihre Lippen zierte ein schelmisches Lächeln.

»Verschwinden wir.«

KAPITEL 29

Keira

Keira kuschelte sich noch enger an ihren Verlobten. Noch nie zuvor hatte sie sich so wenig an dem chronischen Platzmangel in den Trailern, die der Schauspieler während der Dreharbeiten bewohnte, gestört. Vielleicht aber lag das auch daran, dass sie gestern Abend so viel Kuchen gegessen hatte, dass sie befürchtete, überhaupt erst in ein paar Tagen wieder die nötige Energie aufbringen zu können, sich aus dem Bett zu schälen.

Mit einem zufriedenen Seufzen streichelte sie Thomas' Wangenknochen und atmete seinen Duft ein. Thomas hatte seinen Arm um ihren nackten Körper geschlungen. Seite an Seite lagen sie in dem kleinen Bett, das gerade einmal Platz für eine ausgewachsene Person bot, und waren einander dabei dennoch nicht nahe genug.

Dank Robert de Limo, der sich als Wiedergutmachung für das Dilemma mit Audrey wie Amor höchstpersönlich für sie beide eingesetzt hatte, verbrachte Thomas nun den lieben langen Tag im Bett. Tatsächlich, so erfuhr Keira am nächsten Morgen, hatte er die halbe Produktion umgeschmissen, damit Thomas mit Rios Hilfe kurzfristig eine Verlobungsparty organisieren konnte und ihm den darauffolgenden Tag trotz eines dichten Drehplans freigegeben. Dafür hatte Robert jetzt etwas bei ihm gut und Keira war sich ziemlich sicher, dass es sich bei diesem geheimnisvollen Gefallen, den er irgendwann einzufordern gedachte, um sein nächstes Filmprojekt handeln würde, für welches er Thomas zum wiederholten Male in der Hauptrolle wollte – ein Filmprojekt, bei dem nun auch Keira als angehende Filmarchitektin mitarbeiten sollte.

Inzwischen kämpfte sich bereits die Sonne durch die blickdichten Vorhänge. Keiner der beiden machte Anstalten, aufzustehen und Frühstück zu machen. Bestimmt würde sich Rio nicht daran stören, ihnen etwas später ein paar Leckereien vom Frühstücksbuffet und ein wenig Kuchen von gestern zukommen zu lassen, ohne dass sie sich dafür anziehen und den Trailer verlassen mussten. An einem Tag, an dem das Faulenzen ganz ohne schlechtes Gewissen erlaubt war.

Verlobt. Selig grinste Keira in sich hinein und vergrub das Gesicht in Thomas' Brust. Himmel, sie waren verlobt!

»Oh Gott, ich muss unbedingt Natalie anrufen – und Keith!«, fiel ihr siedend heiß ein. »Und Carol und Victoria und …«

»Keith weiß bereits Bescheid«, unterbrach Thomas sie sanft.

Keira hob den Kopf. »Wie denn das?«

»Er war derjenige, den ich um Erlaubnis gefragt habe.«

»Du hast bei Keith um meine Hand angehalten?«

»Mhm … er wird dich zum Traualtar begleiten und ich musste ihm versprechen, dich auf Händen zu tragen, ansonsten würde er mich mit rohen Brathähnchen verkloppen.«

Keira lachte. Das klang tatsächlich nach Keith. Sie wusste, wie sehr der Schauspieler es ihm angetan hatte. Als sie ihm das erste Mal von ihm erzählt hatte, hatte er immerhin in hohem Bogen seinen Eistee wieder ausgespuckt. Der klebrig süße Sprühregen war alles andere als angenehm gewesen. Ihr Lachen wurde noch lauter.

»Was ist denn so lustig?«

»Ach … ich bin einfach glücklich, mein Verlobter.«

Thomas küsste sie sanft auf den Scheitel. »Das bin ich auch, meine Verlobte. Hast du schon über ein Hochzeitsdatum nachgedacht?«

»Nein. Ich war gestern Nacht zu sehr mit deiner Zunge zwischen meinen Beinen beschäftigt.«

»Das nehme ich dir nicht übel«, erwiderte er frech.

»Aber jetzt, wo du es sagst … was hältst du vom vierundzwanzigsten April nächsten Jahres?«

Thomas überlegte kurz. »Der Tag, an dem wir uns das erste Mal getroffen haben?«

Keira nickte.

»Weißt du was, ich glaube, dieses Datum ist absolut perfekt.«

ENDE

Thomas Atberry – Filmographie

- Verliebt in einer Metropole (Serie, Staffel 3, 2 Folgen) [2009]
- Der Untergang (Fernsehfilm) [2010]
- Pflicht und Kühe (Fernsehfilm) [2013]
- Aushilfe gesucht! (Serie, Staffel 1, 4 Folgen) [2015]
- Ein Singlemann verliebt sich nicht (Serie, 2 Staffeln, 24 Folgen) [2016]
- Treacherous Worlds [2017]
- Seven Sins To Die For [2017]
- Der mongolische Bandit [2018]
- Hello, Jack [2018]
- Ferocious Beasts [2019]
- Aghast – Im Auge der Rache [2020]
- Unbetitelt; Regie: Robert de Limo [2021]

(IMDb, Stand: Juni 2020)

BEVOR DU
DAS BUCH ZUKLAPPST ...

Danke, dass „Blitzlichtlabyrinth" zu Dir ins Bücher-regal einziehen durfte! Ich hoffe, Du hattest mit Keira und Thomas genauso viel Spaß beim Lesen wie ich beim Schreiben!

Ich würde mich total darüber freuen, wenn Du mir auf deiner Lieblings-Review-Seite (Amazon, Goodreads, etc.) eine Rezension dalassen würdest!

So hilfst Du mir ungemein und ganz schnell dabei, noch mehr Geschichten in die Bücherregale zu befördern!

Ich kann es kaum erwarten, meinen nächsten Roman mit Dir zu teilen!

Fühl Dich gedrückt!

Steffi

DANKSAGUNG

Ein Buch zu schreiben ist immer erst der Anfang einer großen Reise, auf die ich gehen darf – und das inzwischen zum dritten Mal. Und wie bereits zuvor durfte ich auch diesmal wieder auf viel Unterstützung von ganz lieben Menschen hoffen, ohne die ich diesen Roman jetzt wohl nicht in den Händen halten könnte.

Zuallererst geht ein großer Dank an meine Familie, allen voran an meine Eltern, die immer hinter mir stehen und mich darin bestärken, niemals aufzugeben.

An Onkel Lois, ohne den ich meinen Traum als Schriftstellerin noch nicht leben könnte.

An meine tolle Lektorin Kristina Licht, die das Beste aus Keiras und Thomas' Geschichte herausgeholt hat.

An meine fleißige Korrektorin Franziska Sprenger, die mit Argusaugen dafür gesorgt hat, dass die Fehlerteufelchen verschwinden.

An euch, meine lieben Leser:innen, dafür, dass ihr mit mir auf die Fortsetzung von Keiras und Thomas' Geschichte hingefiebert habt.

Und zu guter Letzt geht noch ein großer Dank an meinen Lieblingsschauspieler Tom Hiddleston, dem ich einfach danken muss, wenn er mich für die männliche Hauptfigur in meinem Roman inspiriert hat, oder?

Ich danke euch allen!

ÜBER DIE AUTORIN

S. Serpente hört auch auf den Namen Stefanie und wurde 1997 in Villach, Österreich, geboren. 2020 schloss sie ihr Masterstudium in Visuelle Kultur ab und lebt seit 2021 in London, wo sie im Bereich Creative Arts arbeitet. Sollte sie ihre Nase ausnahmsweise einmal nicht in einem Buch vergraben haben, schwärmt sie am liebsten von fiktiven Bösewichten, die taffen Heldinnen das Herz stehlen, träumt sich in die Fantasiewelten von Filmen, Serien und Büchern und reist gern.

KONTAKT UND SOCIAL MEDIA:

www.sserpente.com

Instagram: sserpente
TikTok: sserpente
Goodreads: sserpente
Tumblr: sserpente
Facebook: S. Serpente - Autorin

Mein **Newsletter** und **alle Links** auf einen Blick:
linktr.ee/sserpente